归案

万安 著

四川文艺出版社

果麦文化 出品

目 录

王猛控制的这个"王朝"阴森恐怖，每个成员时时刻刻都高度紧张，一切活动都必须在王猛的掌控之下。王猛确信，只要自己不失误，警察就不会有机会。

在柯伟的逼迫下，小黄全神贯注地盯着电脑屏幕，手指飞快地在键盘上跳舞，利用出色的黑客技术，一步步侵入德国总部的网络。他心跳逐渐加速，汗水从额头上滴落，眼睛紧紧盯着屏幕上的每一个代码，不敢有半点懈怠。

"有了！"

柯伟睁开眼睛，喘着粗气，从昏厥中惊醒。他带着滚地龙几乎走遍了东海市的大街小巷，却唯独忘了这个地方。

第一章

连环凶案再现

1

夜色如墨，乌云遮蔽了残月。

"咚咚……"昏暗的废弃居民楼中，传来一阵沉闷的声音，像是在用钝刀子砍什么。而在这沉闷的声音中，夹杂着"剌啦剌啦"的尖锐声响，如同剥离皮肉时的撕裂声，刺破了夜的宁静，让人不寒而栗。

柯伟循声而去，只觉得这幢楼非常熟悉，一时之间来不及细想，上到了三楼，声音是从 303 传出来的。

踢开门，一股浓重的血腥味扑面而来，一高一矮两人几近赤裸，蹲在卫生间的浴缸旁，正用菜刀切割一具年轻女子的尸体，猩红的血水从两人手臂上淋漓而下。

尸体只剩上半身，斜靠在满是血污的浴缸里，皮肤惨白、双目圆睁，显然是死不瞑目，全部内脏和部分肋骨被剔掉，只剩下一个空洞洞的胸腔！

柯伟不惊却怒。

他伸手拔枪，却是摸了个空，再一掏手铐，也是空的。

突然，高个儿缓缓转过头来，脸上露出神经质的坏笑，仿佛从地狱中爬出来的恶魔，一双漆黑的眸子简直就是深不见底的黑洞，他的目光与柯伟的目光相遇的那一刻，时间似乎停止了流动。

"来了！"

柯伟悚然一惊，是老妖的声音。

他不再犹豫，猛冲向前，只听得"轰"的一声巨响，那卫生间竟然猛地炸开。

血海奔涌……

人仰马翻……

柯伟猛地抬头，一身冷汗，怔了好几秒才发现又是同样的噩梦，这些年来，无数次让他饱受折磨，挥之不去。

唯一不同的是，这一次，去世不久的老妖在梦里出现了。

直到他坐在几乎每天去的老字号盛昌早餐店里，还在思忖着老妖说的"来了"是什么意思。油条一根都没有吃完，他索性用塑料袋装进包里，当作下午茶的点心。

走进西门派出所时，还没到上班的点。所里一帮穿着99式制服的年轻人，手里拿着咖啡和面包，朝气蓬勃地从他身边走过。他们基本上都是本科学历，还有不少公安大学和刑警学院的科班生。

视线交接的一瞬间，他突然感到年轻同志们的目光似曾相识。那是二十多年前的一次抓捕中，自己看那些派出所老民警、工厂保卫科干事时的眼神，表面上客客气气，心里满是优越感，还夹杂着些无可奈何。

或许是自己多心敏感了。柯伟自嘲地摇头，踽踽行至警容镜前，看着镜子里那个颓废的男人，一时间竟有些错愕。他从腰间摸出手铐，对着镜子比画起来，常年训练形成了肌肉记忆，只是右手的残疾让那本该威风凛凛的金刚掣尾绝技，变得有点儿像小丑的滑稽戏码。其实，就算这些年轻同志真的蔑视自己，他也能理解。毕竟现在派出所实在太忙了，年轻同志们跟陀螺一样，一天接到几百个 110 报警电话，跑得腿都快细了。而他，作为一个只有过去和故事的老同志，基本帮不上什么忙。

调解室里传出了一阵尖锐刺耳的骂声，柯伟回过神来，应该是昨天晚上的事情，一直搞到了现在。

"不能私了，太没人性啦！好心好意给她过生日，就换来这么一个酒瓶子啊？"

一个保姆模样的阿姨头上缠着纱布，气鼓鼓地坐在那里，一副受了天大委屈的模样。

做笔录的民警小李皱了皱眉头，每天邻里纠纷这些鸡毛蒜皮的小事在派出所多如牛毛，但是今天处理的这个却格外麻烦。说来也是奇葩，打人的一方竟是一位年近七旬的老太太，两人是雇佣关系，同住在一个屋檐下。原本小李本着大事化小的原则，打算调解结案，但是对方根本就不松口。

"警官，你瞅瞅，缝了四针，构不构成轻伤？"保姆情绪激动道，"轻伤就能追究刑事责任了吧？别以为乡下人就不懂法。"

"阿姨，张阿姨有病，你心里应该有数的啊。"小李从接警到调解已经搞了一个晚上，早已把嘴皮子磨破了，劝得口干舌燥，"再说了，她都这么大年龄了，哪里敢关她？"

"放屁，官官相护。"保姆阿姨跳着脚指着小李的鼻子骂道，"别以为她是你们的老领导，我就不敢告你们。"

"告去吧，身正不怕影子斜，按法律规定，没达到轻伤，都是调解处理。"

"警察办案子不是讲证据吗？这伤是不是证据？"

就眼前这个比自己儿子大不了几岁的小民警，怎么可能唬得住她！保姆往地上一躺，撒泼打滚，哭天喊地，嘴里骂骂咧咧，祖宗十八代——问候个遍。

柯伟冷哼一声，不想多管闲事。自从到了派出所，稀奇古怪的案子见得太多了，即使再恶劣的事情，他也不会震惊。这不就是人嘛，世上还有什么东西比人更坏呢？除了跟"3·15系列杀人分尸案"以及阿霞棋牌室有关的事情，他都懒得管。恶人自有恶人磨，交给上天吧。毕竟岁月不饶人，像他这样五十多岁的人，不能伤心，也伤不起心，况且斗了大半辈子了，该认命了。

就在此时，一个敦实的男子走进调解室，圆脸寸头，狮鼻环眼，一身名牌，一副社会人的架势。

"管所，您怎么来了？"

圆脸男子点了点头，默不作声，还没等小李反应过来，伸出了一双肥硕的大手，一把将保姆从地上拽了起来，势如猛虎，威风凛凛。管所长的形象将保姆镇住了，她顿时停止了哭闹。

"伟哥，你老领导来啦。"管所长朝调解室外吼道，"找你办命案。"

管所长的话引来一阵哄笑，在同事们眼里，柯伟就是天天自以为是、想办大案的怪人。柯伟心生厌恶，扭头就往二楼走去。"伟哥"这个外号是他最忌讳的，何况管所长比他小不少，再怎么讲自己也是快退休的老同志，当年管所的父亲老管所他都没放在眼里，如今虎落平阳也不能任人欺负。

管所长见柯伟不睬他，鄙夷地冷哼一声，朝身边的小李努了努嘴。小李瞬间会意，飞奔上前，拦住了柯伟。

"伟哥，搞一搞吧？"

"啥？"

"Sorry，柯老师，真的是你老同事。"

"谁？"

"张萍。"

柯伟脑袋"嗡"的一下，没想到多年未见的老冤家，居然以这种尴尬的方式碰面了。他顿时来了精神，迎着众人意味不明的眼神，向调解室走去。

2

调解室里，张萍显得格外苍老，额头上已经布满了皱纹，戴着一副老花眼镜，穿着朴素的老年装，一副普通老太太的模样。只是衣服扣子扣错位了，虽然没有了当年颐指气使、不可一世的气焰，但浑浊的眼睛里依然可见岁月残留下的那种根深蒂固的傲慢。

柯伟冷冷地看着张萍，心里堵得紧。当年给他伤口上撒盐，把他差点儿逼死的老妖婆就在眼前，要不是那份添油加醋的报告，他如何会落到被"贬"到派出所的地步？！

"伟哥，小李没经验，你带带他。"管所长拍着柯伟的肩膀，大言不惭道。

"管所，最后警告你一次，别他妈乱起外号！"

柯伟面无表情地将管所长的肥手推到一边。尽管基层派出所所长的级别已由正科变成了副处，当年的柯探长也成了柯片警，但是面对现在的直接上司，柯伟还是保持着内心的那份骄傲。

在他看来，小管所和老管所一样不学无术，甚至还有过之而无不及。当年老管所至少敬业，每次出任务都会跟着刑侦总队一起做好后勤工作，力所能及地带带路，现在的小管所工作重心都放在维护人情关系上，日常业务基本都交给副所长和教导员代管。好在他为人还算大方，把所里的小食堂搞得不错，特别是夜宵极为丰盛，一般都会有二十几个菜，逢年过节也会给下属们发一些小福利和小红包。当然，柯伟从来不要这些，他当年可是管过大钱的人，也是管过大案的警察。

管所长飞了柯伟一个眼刀，他才懒得跟这个啥也不是偏又认死理的犟老头啰唆，免得刺激到柯伟，给自己找来麻烦。对他而言，只要柯伟不死在东北或者派出所里，那就什么都好说。

柯伟转头看着张萍，一瞬间将所有的人和事，包括管所，全都丢开，眼里只有她。他表情森冷，一副咬牙切齿的样子。可是张萍似乎已经无法认出眼前这个"凶恶"的警察，静静地坐在那里。没有了前呼后拥和阿谀奉承作为装饰，这个当年刑侦总队人人畏惧的政治处主任，现在不过是一个衰老的病妇。

小李在一旁感觉柯伟情绪不对劲，又说不出什么，也不知道该说什么，只能赶紧将案件的经过向柯伟简单陈述一遍。

柯伟听完情况，长叹一声，在这个宛如罗刹海市，充满矛盾和争执的世界里，果然没有一个人能独善其身。突然之间，曾有的那些怨恨与郁结一下子消散了不少。他看着眼前这个憔悴、呆钝的女人，实在无法将她跟当年那个势利、精明的政治处主任联系在一起。时间真是伟大的魔术师，能够改变一切。

或许，总还有些东西是无法改变的吧？

"警官，你可要为我做主啊。"保姆不依不饶地抓住柯伟讨要说法。柯伟点头应承下来，长呼一口气，平复自己的情绪，进入一位警察的工作状态。以他的经验，还是要将两人分开，毕竟张萍现在是不完全民事行为能力人，他要再问问具体情况，把她的儿子请过来处理。

调解室里只剩下柯伟和张萍，往日不堪回首的一幕幕在他眼前浮现，柯伟克制着自己的情绪问："还认得我吗？"

"不认识。"张萍说着，一本正经地从随身的包里拿出一个黑色笔记本，扶了扶老花镜道，"听口音，乡下的吧，你是那个胖阿姨的老公？"

柯伟无奈地苦笑一声，张萍没说错，他确实和那个阿姨是一个地方的口音。这么多年了，她虽然患阿兹海默病认不出自己，却能准确辨认出自己的口音，而且固执地带着她的工作法宝，真是江山易改，本性难移。

"龚四妹，对吧？"张萍翻开小黑本，不疾不徐道，"川沙县本地人，四十八岁……"

"张萍，你儿子姜忠良的电话是多少？"柯伟打断道。

"张萍、姜忠良是谁？"张萍愣住了，一脸无辜地看着柯伟，似乎她对这两个名字格外陌生。

"本子给我。"

"不行。"张萍捂紧小黑本，态度坚决道，"要对领导负责。"

"你说的领导是……石毅？"

"你怎么知道？！"

总队长石毅退休后，便被刚刚成立的经侦总队请去做了顾问。经侦总队长童明将他奉若上宾，可惜没多久，他便因心肌梗死在办公室里猝死了。据传说是因为接到了一个派出所的核实电话，他引以为傲的儿子因醉驾被抓，对着媒体镜头说自己老爹是某某总队长，把他的老脸都丢尽了。市局搞了一个盛大的追悼会，毕竟石毅是两个总队的缔造者，童明作为主持人痛哭流涕地念了悼词，张萍不可能不知道。

柯伟压抑许久的怒火"噌"的又蹿了起来，他再也控制不住，指着张萍的鼻子，将她和石毅做的缺德事，告黑状、分房子、拉偏架等一一翻出来，一番痛骂之后，柯伟感觉酣畅淋漓，痛快莫名。

然而，张萍仿佛在听别人的故事一般，只是紧紧地捏着小黑本。

柯伟一把夺过她手中的本子，想看看张萍是不是在装疯卖傻。在拿到本子的瞬间，他竟有些莫名的激动——当年，这个小黑本是恐怖的代名词，上面记录着全总队干警的过失错误，以备她随时向领导汇报。然而现在，柯伟翻开后却是大失所望，这小黑本里记录的，不再是抓他人"小辫子"的证据，而是如日记一般密密麻麻的日常琐事，以及一些重要的生活信息，例如家庭住址、电话号码等。

柯伟惊奇地发现，张萍居然和他住在同一片老式弄堂里，儿子姜忠良却住在上只角的富人区。在他的印象里，张萍夫妻二人早就搬到了当时最好的公安小区，住着两室一厅带电梯的新式楼房，为此她还大摆宴席在同事面前炫耀了很久。

柯伟一边摇头感慨，一边拨通了姜忠良的电话。

得知母亲张萍被扣在西门派出所，姜忠良磨磨蹭蹭半天，直到中午才到。

姜忠良已过不惑之年，是一家国企的中层干部，西装革履，提着精致的手提包。柯伟知道他是张萍的心头肉，捧在手里怕掉了，含在嘴里怕化了。当年他一放学就跑到政治处来，张萍还带着他到总队公共浴室洗澡。一些好拍马屁之徒，经常借此机会送他一些巧克力、变形金刚之类的小礼物。

"我妈犯病了，你们要赔钱的。"

姜忠良不分青红皂白，上来就是一顿输出，把派出所里的小民警吼得哑口无言。他心里清楚母亲年事已高，再加上身患疾病，即便做出再出格的事情，也没有地方敢关押。

"小姜！"柯伟厉声喝道。

"柯叔叔？！"

姜忠良看见柯伟，一下子便没了脾气，马上从嚣张犬变成赖皮糖，黏着柯伟开始诉苦。

当初张萍夫妻两为了给宝贝儿子买房结婚，耗尽了所有积蓄，可太平日子没过多久，婆媳关系却成了一大难题。婆媳两人经常为了一些琐事破口大骂，特别是为了孙女姜米珈的教育问题，甚至撕破脸大打出手。

父亲死后，姜忠良也知道母亲独居可怜，本想让她搬过来一起居住，毕竟自己和自己女儿都是她含辛茹苦带大的。可媳妇却不依不饶，近期更是趁着张萍病重糊里糊涂之时，卖了她公安小区的房子，还把她赶到环境恶劣的老式里弄平安里生活。那是张萍家最早的一间房子，也是姜忠良出生的地方，据说马上就要市政动迁，如果房间里面不住人，赔偿款就要大打折扣。媳妇的如意算盘打得啪啪作响，隔着一条浦江都听得到，这样做可谓一举两得。但是，对于年迈患病的张萍来说，那可真是雪上加霜。由于上下楼不便，她几乎都没有怎么下过楼，因而住在附近的柯伟也就没有见过她。

跟一个病人没什么好计较的，柯伟动了恻隐之心，转头做起保姆的思想工作。十分钟后，保姆终于松了口，姜忠良多赔了一些钱，事情妥善解决——这也是派出所解决这类纠纷的惯例。

只是由于恶名远扬，恐怕一时再没有保姆敢去照顾母亲，姜忠良只好无奈地将母亲暂时带回家安置。临走时，柯伟本不想多言，但在出门的一刹那，他还是反复叮嘱姜忠良，一定要多让张萍在户外晒晒太阳，这样有利于缓解她的病情。多年的恩怨，似乎已变得不那么重要。

颠三倒四的张萍这么一闹，让柯伟想起了高松在乡下的父母，他们年纪和张萍相仿。听金建民说，当年兄弟们的遗体告别仪式上，所有家属都哭得像泪人一般，只有高松的母亲一滴眼泪也没掉，她浑身颤抖地走到了遗体旁，结结实实地扇了高松两个巴掌，硬生生把拼接好的仪容打烂了。每当想起这些，柯伟就无比自责。为了弥补愧疚，他逢年过节必去看望高松的父母。这两年两位老人身体每况愈下，一个肺癌，一个乳腺癌，进城两眼一抹黑，都是柯伟带着他们去肿瘤医院看病，也算替兄弟尽最后一份孝心。只是这让他花钱如流水，柳霞虽为此牢骚满腹，但还是替他垫付了不少。

而柯伟在川沙乡下务农的父母，比高松父母年龄稍大一些，虽然没什么大病，但常年繁重的劳作，早已将他们的身体掏空，辛苦了一辈子也没攒下什么积蓄。毕竟只是个小老百姓，点滴的富足也是十倍百倍的汗水换来的，一旦有个小灾小难干不动了，就会快速返贫。幸好柯伟的父母有妹妹一家看着，这让他省了不少心，但父母每月的生活费他还是不得不掏腰包。

说实话，柯伟非常缺钱，也没有什么积蓄，他将本就微薄的工资分成了三份，其中两份暗自给到离世兄弟们的家人，他的生活因此可谓一地鸡毛。万一外地来了关于分尸案的线索，他这把老骨头的出行成本恐怕要比年轻时高出不少，以他现在的身体状况，路上很有可能会犯病，而基层民警的医疗报销额度有限，高额的医药费对他来说将是一场灾难。即便管所长大发善心，代表组织帮他搞个募捐，又能有多少善款？相对于看病的花费，不过是杯水车薪，更重要的是，他最后的骄傲和自尊将会因此被击得粉碎。

少年穷不是穷，老来贫贫死人。无权无钱，不谈格局，生存才是王道；无人无势，不谈情怀，务实才是根本。任何人的底气都来源于经济实力，柯伟思前想后，觉得哪哪儿都要花钱。钱是一个好东西，是人的胆子，能解决人百分之九十九的焦虑，一生要用钱来捍卫尊严的时刻太多了，所以这一阵，他都在寻思挣钱的路子，然后，就像很多被逼急了的普通人一样，柯伟自然就想到了赌一把，而要"赌得大"且"合法"，那只有股市了。可是，本钱呢？

当然只有借。

坐在办公室重新梳理能够借钱的人，最后，柯伟终于锁定了一个人，一个能够借到大钱的人。

3

派出所这辆共享单车，现在成了柯伟的专车，不知道是谁骑来办事的，可能是扫码扫不了，就丢弃在所里。好几天后，柯伟打了共享单车公司的联系电话，那人一听是派出所，车锁已坏，扫码也扫不了，可能是怕来派出所麻烦，说那就通过后台报废，不要了，"尸体"请派出所处理，直接挂了电话。

柯伟无语，后来出门看见这单车，抱着废物利用的想法，骑来骑去。

夏日炎炎，激发着人们无限的欲望，柯伟赚钱的一腔热望慢慢冷却，车速也慢了下来，他开始重新思考这钱到底借还是不借。

他想借钱的对象是一个女人，叫刁淑婷，现在是东海市星辉KTV的老板。

二十三年前，刁淑婷感激而认真地对柯伟说："我欠你一个人情，只要我能办得到，做什么都可以。"话犹在耳。这些年来，星辉KTV的生意一直长盛不衰，相比柯伟的那些穷哥们儿，刁淑婷混得可谓风生水起。尤其她携手郑彪一步一个脚印，在东海市开了五家分店，又借着 KTV 的平台，参股了不少公司，通过上市大赚特赚，身价水涨船高，豪宅豪车买了不少，也结交了不少权贵，几乎算是柯伟朋友圈中唯一的富豪。可是想到要放弃自尊坐在这个女人面前可怜地开口，他心里又很难接受。

但是最后，对战友的责任和对那个案子的执念占了上风，他咬咬牙，脚下重新发力，加快了车速。

到了老城区星辉 KTV 总店，大汗淋漓的柯伟将共享单车架在门口，一身黑西装的保安向他投来了鄙夷的目光，勒令他把单车放远点，免得有碍观瞻。

阎王好见，小鬼难缠。柯伟多年未联系刁淑婷和郑彪，赔着笑脸递上香烟，保安还是硬生生地把他挡在了门外。眼看出师不利，柯伟一急之下，扯着嗓子在门口大喊大叫："刁淑婷，我柯伟啊！"

这招果然有效。不多时，一个面容白皙的女人，慢悠悠地从大堂深处走出，走到他面前站住，微仰起头，以市侩的眼神审视着柯伟。

她是刁淑婷的助理雪莉，一路从青涩新人干起，逐渐成为刁淑婷的心腹，据说还是她的干女儿，也是具体打理这家星辉 KTV 的经理。

越有钱的人，越不愿意和穷人打交道，柯伟深知其中的道理，面对这个看似势利倨傲的女人，柯伟简单地说是刁总的老朋友。

他那股收敛后依然震慑人的气质，镇住了见多识广的女经理，她不敢怠慢，立刻给刁淑婷打电话汇报，然后收起冷冰冰的表情，换上了职业性的微笑，将柯伟请到会客室等候。

这里依旧豪华奢靡，充斥着金钱的味道。

董事长办公室。

刁淑婷正在和郑彪"盘肠大战"。

柯伟的意外拜访，并没有干扰他们忙里偷闲的兴致。

这么多年来，刁淑婷和郑彪两人虽然没有夫妻之名，但早已有夫妻之实，在管理星辉和其他产业上，两人一文一武，配合得相当默契，尤其是当竹统帮老大陈浩楠去世后，两人更是放飞自我。刁淑婷凭借着精明的头脑和雄厚的财力，慢慢实现了阶层跨越，从幕前走到了幕后，成为某资本的董事会主席，也成了东海市有名的慈善家。郑彪则紧随其后，稳稳地坐上了帮派在东海的老大的位置。可再完美的人生也会有遗憾，刁淑婷最大的遗憾，是她和陈浩楠唯一的儿子，由于疏于管教，刚刚成年不久就因争强斗狠，被几个小混混偷袭乱刀捅死了，而她也因为常年熬夜、喝酒抽烟，失去了生育能力，从此巨额财富后继无人。

但物质的极大丰盈让刁淑婷青春长驻犹如少女，相比于柯伟，岁月对她真是太仁慈了。

为了"宣示主权"，刁淑婷今天特意来查岗，也许是见到一派繁荣和顺，刁董事长心情舒爽，到了办公室后她颇有兴味，表现得比往日更加主动。郑彪关掉监控，刚刚走到沙发旁，就被她一把揽过去，那种迫不及待甚至让郑彪感觉有些招架不住。二人没有任何言语交流，却能体味到对方的灵魂因为彼此而存在。虽然，这种存在随着金钱的与日俱增和地位的提升，变得越来越不纯粹。

终于，郑彪松开手，翻身下来，坐在波斯地毯上，习惯性地点上一支烟，让自己平静下来。他漫不经心地望着还躺在沙发上的刁淑婷，似乎是在回味刚刚的一番波澜壮阔，然后，小心翼翼地长舒一口气。

办公室的敲门声再次响起，传来了雪莉悦耳的声音：

"刁主席，柯先生等候多时了。"

会客室。

漫长的等待让柯伟有些心灰意冷，又觉得屈辱，似乎全世界的人都知道他今天来的目的是借钱，所以联合起来故意为难他。喝完第三杯咖啡，柯伟内心做了一个艰难的决定，正准备起身离开，刁淑婷和郑彪出现在门口。

"老柯头，稀客呀。"

刁淑婷自顾自地坐到柯伟对面，先点起一支女士香烟，吸了一口，再漫不经心地问："什么风把你吹来了？"

"借点儿钱。"柯伟直接说。

或许是本来就心虚，或许是真实的敏感，柯伟渐渐感觉到了女董事长笑容背后的敷衍，同时，过去和自己称兄道弟的郑彪也面无表情，就像是不认识他一样。

"借多少？"

刁淑婷依然是那副漫不经心的样子，随口问道。

柯伟伸出食指，心情忐忑地说："这个数。"

"一千万？"刁淑婷缓了缓，吐出一口烟圈，不动声色地点头，"小意思。"

柯伟怔了一下，他被刁淑婷别样的豪爽震惊了，迟疑着解释：

"没那么多，一百万。"

"一百万那就甭借了，我送你。"

刁淑婷说着朝郑彪努了努嘴，郑彪轻车熟路地打开保险柜，数出了一百万摆在柯伟面前。

星辉一天的流水是一两千万，三成左右都是现金支付，郑彪每天晚上雷打不动会去五家分店取款，把现金安全护送到董事长办公室里，等到保险柜装不下时，再去银行存掉。当然，碰到一些未开封的新钱，为了不找麻烦，他们也有独特的处理方法。

柯伟不是没有见过这么多的现金，但这么突然地摆在他面前，而且说是送给他的，他还是无法掩饰自己的震惊，怔了怔道："我借。白送的东西往往太贵，我怕我付不起那个价。"

"也不是白送。"刁淑婷盯着柯伟，神秘一笑道，"我们做个交易。"

"交易得有彼此都想要的……"

"有人挖我墙脚，你得帮我。"刁淑婷直截了当地摊牌。

"徐辉？"

柯伟反应很快，虽然他现在只是弹压街面的派出所民警，但对这些江湖中事，还是了然。

"对，是徐辉，外号小辉哥，"郑彪快快不乐地插话，"在附近开了好几家 KTV，天天抢生意。"

柯伟默然。他今天只想来借钱，不想卷入这种大麻烦。背景深厚的两大势力碰撞，也不是他这小民警能够左右局势的。

但是刁淑婷说了出来，那就表明，他要想借这钱，就得蹚这浑水。

当然，刁淑婷也有迫不得已的理由。这些年，开场子的确已不是她的主业。随着东海市经济快速发展，与之配套的第三产业如雨后春笋般层出不穷，KTV 行业也从原来的星辉一家独大，发展到如今的百家争艳，竞争之激烈可想而知。但星辉毕竟是她的老本行，也是各种商业公关的重要场所，来钱快又有稳定的现金流，所以她是不会轻易放手的。

　　"我帮不了这忙。刁总，你好好看看，你面前的已经不是柯探长，只是一个身体很差的老民警了。"柯伟淡淡道。

　　"那你一个老民警，就敢开口跟我借一百万？你以为我就是你的提款机？"刁淑婷冷笑。

　　"你不借我就算了。"柯伟叹一口气，起身准备离开。

　　"借，当然借！"刁淑婷起身，过来拦住，"柯大侠，别人不知道我还不知道你？全东海市的老民警加在一起，你也是响当当的人物。二十年前你能帮我，二十年后你还是能够帮我。柯大侠，刚才我说错了话，你大人大量，多加海涵。"

　　不愧是欢场打滚出来的老货，翻脸快过翻书。柯伟心里叹气一声，到底人穷志短，叹道："钱我借，但跟徐辉无关。"

　　刁淑婷微微一笑，把桌上的一百万现金分成两份："柯大侠，这是三十万，你先收着。这部分钱公司还要运转一下，剩下的七十万，一周后来拿。"

　　柯伟看着眼前这张娇艳的笑脸，心里像吃了一只苍蝇。

　　他明白刁淑婷捧他重视他，不过是因为他以前管理过特情，她想借助他掌握的这份秘密力量做些事罢了。然而特情如同双刃之剑，以恶为善可以，以恶为恶只怕会打开潘多拉的魔盒。柯伟正为难，郑彪趁他犹豫之机，将三十万现金放进了手提包内，硬生生塞给了他。就在此时，安琪尔满面春风地推门而入。

"安琪尔还认识吗？"刁淑婷看向柯伟调侃道，"星辉现在的老总。"

"大姐头，取笑我。"安琪尔乖巧地坐在一边，对郑彪视而不见道，"在您面前我就是马前卒。"

安琪尔比以前胖了一圈，柯伟向她点头示意，听出来她话里有话，也不想理，只管自己的事，对刁淑婷道："写个借条吧。"

"算了。"刁淑婷微笑道，"你柯大侠的名声还怕不值这几十万小钱？虽然按规矩借钱不能问，不过小妹关心，柯大侠你借这钱，还去东北？"

"炒股。"

刁淑婷惊奇地皱眉，柯伟的回答让刁淑婷大感意外。

"年初从3587点一路下跌，"柯伟学着老妖的口吻，自信满满道，"大盘毕竟是从高位跌下来的，早晚会涨回去。"

"刀口舔血，别玩儿了。"刁淑婷泼冷水道，"炒股是富人收割穷人的手段。"

"只要不做PTP，股票就算再跌，毕竟还有个东西在。"安琪尔打圆场道。

"PTP是典型的庞氏骗局。"郑彪跟风道，"这些老板，天天在星辉花天酒地。"

刁淑婷目光犀利地看着安琪尔和郑彪，办公室里一下子安静了。柯伟看着三人的表情，猜到了大概，刁淑婷依旧是大姐头，只是她与这两人的关系似乎很微妙。

"别以为我不知道你们俩背后干的那些事儿。"刁淑婷只轻描淡写地点了一句，安琪尔和郑彪便呆若木鸡。

"有好多投资 PTP 的，都倾家荡产了。"柯伟打破沉默道，"前两天还有一家三口，跳楼自杀了。"

"尤其是飞鹿金融。"郑彪义愤填膺道。

刁淑婷看着柯伟，淡淡地问："听说他老爷子位高权重？"

"死了。"

柯伟简短地回答，脑海里立刻浮现出一个戴着眼镜、白白胖胖的人物形象：石毅。

没错，石晓君就是市局曾经的刑侦总队长石毅的独生子，从美国留学回来，满肚子坏水。他嫌弃父亲是穷酸的官僚，却打着父亲的旗号到处招摇撞骗。前几年，飞鹿金融的广告铺天盖地，很多外省市的投资者也慕名而来，柯伟本来也有所动心，得知是石毅儿子搞的项目后，他果断放弃了。

"自立上班了吧？"刁淑婷又问，"自从上了小学，就再也没见过。"

"还没有。"柯伟欲言又止。张自立上警校的情况，他们一概不知，之所以保密，是因为他亲生母亲的事要找一个合适的机会才能告诉他。而真相，也跟眼前这三个人有关。

刁淑婷神秘一笑，似乎洞察到什么，道："结婚喝喜酒，可别忘了我们。"

"你们是长辈，一定要坐在主桌。"

柯伟话音未落，手机忽然响了起来，是警校毕业年级大队的李教官打过来的，声音急促带着责备：

"张自立家长，马上到队部来一趟。"

4

柯伟努力克制自己心里的焦虑和不安，镇定地告别，在星辉门口打了辆出租车，慌慌张张地往警校方向赶。分尸案后，柯伟领养了受害人尚在襁褓中的孩子，给他取名张自立，期望他能自立自强。一路上他胡思乱想，现在是毕业分配的关键时期，要是出点儿什么事情，会影响张自立一辈子，他把所有能想到的不好情况全都想了个遍。尽管出租车已经开得很快了，可他总觉得还是慢。好不容易赶到警校门口，没等车停稳他就拉开车门，踉踉跄跄地往队部跑去。

柯伟焦急地从门上的玻璃望进去，只见张自立歪着头靠墙站着，脸上涂着红药水，青一块紫一块的，警服也破损不堪，看上去很是狼狈。李教官则在一旁的椅子上坐着，双臂抱在胸前，满脸怒气地训斥着。

柯伟暗叫糟糕——倒不是担心张自立挨打，因为张自立从小跟他学格斗，还跟着滚地龙偷学了不少街头殴斗的实战技巧，都是一招致命的阴招损招。张自立都被揍成这样，那和他打架的人要么是真正的高手，要么已经躺在医院被医生抢救了。然而，目前只看到他一个人，大概率是后面一种情况。

柯伟倒吸一口凉气，忐忑不安地敲了敲门。李教官扭头一看，阴着脸一句客气话都没说，直接把他带到了另外一间办公室。

"李教官，啥事？"柯伟惶恐道。

"不愧是散打冠军啊，从后排踩着桌子跳过去，和三个同学打作一团，不对，是一顿胖揍。"李教官气呼呼道，"被打的同学已送医院救治，家长已经闹到雷校长那里了，你看这事儿怎么处理吧！"

柯伟全身一哆嗦，看来事情比他想象的还要恶劣。

今天上午警校客座教授、刑侦总队重案支队长金建民给预备警官们上辅导课，课上他讲了一些至今还未破获的案件，希望学员们把案件当作自己职业生涯的目标。在讲到"3·15系列杀人分尸案"时，现场一张张血淋淋的照片刺激着学员们的感官，阳光下的罪恶令他们无不愤愤不平，而死者的一件件遗物，更是令人唏嘘不已，其中一个长命锁看着甚是眼熟，大家纷纷议论起来。此时金建民接到一个重要的电话，暂时离开了课堂，叫学员们先自行讨论。然而，以区队长陈泽渊为首的几个学员窃窃私语，甚至嘻嘻哈哈，朝后排的张自立指指点点，一句"那妈莉莉"，不仅引发了全年级学员的哄堂大笑，更让张自立的女朋友夏艳红羞愧难当，这是暗讽张自立是妓女的儿子。

自从去年射击课张自立在生死一线间，果敢机智地解除课堂危机后，他便成了夏艳红心里的英雄，自然也成了夏艳红的男朋友，而陈泽渊则一直对夏艳红有意思。这陈泽渊仗着叔父是分管刑侦的副局长陈卫国，总是带着两个小跟班恃强凌弱，就连大队老师也要让他三分。不过，陈卫国对他要求很高，他从小跟着陈卫国，耳濡目染，立志要当刑警，专攻疑案积案，尤其对"3·15系列杀人分尸案"了如指掌——这不仅是金建民留下遗憾未破的案子，而且是当年陈卫国参与、柯伟主持的重案。因而他刚上警校时，听到张自立是柯伟的儿子，就怀疑他是被害人张桂珍的私生子，特别是张自立一直偷偷挂在脖子上的长命锁，让他好奇不已。如今在课堂上一番试探，结果彻底得到了印证。

情敌挑衅，分外眼红。张自立忍他们很久了，新仇加旧恨，一股热血直冲脑门，他愤怒暴起，冲到前排向陈泽渊讨要说法。向来被人捧着的陈泽渊怎会把张自立放在眼里，两个小跟班也围了上来，狐假虎威地继续辱骂张自立。陈泽渊见有人帮衬，不知死活地偷袭张自立，将他脖子上挂的长命锁一把拉出来，向同学们展示自己的判断，还羞辱他是"有娘生没娘养的野种"。

这下，张自立彻底愤怒了——这可是母亲留给他的遗物！他哪里还按捺得住，以一敌三和他们扭打了起来，拦也拦不住，还有同学上来拉偏架，被张自立一脚踢开。

不消片刻，张自立便把三人全部放倒，要不是被金建民和后赶来的李教官死死抱住，后果不堪设想。120急救车也赶到了现场，将三名伤员带走。张自立被带到了队部，李教官严肃地质问他打人的原因，桀骜不驯的张自立不屑为自己辩解，一直沉默不语。李教官不时接到"关心"的电话，让他压力倍增，没办法只好将柯伟叫来协助处理。

虽然校方最终的处理结果还没定，但可以肯定的是这是东海警校自建校以来最严重的一起教学事故，处分肯定是要给的，至于是开除学籍还是其他处分，目前谁也不好说。

柯伟感到了一股冰凉彻骨的寒意，他抱着装有三十万现金的手提包，感觉整个世界瞬间变得毫无意义，眼前一黑瘫坐下来。

片刻后，在李教官的安排下，柯伟失魂落魄地走进了队部，一看到愤愤不平的张自立，心不由得软了下来，那些已经冲到嘴边的骂人话，被他生吞进肚。毕竟"3·15 系列杀人分尸案"是他一辈子的愧疚，他没有勇气和脸面去指责受害者的家属。

柯伟拉来了两把椅子，和张自立面对面坐下，查看了一下他的伤势，还好都是一些皮外伤。一阵尴尬的沉默后，他拉住了张自立的手。

"咋回事？"

"他们说的是真的吗？"张自立手里紧紧握着长命锁，直勾勾地盯着柯伟，不答反问。

自从张自立被送进儿童福利院，他的身世就一直保密，被保护得很好。可随着时间的流逝，天下没有不透风的墙——当年参与"3·15 系列杀人分尸案"侦查的也不只有柯伟一个人。上小学时，有几个同学开始嘲笑他是妓女的儿子，一传十，十传百，这让年幼的张自立羞愤不已。他的童年，一直被一层挥之不去的阴影笼罩着。他清楚地记得那些无情的嘲笑和讥讽，"有娘生没娘养"，这句话成了他童年的噩梦，那些孩子尖锐的声音，如同一根根针，刺痛着他幼小的心灵。

张自立自尊心极强，刚烈急躁，经常因为这件事情，一言不合就和小朋友大打出手，柯伟没少被学校的老师叫去批评。每次被老师约谈后，张自立都问柯伟，他的亲生母亲张桂珍，究竟是干什么的，为什么要离开他。柯伟一直用善意的谎言安抚张自立，甚至柳霞、老妖等人被张自立问起身世，他们的回答也出奇地一致：张桂珍当年意外怀孕生下他，因为无力抚养，才将他送了出去，自己则回到了江宁老家结婚生子，只要张自立好好学习，她早晚会来和他母子相认的。

张自立的母亲，那个在他生命中缺席的女人，成了他内心深处永远的痛。他想象着她的样子，想象着她的声音，但记忆中只有一片模糊。他渴望母爱的温暖，渴望家庭的完整，但这一切对他来说，都是遥不可及的梦想。

张自立一直认为母亲还活着，当初他努力考警校，就是盼着有朝一日能与母亲相聚。进入警校后，他以为这是一个新的开始，一个摆脱过去的机会，但那些嘲笑和讥讽并没有因为他的努力而消失。警校的同学们，那些本应成为他战友的人，也用同样的眼光看待他。类似"你妈妈是妓女，你怎么配当警察"这样的话，总是让他感到无比愤怒和无力。直到今天上午，张自立看到了金建民的案情介绍，现场照片中那个被分尸的年轻女性，就叫张桂珍！

猝不及防的这一幕，对这个涉世未深的小伙子来说是一个沉重的打击。一瞬间，张桂珍身上挨的每一刀，仿佛都狠狠地捅在了他的胸口，生命和心灵都被割裂成碎块，再也找不到凝聚的方向。他不敢相信自己的眼睛，更不敢相信自己的身世居然如此不堪。他恐惧别人看他的眼神，现实世界突然出现了一条无法逾越的鸿沟，他甚至不敢面对夏艳红，只能像一只受伤且暴怒的野兽，挥舞着铁拳，让那些耻笑他的人闭嘴，从而发泄内心的痛苦。

柯伟一直担心的"核弹"，终于被引爆了。

"我到底是谁啊？"张自立咆哮道。

"这不重要，你现在活着，是我柯伟的儿子。"

"妓女的儿子……"张自立无助地看向柯伟道，"都是骗子。"

"我本想等你毕业以后，再找机会告诉你。"柯伟无奈道，"唉，老金不知道你在课堂上。"

"不抓住王猛、冯青支，誓不为人！"张自立低吼道。

柯伟低下头，他们的手紧紧相握，这一刻，父子同心，使命传承。

从这一刻起，张自立再也不是普通的警校生了。

医院那边传来消息，经过细致的检查，其中两位伤者，一位折了两根肋骨，一位鼻梁骨断裂。陈泽渊伤得最重，不仅破了相，还被踢到了下身，肿得像个皮球，需要留院观察，搞不好就要断子绝孙。柯伟马不停蹄地赶到医院，向伤者的父母连连道歉，支付了所有医疗费用，刚借到手的三十万，瞬间被花得几乎干干净净。

柯伟苦苦哀求伤者家属能给张自立一次改过的机会，就差跪下来磕头了。可是对方根本不买账，陈保国把柯伟送来的水果和营养品扔得满地都是，放话要柯伟赔偿三百万，否则就要他哥哥陈卫国把张自立开除出警校。

医院门诊大厅，柯伟双眼空洞，感觉自己好累，委曲求全的滋味不好受，仅剩的一点儿尊严，被反复摁在地上摩擦殆尽。手机一直响个不停，他置之不理，不想再和任何人废话。

柳霞匆匆赶来，她是柯伟的女朋友，对他最知冷知热的人。

汗水从柳霞脸颊上滑过，她眼神中带着关心和责备。柯伟抚着额头，不想解释什么，只想找个地方，好好睡一觉，最好不要起来。柳霞看在眼里，急在心里，聊了几句，她便猜出了大概，但是她一下子也拿不出三百万现金。

"别傻坐着啊！"柳霞拉起柯伟道，"要不找找人？"

柯伟轻轻一叹，为了张自立，他只能振作精神。略一想，现在能够帮忙沟通的人，只有金建民了。

夜深人静。

自从办理完调离手续，柯伟再也没有踏进刑侦总队大院这个令他伤心不已的地方。他特意约金建民在晚上碰面，就是想避开以前的那些老同事。

"真够倔的。"金建民给柯伟添了口热茶道，"这么多年，就再没有回队里看看。"

"调走的调走，退休的退休，好多人都不认识了。"

"我也快了。"金建民叹气，"你呢，还是年年跑东北？悠着点，身体要垮了，那就啥事也干不了，该休息就休息吧。"

"悠不着。心里压着……你说你老金，就不能举别的案子？"柯伟终于忍不住责怪起老领导来。

"你一直瞒着，我也不知道自立就是……"金建民慨叹，"这个案子是你心中的结，也是我心中过不去的坎……一战牺牲两个同志，将来我退休，也退得不甘心不安心啊。"

"王猛、冯青支有消息吗？"

"还没有。现在命案太多了，总队现在只负责两人以上或是碎尸的案件，手头上就这么几十号人，忙都忙不过来。"金建民岔开话题道，"幸好我有秘密武器，给你介绍一下。有个小伙子万子良……"

"改天吧。"柯伟冷冷地笑了笑，在他眼里，那些所谓的秘密武器，不过是打着高科技旗号的花架子，真正能解决问题的并不多。但是，看着金建民花白如雪的头发和眉毛，他心里甚是不忍打击他的积极性。

"你还真把张桂珍的儿子培养成才了。"

"自立也是我的秘密武器。"柯伟有些得意道，"要是有机会好好培养，说不定'3·15系列杀人分尸案'会在他手上破获。"

张自立两次高考失利，是他一直鼓励督促，张自立才没有放弃。警校的招考也异常严格，每一步都有柯伟的心血，否则他根本就没有穿上警服的机会。谁料到在即将毕业，马上就要苦尽甘来之时，张自立捅下天大的娄子，柯伟一想到这些就无比揪心，得意的神情瞬间变成失落。

"嗯，身上有股子狠劲儿，颇有你当年的影子。"金建民惋惜道，"可办案有回避政策，再说了，怎么就踢到人家命根子上了呢？"

"动起手来，破马张飞的。"

"雷校长大发雷霆，责令学生处严惩不贷，被打的三个学生给了警告处分，而张自立要顶格处理。"

"其他两个学生伤得不太重，关键是陈卫国的侄子。"柯伟恳求道，"我来找你，也是想请你跟陈卫国说说。"

"找陈卫国是对的。他就这么一个侄子，当儿子养着，陈保国这么欺负人，也是因为他哥。"金建民皱起了眉，"你自己不能跟他说，再怎么……"

这句话没说完，可是两人都知道是什么话。当年柯伟是东海最牛气的探长，陈卫国算是柯伟的兵，谁承想柯伟混成了片警，陈卫国却官运亨通，一路做到了市局副局长。

"正是因为……这个，所以我才不好去找他，要请你出面。"柯伟轻叹一声，"我和他，这些年几乎没有联系过。"

"我其实也同样尴尬，他也曾经是我的兵。"金建民面露难色，"不过陈卫国注意形象，一向秉公办事，他侄子这事他不会轻易表态。我猜难点在于下面的这些人。"

金建民的推测不无道理，所谓的下面人，一是陈卫国的弟弟，他打着陈局长的旗号给雷校长施压，不仅要拿到天价赔偿，还要开除张自立为儿子泄私愤，甚至倒逼雷校长给他儿子拿到优秀毕业生的政治资本；二是一些拍马屁的小人，借此事向陈局表忠心，表面上是严肃处理，其实背后都有自己的小九九。一来二往，像张自立这样没背景又犯了错的孩子，就会被人借题发挥，成为牺牲品。

"救救孩子。"柯伟"扑通"跪下。

"老柯，你做啥！"

金建民大惊，赶紧将柯伟扶了起来。他知道柯伟的倔脾气，也知道柯伟所做的一切都是在赎罪，但还是责怪道："我们两个，你这样做是不把我当朋友了！"

"只要你帮自立。"柯伟倔道。

当年，他就是这样被小人所害，不能再让张自立吃同样的亏。男儿膝下有黄金，柯伟从没有如此低三下四过，当年即便再苦，他也没向组织提过任何要求，可是现在，为了张自立，他做什么都愿意。

"这个忙我肯定帮。我明天一早就去陈卫国办公室找他。"金建民认真道，"不过老柯，我话先说在前面，如果不成，你可不要怪我。"

柯伟松了口气，正要表示感谢，办公室外突然传来急促的脚步声。

"金支，滨海区发现碎尸。"

一探组探长陈强眉头紧蹙，手持电台推开了办公室的门，进来就大声嚷道。身后跟着一名形如人猿泰山的壮汉，外号"炮哥"，大名惠俊豪。

"慌什么！"

"滨海区瑞港小区下水道被大量奇怪的肉馅堵塞……"

"下水道！肉馅！"柯伟瞬间睁大了眼睛，如同听见了两声惊雷，从椅子上腾地站了起来。突然间他仿佛醒悟到，老妖托梦告诉他"来了，快来了"的真实含义。

"强子，这位是你的前前任探长。"金建民介绍道。

"前辈，失敬。"

陈强伸出手来，以示友好。然而，柯伟却如木头人一般视而不见。门外的惠俊豪翻着白眼，心里冷哼：倚老卖老。

可是此刻，柯伟心里眼里，哪里还注意得到这些！

二十多年的愧疚、心酸和耻辱如决堤之水，在柯伟心里翻江倒海，他似乎已经看到了王猛和冯青支这两个恶魔正在分尸的背影，他的身体开始不受控制地颤抖。

"能不能……"柯伟颤声问道。

"别添乱。"金建民毫不留情地打断了他。

金建民知道柯伟此时此刻的心情，但是现在，案子刚发，案情未明，还不是这位老部下老战友参战的时机，他拿起装备，带着陈强快速离开了办公室。

柯伟跌坐回座位，往事如潮水般再次淹没了他。

从来不需要想起，永远也不会忘记。

二十三年啊二十三年……

第二章

线索查找之路

1

1995 年，国家 GDP 快速增长，当时在肯德基举办婚礼，堪比五星级酒店，是一件非常时髦的事情。这年，邓丽君去世，张雨生还活着，大街小巷都能听到辛晓琪的歌曲《味道》："想念你的笑，想念你的外套，想念你白色袜子和你身上的味道……"

这是一个充满朝气和希望的年代，一切有着无限可能。

北郊区，工人新村小区。

新年伊始，洋溢着喜庆的气氛，偶尔传来一两声鞭炮响和孩子们的欢笑声。周末下午，家家户户都开始洗洗涮涮，用水量大大增加。一户居民发现三楼以下的下水道无法正常排水，而最底层居民家的下水道里，正源源不断地冒出油腻腻的肉馅。

其时正值"下岗潮"，对于下岗工人们而言，这样的浪费是绝对不能容忍的。那户人家一边义愤填膺地咒骂，一边挽起袖子不断清理，但那些残渣清理了一批又浮上来一批，没完没了。那漂浮着油渍的碎肉很奇怪，虽然没有任何腐烂的气息，但那种味道不像牛肉，也不像猪肉，直到掏出了一些奇怪的碎骨头，工厂保卫科的同志才赶紧打通了公安局的电话。

几辆崭新的桑塔纳警车，闪烁着红蓝警灯，从刚刚成立两年的刑侦总队大院疾驰而出，总队最年轻的探长柯伟，坐在为首的警车副驾，手持电台正向总队长石毅汇报情况。

"可能和'1·20分尸案'有关联。"

"猜测有用吗？"

"明白，三十分钟内赶到。"

"别忘了军令状！"

精壮干练，英气逼人，刚刚破获了"敲头案"被破格提拔，此时的柯伟，在别人眼中，能力出众，领导赏识，前途无量，意气风发。可是柯伟自己心里却是相当沉重，不仅是因为案子的压力——年前的"1·20分尸案"还没破，疑似分尸案又接踵而来——还有家庭的原因。

探员陈卫国在路口猛打方向盘，将油门踩到了底，把身后的三部警车远远地甩开，后排的高松、邱建华握紧把手，开始调侃。

邱建华："窝着难受吧，老陈？"

陈卫国："习惯了。"

高松："长手长腿，箱子间怎么住得下？"

陈卫国："去年分房，轮到我，就剩下顶楼一间了。"

邱建华："慢点开，《红番区》的成龙啊？"

高松："成龙能破敲头案吗，是吧，柯大侠？"

柯伟沉默不语，腰间的摩托罗拉 BP 机一直响个不停，一串串催命符般的文字在屏幕上划过："不要玩失踪，知道你又在加班。""女儿一定要带走。""去美国的机票已经买好，就等你签字了。"

陈卫国侧目看到了大概，正要劝慰，柯伟直接将 BP 机关机，狠狠地甩到了脚下。陈卫国默然，心里叹一口气，发动机发出嗡嗡的咆哮声，警车加速前进。

路上的车不多，柯伟一行人很快便来到了工人新村小区。

这两年，随着经济高速发展，打开门窗，苍蝇也飞了进来，社会富裕，却也滋生了相应的问题，比如物价飞涨，治安形势严峻，重特大案件频发，公安部正计划开展第二次全国性的严打。柯伟等人检查好装备，将随身携带的 64 式手枪上膛，陆续下了车。

北郊分局的曹副局长，带着刑侦大队李队、江桥派出所的管所，早已在小区门口等待。小区里面的老百姓纷纷跑出来看热闹，将小区内外的各条道路挤得水泄不通。

曹副局长："金支没来？"

柯伟："马上到，先说说情况。"

曹副局长神情严肃，朝李队和管所使了一个眼神，侦查员们迅速围上来，纷纷拿出侦查日志。

工人新村小区始建于 20 世纪 80 年代，由二十几栋板式六层小楼组成。据说当年建成的时候，作为样板，领导还视察过，相比市里的老式弄堂，这里有独立的厨房和卫生间，居住条件要好得多。可如今，当年工人老大哥的辉煌早已不再，随着工人们纷纷下岗，房子出租出售的不少，这里居民的人员结构发生了很大变化。

不排除犯罪分子还在小区里的可能，派出所民警已经将四个出入口完全控制，目前小区只能进不能出。

发现尸块的地方，是整个小区中间17号楼3单元一楼的一家住户，该小区17号楼所有的房间已经被江桥派出所彻查一遍，并未发现分尸的现场。这是由于小区的下水管道年久失修以及设计不合理而造成的污物回流，因此以17号楼为中心，周围所有的楼都有可能是分尸现场。

"17号楼作为重点，再查一次。"柯伟掏出了64式手枪，不容置疑道，"卫国和我一组，阿邱、小松一组，分头行动。"

"对派出所不放心？！"

当着曹局的面被质疑，管所长明显不太高兴。

"守好门就阿弥陀佛了。"柯伟看了一眼不远处吊儿郎当的派出所民警和抽着香烟的保卫科干事，想起了当初"敲头案"的主犯就是在他们眼皮子底下溜走的，不禁摇头道，"废物！"

"怎么说话呢！"

一位身形伟岸、双眉浓如漆的警官快步走了过来，正是去年由副转正的支队长金建民，他和刑科所的技术员们稍晚一步赶到，柯伟闻声顿时没了脾气，招呼了一声便逃也似的搜查去了。金建民面带歉意和曹局简单寒暄之后，也立刻开展工作。

17 号楼 3 单元 5 楼 502 室。

郑彪躺在床上，嘴里咬着毛巾，正给自己胸部的伤口换药，撕心裂肺的疼痛让他英俊的脸庞变得狰狞。

"砰砰砰！"

一阵急促的敲门声，让郑彪瞬间冷汗直下，他草草地包扎好伤口，将身边的手枪上膛，别在了腰后，快步走到窗口，用窗帘挡住身体，侧身向下张望，只见楼下的警察越来越多。

一名警察突然转头，仰视，两人目光猛烈一碰，郑彪心中一寒，不由自主地闪回墙后，心惊胆战。

怔了怔，赶紧收拾房间，本想洒点香水或者醋酒，可是刚才隔窗相看，那道刀锋般的目光让他放弃了这些花招，本能让他觉得肯定会引起更大的怀疑，索性什么也不做，坦然面对——一旦被揭穿，那就鱼死网破。

"开门。"

"公安局的。"

脚步声终于停在了五楼。

怎么又来一遍？这次警察的风格和刚才派出所的截然不同，难道自己暴露了？郑彪深吸一口气，故作镇定，将一只手压在腰后的枪上，另一只手缓缓打开了大门。

"怎么半天不开门？"

"上厕所。"

"叫啥？"

"邹守义。"

"听口音不是本地人，身份证。"

郑彪从皮大衣内兜快速掏出大陆通行证，没等柯伟反应过来，便将通行证塞到了他的手上，精神和肌肉也随之绷到极致。这一刻，时间仿佛静止了，但凡对面两个警察有控制他手的企图和动作，他就会快速抽枪，一枪爆头。

这是郑彪无奈之下的决定。

柯伟拿着郑彪的证件仔细翻看起来，面容平静，动作自然，似乎丝毫不知道刚才四目相对的一瞬间，他已经与死神擦肩而过。

但是实际上，柯伟感觉到了对方的紧张和异常，只是优秀的警察遇上这样的情况，都是泰然自若，首先麻痹对手。

陈卫国则趁机进屋，开始搜查，郑彪并没有阻拦，而是用眼角余光盯着。

"来东海做啥？"

"经商。"

柯伟抬起头，仔细打量郑彪。刀削岩石样的面孔，满是络腮胡子，一双凶狠的眼睛闪着冷光，虽然和通行证上的照片长相一致，但怎么看都不像是经商的人，身上隐约还有血腥的味道，搞不好背着命案。

"啥生意？"

"房地产。"

"哪家公司？"

"商臣集团。"

几句平静的问答间，陈卫国已经将三间简陋的房间彻底翻了一遍，并未发现与分尸有关的任何证据，回来对柯伟点点头。

柯伟再次审视对方，郑彪似乎也知道陈卫国没有收获，不由镇定和放松下来。柯伟吐了口气，时间紧迫，哪怕这人有事，也应该跟当前的碎尸案无关，他不能主次不分地纠缠，现在又大力宣讲投资环境，像商臣集团这样的招牌企业影响很大，不能轻举妄动，只能暂时搁一下。他直接将郑彪的大陆通行证暂时没收，责令他明天到刑侦总队接待室领取，然后带队继续查问其他住户。

郑彪关上了门，长出一口气，伤口渗出来的血，已经洇湿了衣角。

2

18 号楼 1 单元 3 楼 303 室。

油腻的灶台上正炖着一锅肉，扑鼻的异香早已融入千家万户的煎炒烹炸，案板上还有一对血淋淋的手，等待处理。

而这间屋的租客，正在楼下。

一个身材高大威猛，另一个则显得瘦弱。虽然碎尸已被发现，大批的警察已经赶到，但他们并没有逃跑，还在故作轻松，气定神闲地跟邻居招呼探讨。大个儿阔绰地拿出一包中华烟，分给周边看热闹的邻居，他俩平日里和邻居们井水不犯河水，朴实的工人们对其没有任何怀疑。

眼看着派出所民警将楼洞出入口把控起来，瘦子又急又怕，他垂下眼不敢跟任何人目光相接，将大个儿拉到一边。

"哥，跑吧？"

"慌什么，东西还没拿。"

大个儿其实也非常慌，但他嗜赌成性，所谓的东西就是他费尽心机抢来的赌资，到嘴的肉舍不得丢，搭上性命也想赌一把。他在楼下故意停留，就是为了不引人注意，他觉得自己假如和瘦子一起匆匆上楼，又匆匆下去，别人肯定会有所怀疑。在楼下待了足有十分钟的工夫，大个儿看了瘦子一眼，瘦子立即明白了他的意思，两人从小到大在一起，十分默契。

瘦子慢慢悠悠地走到楼栋口，客气地和派出所民警打了声招呼，递上一支烟，便自说自话地走上楼去。他上楼开了门，一股异香夹着死亡的气息扑面而来，他赶紧轻轻关上房门，虽然是冬天，但汗水早已湿透后背。他迅速找到了所有能够证明他们身份的证件和抢来的不义之财，来不及将煤气关掉，就再次装作若无其事地走下楼，只是感觉自己的腿像灌了铅似的，无比沉重。

当瘦子背着包走到一楼楼洞，马上就要与大个儿会合之时，柯伟和陈卫国正好转到这一幢楼。

"哪一户？"

"303。"

"干啥去？"

"应酬。"

柯伟并不相信眼前这个异乡人的话，瘦子苍白惊惶的表情也令人生疑，他毫不客气地喝道："包拿来！"

空气登时凝住！

瘦子呆住了，十几米外的大个子也呆住了，不知道该冲过来救瘦子还是转身就跑。

柯伟上前，正要伸手检查瘦子的背包，只听得"砰"的一声枪响!

不好!

柯伟心里"咯噔"一下，迅速判断，是高松、邱建华遇到麻烦了。

他对站在旁边的派出所民警叫道："你查一下他。"转身拔出枪，和陈卫国快速向 19 号楼冲去。

19 号楼 2 单元 1 楼 102 室。

这里是下岗工人白斌的家，也是刚才枪声响起的地方。

白家一贫如洗、家徒四壁，逼仄的客厅被布置成灵堂的模样，屋内一片狼藉，灵堂上白斌夫人邓福芹的黑白照片歪歪扭扭地挂着。

半小时前。

白家的大门被四个手持凶器的小混混一脚踹开。领头的两人叫刀疤黄、狗屎强，是厂区一带有名的恶霸，行事心狠手辣。今天他们受人之托，上门讨债。白斌正带着儿女披麻戴孝祭奠亡妻，被突然闯进的四人吓得不敢动弹。

白家已经穷得叮当响。白斌患了多年的矽肺病，早早下了岗。谁知福无双至，祸不单行，妻子邓福芹去年查出淋巴癌，已是晚期，全身转移，家里为了给她治病，花光了所有积蓄，能借钱的亲朋好友全都借了一遍，欠下大量外债。邓福芹不忍拖累家人，在家上吊自杀。白家甚至穷得叫不起殡葬车，邓福芹的遗体还在卧室里放着，屋里比屋外还要阴冷许多。

拉扯之中，刀疤黄将匕首抵在小儿子白桦的脖子上，逼迫白斌还钱，威胁如果今天拿不到钱，就要剁掉白桦的一根手指头。刀疤黄甚至嚣张道："欠账还钱天经地义，他派出所的老舅来了也不好使。"白桦从未见过这种阵仗，早被吓破了胆，惊恐如同寒冷的冰箭射入心里，令他无法动弹，极度的窒息感让人彻底绝望。他学习成绩名列前茅，是一家人的期待。白斌急火攻心，连吐鲜血，咳个不停。女儿白小莲才上高二，品学兼优，相貌出众，亭亭玉立，一看弟弟受迫、父亲倒地，只能红着眼睛，挺身而出，去抢弟弟。狗屎强推开她，喝道："给钱就放人，否则就先付一根指头的利息！"

白小莲挺起胸，说："钱我还！"狗屎强岂会信她，说："你还？你怎么还？"白小莲也不管那么多，现在只想保下弟弟，一字一句地说："年底之前一定会还清所有债务。"

看着白小莲梨花带雨的样貌，小混混们发出一阵淫笑，肆意吐着污言秽语，开始起哄。狗屎强上前动手动脚，淫笑着说："那现在就要先付订金。"抓住白小莲，几下就把她的孝衣撕破。白小莲力小，双手紧紧地护在胸前，无助地惊声尖叫着。狗屎强抱住白小莲正要往地上扑，卧室里突然传来"扑通"一声怪响。刀疤黄推门望去，只见邓福芹干瘦冰冷的尸体从床上滑了下来，直挺挺地摔在地上，面色赤紫，舌尖突出，双手陡然握成爪状，一张张昙花的手绘，诡异地散落在一旁。

狗屎强被吓了一跳，顿觉晦气。白斌见状拼了老命抢上前，将衣衫不整的白小莲拉了回来。狗屎强气急败坏，拿出菜刀，怪叫一声，拉过白桦，往下就剁。

千钧一发之际，邱建华和高松赶到，来不及亮明身份，邱建华抬手就是一枪，正中狗屎强持刀的手腕。

狗屎强吃痛，菜刀落地，跟着倒地痛叫。高松紧随邱建华，腾步向前，撩起一拳，将刀疤黄打翻在地。后面两个小混混被吓破了胆，不敢迎战，转身就冲出门去往外逃窜，在楼道里，被闻声赶来的柯伟等人堵了个正着。

　　冲在最前面的黄毛眼看走投无路，红着眼拔刀刺向柯伟身边的派出所民警。眼看白白胖胖、赤手空拳的民警就要吃亏，电光石火之间，柯伟侧身飞起一脚正中黄毛胸口，黄毛顿感一股大力袭来，身不由己地倒飞出去几米远，撞在墙上，瞬间失去了意识，昏死过去。

　　柯伟蹭了下鼻子，拉开架势，冷冷的目光扫向最后一个混混。

　　眼看无路可逃，那混混困兽犹斗，嘶吼着抡着王八拳冲了上来。柯伟冷冷一笑，从腰间摸出了一副手铐，一脚踢在他的右膝盖上，混混"哎哟"一声瞬间跪下，柯伟稳稳踩住混混的右膝关节后侧，如猛虎下山一般抓住他左手腕使劲往后一拧，一系列行云流水的动作，"咔嗒"两声，柯伟将混混结结实实地扎了一个抱腿铐。那混混躺在地上哼哼唧唧，刚才有多嚣张，现在就有多狼狈。

　　警察给犯罪嫌疑人上铐是一门基础技能，被控制下的静态上铐相对简单许多，而刑警要面对的往往都是负隅顽抗的亡命之徒，在实战中，能给亡命之徒上铐并非易事，需要超凡的胆识、经验和技巧。柯伟师从重案支队老刑警，练就了一身于搏斗中上铐的绝技，什么"铁闩横门""天王托塔"都是信手拈来，刚才那招"苍龙盘岭"被他玩得出神入化，不仅惊呆了派出所民警，更是赢得了围观群众热烈的掌声。他最拿手的一招绝活叫"金刚掣尾"，不过对付这样的小毛贼还用不上。

见到探组的兄弟们没事儿，柯伟一颗悬着的心放了下来。高松将白斌扶到椅子上坐下，柯伟简单问明了情况，看着笔锋细腻的昙花手绘，知道眼前的这个女孩心灵手巧，再看着她带着稚气却倔强的表情，心里一动。今天虽然收拾了这几个混混，却难保这些人不会阴魂不散地继续纠缠，为了防止以后再有人来捣乱，柯伟从警车上拿来了自己的警帽，交到白小莲手里，认真地说："以后再有流氓混混来，尽管提我的名字。"

四人又凑了二百多块钱，放在桌上，告辞离开。白小莲追到门口感谢。柯伟叹了口气，转过身，看着白小莲哭红的双眼，语重心长道："不管怎么样，都要做一个善良的人。"

这句话既是说给白小莲，也是说给他自己的。

似乎冥冥之中早已注定，柯伟完全想不到这句话包含着什么，也完全想不到眼前这个女孩，会和自己这一生那样深刻地纠缠。他只是将白小莲善于画昙花的细节机械地记在了自己的侦查日志上。

下了楼，天空开始飘起雪花。

一辆黑色的奥迪轿车，迎着万家灯火开进了工人新村小区，一个身材高大、胖乎乎的男子从车上走下来，正是刑侦总队的首任总队长石毅。

案情重大，他也赶到了现场。

石毅站定，不慌不忙地擦了擦眼镜上的雾气，披上了马裤呢的墨绿色高级警官大衣，扫视过眼前围上来的曹副局长、金建民和柯伟等人，淡定地抬手制止了他们汇报，在众人簇拥下，向中心现场走去。

这位刚刚出任东海市刑侦总队最高领导的老刑警，皮肤白皙，斯文儒雅，身上没有很多一线刑警那种典型的虎虎之气，说话温和，再加上圆圆的胖脸，神色颇像《小兵张嘎》里的胖翻译官，这也是同志们私下里开玩笑给他起的外号。

很多人都被他的外表迷惑了，只有那些跟他较量过、领教过他手段的对手和同事，才会明白这位"翻译官"的可怕，也会醒悟这是一位一线刑警出身，从警三十多年，经验丰富的"老炮"。

石毅对现场有着自己的感觉和判断，所以他才不急着听取汇报，而是要先亲自看看，感受一下。跟在他身后的警官越来越多，派出所管所长满脸堆笑，弯着腰给他引路，身边是这座城市最厉害的刑警们，他们集合起来，足以击倒任何胆敢挑战法律的罪犯。石毅很享受这种被簇拥的感觉，好似走在红毯上的电影明星。

"冲锋陷阵，后院可不能起火。"

石毅停下来，打量着现场，然后看着柯伟，淡淡地说。

柯伟头皮发麻，没料到石总队到现场后的第一句话，不是说案情，竟是关心自己的家事——应该是妻子卜玉颖背着他告了状。

"离婚不是小事，会影响你。"石毅轻轻一叹，继续说。

这句话的意思很明显了。重案支队副支队长的位置空缺了一年，柯伟无疑是最佳人选，组织上已经找他谈过话，只是这分尸案压在手上，总缺了那么一口气。

"我会处理好。"柯伟用力地点头。

"响鼓不用重锤，别让我再牙长。"

石毅还是那副云淡风轻的表情，缓慢地叮嘱。

然后，他开始回到一位刑警的本职工作，先在现场走了一圈，然后来到挖开的下水道旁，看着成堆的碎肉，表情逐渐变得凝重。

他做了一辈子刑警，破获的分尸案不少。犯罪分子往往会自作聪明，有将尸块绑上石头沉到河里的，尸块一腐烂会浮上来被人发现；还有将尸块埋在郊外土里的，会被野狗循着气味刨出来；那些将尸块扔到垃圾场的罪犯最笨，第一时间就会被拾荒的人挑出来。总之，不论用什么方法抛尸块，总会被发现。一旦找到多个尸块，即便已经高度腐败，刑警们也会将它们拼凑起来，找出被害人的特征和凶手作案的特点，从而确定凶手的身份，例如文身、胎记、妊娠纹、残留的衣物、子宫内的节育环、切割尸块的方式、包装袋和绳索的样式等，这些都是破获分尸案的关键。然而，将尸块绞成肉馅顺着下水道冲走的情况，还是他从警以来第一次遇上，没有了尸块和外包装等物证，这也意味着没有了破案抓手，破案的难度将会大大提升。如果不是下水道被堵，那么案件很有可能不会被人发现。

想到这里，石毅的心凉了一大截，但表情还是惯常的淡定，思忖一下，指指分局曹副局长、金建民和柯伟："车里说。"

室外的温度太低，他的金丝边眼镜老是蒙着一层雾气，严重地影响了情绪——成了总队长后，他慢慢变成了一个挑剔和讲究的人。

四个人刚刚坐进奥迪车里，还没开口，一名警察就跑来，人还未到，已经抢先喊了出来——

"发现了！"

3

分尸现场 303 室终于被细致排查的邱建华他们发现了。

高松敲门，没有回应，跟着的派出所民警说刚才已经排查了，家里应该没人。大家互看一眼，正要往下继续排查，暂时把这家延后。陈卫国突然想起刚才跟柯伟在楼道碰见的那瘦子，那瘦子回答的正是 303。他便不多话，飞起一脚将门踹开，一副人间炼狱的场景立刻映入眼帘。

刑科所的技术员们闻讯赶来，对现场进行地毯式勘查。现勘组长糜康小心翼翼地带领痕迹小组进入现场，一股浓烈异香夹杂着血腥味扑鼻而来，狭窄的房间里，家具凌乱，墙上的油漆有些剥落，窗户紧闭，窗帘遮得严严实实，地面上到处都是一摊一摊黏稠的液体。

糜康深吸一口气，打开勘查手电筒，低头观察着地面，缓慢移动身体，寻找着任何可能留下的蛛丝马迹。突然，他停下拿出一个放大镜，从一摊干涸的液体中夹起几根黄色且鬈曲的长头发。

"分尸现场还是这么令人不安啊。"他喃喃自语道。

尽管已经看过很多这种现场，但这份紧张依然存在。他沉吟一声，昏暗的灯光下，残忍的分尸画面在他脑海中渐渐形成。

糜康集中精神，加快了动作，一边让助手刷显房门、冰箱、灶具上的指纹，一边提取分尸的砍刀、铁锤、老虎钳、锯子、绞肉机等作案工具上的指纹。

法医老闫不耐烦地看了看手表，向糜康招呼了一声，便带队走了进来。他将案板上那双血淋淋的手装进了物证袋，又在冰箱里发现了两颗冰冻的人头，然后和糜康一起打开高压锅，一瞬间，蒸汽升腾，露出一块块切割粗糙、连皮带肉的肉块。

技术员蔡坤恶心得快要吐了，这味道让他终生难忘，他屏住呼吸放好标尺，举起相机，在狭小逼仄的空间内，逐一将这令人胆寒的罪孽之影拍摄下来。

晚上八点。

分管副局长唐云耕从市局风风火火地赶来，石毅赶紧从温暖无雪的车里钻了出来，快步上前给唐局拉开了车门，肥胖的身体丝毫不影响他此时的敏捷，更没有刚才在下属面前的自持淡定。

金建民抓紧时间，将现场情况如实汇报。唐云耕的脸色阴沉下来，石毅见势不妙，补充呵斥柯伟，说他和陈卫国本来挡住了两名嫌犯，却玩忽职守，活生生让人给溜了。

众人无语。

这就是他们的石总队。

刚才还在关心柯伟的家事，转眼之间就毫不留情地把这位东海市最牛气的探长推出来背锅。或许是为了在唐副局长面前彻底撇清，石毅的语气渐渐严厉，越骂越来劲。最后还是唐云耕看不下去，劝他先破案子再说责任，又劝石毅不要动气，因小失大——石毅年前刚刚做了心脏支架手术，还有两年就可以光荣退休了。

柯伟心里委屈万分，可是嫌犯的确是从自己面前晃过的，虽然有派出所民警疏忽大意的原因，刚想分辩两句，金建民碰碰他，不让他说。柯伟只能忍住，心里仿佛吞下一只苍蝇。

凌晨一点。

整个东海市外松内紧，总队指挥处第一时间根据两名犯罪嫌疑人的模拟画像，向公安部申请了 A 级通缉令，面向全市火车站、汽车站、机场、码头，以及各区县及周边省市的重点区域，连夜开展搜捕工作，然而并未发现犯罪嫌疑人的蛛丝马迹。

同时，重案支队会议室，众人正在召开案情分析会。

唐云耕副局长居中而坐，石毅、金建民、柯伟等围坐在一旁，根据案件被发现的时间，该案被命名为"3·15 系列杀人分尸案"，首先由痕迹小组的糜康讲解。

糜康将现场拍摄的录像带，在电视屏幕上播放出来，他手拿遥控器，逐帧开始讲解。

"各位领导，'3·15 系列杀人分尸案'性质恶劣，手段残忍。"糜康今年三十出头，朝气蓬勃，声音洪亮，"根据现场遗留的指纹、鞋印等痕迹推测，凶手为两名成年男性，一高一矮，一壮一瘦，现场没有找到能够证明他们身份的任何证件，目前身份不明。"

"被害人的身份有没有查清楚？"石毅问。

"两人的头颅均在冰箱里找到，虽然有所损毁，但依旧看得出死者为两名年轻女性，且相貌姣好，有染发烫发的行为，生前应该比较爱美。现场没有发现她们的随身物品和衣物，也没有发现文身和胎记，具体身份目前还不清楚，需要进一步侦查。"

"能证明身份的物品和特征，应该都被处理掉了。"柯伟摇头道，"仅凭这点线索，真是老虎吃天。"

金建民看了一眼柯伟道："糜组长，作案手法有什么特殊的地方？"

"犯罪分子作案手法老到，不像是首次作案。两人相互配合，在卫生间的浴池内进行分尸，用砍刀、锯子等工具将尸体分割成大块，等放空血液后，放进事先准备的红色大盆内，逐一将肉剔下，取出内脏。为了防止腐败和遮蔽血腥味，他们用高压锅等锅具将肉块、内脏煮熟，随后放入家用绞肉机内绞成肉馅，用马桶冲走。"

"绞成肉馅？！"石毅警觉地问，"凶手会不会有吃人肉的行为？"

"现场没有发现食人肉的残留物，但发现了面粉以及用煤气灶做饭的痕迹。"糜康谨慎道，"有没有吃过，暂时还不能确定。"

"早些年，外地有几起做人肉包子的案子，社会影响恶劣。"石毅一脸严肃地转头看向唐云耕，"搞不好是模仿作案。"

"如果食人恶魔在东海，势必会引发社会的巨大恐慌。"唐云耕斩钉截铁地指示，"一定要注意保密，限期破案。"

"犯罪分子在工人新村小区作案，并没有引起周围邻居的警觉，要不是小区的排水系统有问题，基本上做到了神不知鬼不觉。"糜康继续分析道，"分工明确，安排周密，在什么样的时间段做什么样的事情，肌体组织怎么处理，大骨骼怎么粉碎，他们没有任何情感，完全就是麻木冷血，只想快速处理掉，就跟在战场上搬运尸体一样，根本感觉不到害怕。"

"作案动机是什么？"金建民问，"情杀、财杀、仇杀，还是另有他情？"

"若是情杀，一次杀两人的概率很低。"糜康分析道，"若是为财，具体有多少财物损失还不清楚。若是仇杀，尸体上应该有被虐待的痕迹，但大部分尸块都被处理掉了，不能得出结论。"

柯伟："会不会是雇凶杀人或者报复社会杀人？"

"这两者我更倾向于报复社会杀人。"糜康斟酌道，"在现场的垃圾篓里发现了不少高档中华牌香烟和日本山崎威士忌的空瓶，特别是这种威士忌，在日本的价格也不菲，证明凶手有一定的经济实力，这样的人被雇佣杀人的概率较低。"

"山崎威士忌是突破口，"柯伟笃定道，"这酒不常见，只要能查清来源，就能找到凶手的信息。"

"让杀人犯逃掉，柯伟你有不可规避的责任。"石毅依旧一副怨气难消的样子，"如果再发案，别说副支队长了，探长也不要干了。"

锋利的言语是刺激下属提高执行力的惯用手段，若是换了金建民或者唐云耕来说这句话，或者是平时，柯伟肯定马上表态，最多也就一笑了之，但今天他真想站起来摔门而去。可是他不能，刑警的职责和他内心的执念，让他的表情凝固了，为了这一切牺牲得实在太多了，怎么能轻易撂挑子？

"枪声就是命令，帮助同事应对危机，也不能说柯伟全错。"金建民打圆场道，"本职工作的疏漏，确实是无法弥补。说说走访的情况吧。"

"两名犯罪嫌疑人说普通话，是年前通过小区门口的中介，临时租住在这里，用假身份证号登记的。据周围邻居和保安反映，他们平常昼伏夜出，经常一身酒气，三更半夜才回来。"

"去了哪里？"

"他们平常穿着考究，出门就打车，而且只坐皇冠、桑塔纳，不坐夏利。这么晚还在喝酒，去路边夜市消费的概率很低，很可能是夜总会、KTV、歌舞厅、大浴场一类的高档消费场所。"柯伟斟酌道，"工人新村只是他们实施犯罪的临时据点。"

金建民转头看向老闫："闫法医谈谈。"

"各位领导，我简单介绍一下。"

闫法医嗓音嘶哑，一脸的老年斑，他让助理打开幻灯机，一张张头颅的尸检反转胶片在幕布上显现出来。

"现场残留的尸块有限，仅根据死者头颅做出以下判断：两名被害人的死法相似，舌骨断裂，颈部肌肉及会厌部见出血，球睑结膜见大量出血点，颜面部青紫肿胀，系生前被他人扼压颈部致机械性窒息而死亡，颈部第六颈椎离断，断面不平整，骨质上见砍痕，断端见骨质碎片，凶手应该不懂解剖学，分尸手法相当粗糙。"

金建民问："现场有没有发现大的骨头？"

闫法医答："盆骨、腿骨等大型骨头，均被犯罪分子用榔头和老虎钳粉碎，下水道里淤塞的大量骨渣，应该就是他们所为。杀人容易，藏尸难，这样处理尸体，我也是第一次见。"

石毅点头附和："从警三十年，我也是第一次遇上这样……凶残狡猾的罪犯。"

金建民问："楼下的邻居没有听到动静？"

柯伟抢先答："犯罪分子在地上垫了好几层褥子，而且住在楼下的刚好是个耳背的老太太。"

金建民又问："被害人多大年龄，有没有生育史？"

闫法医沉吟道："从牙齿磨损情况看，应该在二十五岁至三十五岁之间，腹部的尸块被处理掉了，看不到妊娠纹、节育环和骨盆情况，无法判断是否有生育。由于尸块的缺失，也无法判断是否做过手术治疗或者美容手术。"

众人闻言，都有些失望。

闫法医经验非常丰富，东海市的分尸案几乎都是他参与尸检破获的。他有两个绝活：一是通过分析尸块的手术情况找出就医的特征，再从医院出发找到被害人；二是他收集了全国大部分节育环的样本，只要看一眼便知是什么地方上的节育环，可是现在被害人尸体处理得如此彻底，他也是巧妇难为无米之炊。

柯伟抬起头又问："被害人有没有中毒的情况？"

闫法医摇头："提取死者的血液送毒化室检验，未发现常见的毒物、毒品，以及麻醉剂代谢成分。"

"看来和'1·20分尸案'作案手法差距很大。"金建民皱眉琢磨道，"没有串并案的基础。"

这不是好事。如果能够并案侦破，很多线索和证据都能够互相提示和使用，促进破案。

查不到被害人身份，又不能并案，金建民的表情也有些沮丧起来："被害人的DNA比对有没有做？"

闫法医表情还是很淡定，声音听起来却有些泄气："DNA已经提取，只是目前DNA库还不健全，没有比对意义。"

金建民手指用力指点："DNA是一门新的刑事技术，现在看上去没什么用，应用成本还特别高，但是将来必然会大放光彩。"

石毅提高了声音，压过金建民："把话撂到这儿，DNA组早晚要从法医室里独立出来，老闫，到时候你可不要不放人。"

闫法医用力地回答："一切听组织安排，搞技术的，就怕没设备。"

石毅满意地点头，大声道："嗯，趋势不可逆，在这方面的投入还得加大。"说完，他把头转向唐云耕。

石毅在市局资格很老，并不怵这位副局长，今晚的案情分析会，他也一直掌握着方向，刚才故意提高嗓门，就是向唐副局暗示要设备。

大家也一起看向唐副局长。案情讨论得差不多了，该领导讲话了。

唐云耕轻吐一口气，扫视全场，语重心长地开口："新春伊始，就有两起恶性案件在东海发生，同志们，责任大于天啊。开局不利，一定要奋起直追，咱们总队是一支刚刚成立的年轻队伍，朝气蓬勃，不能辜负市局党委的殷切期望。"

"请唐局放心，豁出老命也一定给局党委一个交代。"石毅毫不犹豫地接话表态，目光坚毅，"东海刑侦命案必破的金字招牌，不能砸在我们手里。"

唐云耕凝视着这位深沉多智的刑侦总队长，慢慢点头："有决心就好，关键看行动。"

石毅转头，扫视全场："那我们现在就部署行动。请金支安排。"

具体主持侦破工作的金建民挺直身体，按照预先准备的工作方针大声道：

"柯伟探组，明天一早就开始行动，在搜捕大个儿和瘦子的同时，务必查清他们和被害人的身份，以及他们之间的关系。

"糜康继续复勘现场，蔡坤协助小周，对两位被害人的头颅进行画像复原，再与近期报失踪的人员进行比对。"

……

金建民安排好一切，已是凌晨三点五十分，刑警们纷纷起身，按照各自的任务马上进行，或者抓紧时间休息，或者去做必要的准备工作。柯伟憋了一肚子委屈，来到金建民办公室准备好好汇报一下思想，唠唠家里的烦心事和工作，谁知道刚说了几句，金建民居然趴在桌上睡着了。

紧绷了一天的弦，实在是太困了。

4

两天后，拦堵搜捕是一无所获，倒是随手抓了一些跟碎尸案无关的小鱼小虾，大个儿和瘦子仿佛蒸发了一样，消失于警方的视野。

1995年还没有天网系统，监控探头少得可怜，技侦手段十分有限。柯伟这些天带着探组的人员东奔西走，只能用走访、蹲点、摸排等传统侦查手段，靠着现场勘查提供的线索，追查犯罪分子和被害人的蛛丝马迹，足迹遍布东海的各个区县，可由于线索太少，也没有特定性，在偌大的东海市，犹如大海捞针。

眼看没有进展，只好使用人海战术。在金建民的协调下，柯伟牵头整个刑侦条线，先是与各个派出所报的失踪人口进行对比，失踪人口的数量比预计的要多出许多，虽然发现了相貌相近的年轻女性，但经过家属辨认排除了可能，也顺便排查了曾经扬言要将出轨的老婆碎尸万段的老公，类似的社会矛盾化解了不少，但"3·15系列杀人分尸案"却毫无进展。

最后，身累心疲的柯伟决定重点突破，不再大海捞鱼一样广泛撒网，而是有针对性地选择方向。在嫌犯处暂时发现不了线索，那就从被害人这里入手，首先就得确定被害人的身份。他心中隐隐有一个猜想，这两名年轻的被害人，很可能是夜场女子。

这些年，随着经济起飞，东海市夜生活开始起步，从事风俗服务的女性多了起来，近年来该群体被害呈高发趋势，约占所有命案的一半。从犯罪学的规律上来讲，一个人如果沾上黄赌毒，那么其危险系数将会大幅上升，而失足女性恰恰都和这些沾边。案情分析会上，糜康和老闫说过，这两名女性，相貌姣好，再加上走访嫌犯时邻居们反映，大个儿和瘦子很晚才回来，包括现场发现的高档日本酒，都表明本案很有可能与夜场有关。柯伟向金建民汇报后，金建民同意柯伟的判断，支持他先从这里入手，看看能不能取得突破。这天晚上，柯伟也不跟陈卫国说明，直接带他来到老城区的海泉大浴场，说这几天辛苦了，今晚要放松一下享受一下，他私人请客。

海泉大浴场现在也是老城区有数的"名胜"之地，温暖潮湿的空气中弥漫着芬芳的薰衣草气味，背景音乐低柔环绕，和着流水声营造出一种宁静松弛的氛围。一间间私密房间里摆放着按摩床，专业的按摩师们穿着统一的工作服，在客人的身上用力揉捏、推拿。

在灯光迷离的角落，身心俱疲的柯伟躺在按摩床上，眼睛微闭，享受着深度放松，按摩师的手法十分娴熟，有力而温和，她似乎能准确地找到柯伟身上的每一个问题点，并轻柔地加以处理。柯伟轻轻地呼吸着，肩颈部位的疼痛随着情绪的舒缓而减轻，不知不觉沉入梦乡，直到被陈卫国轻轻拍醒："老柯。"

柯伟睁开眼，按摩师不知道什么时候离开了，只有陈卫国坐在按摩床上，看着他："你肯定不是专门为了享受一下这里的服务吧？"

"当然，"柯伟慢慢回过神来，"那你猜。"

"等人吧。"陈卫国自信地微笑，"这扇门关上了，就得在那边蹚条路出来，嫌犯跑了，被害人还在，我猜你想从这里找线索，你有特情，你认为那两个被害人是做夜场的？"

"对。"

柯伟点点头，心里却叹了口气。石毅用提拔来拿捏他，他却想过，倘若他真的上去了，应该推荐谁来做他们这个探组的探长。邱建华稳重，高松和陈卫国都聪明能干，本来陈卫国跟他搭档，配合默契，是最好的人选，可是他总觉得，老陈做事之外，还分了心去谋人，不像高松一心扑在案子上，所以他也很为难。

像现在这种表现，陈卫国举一反三，完全有资格接他这个探长之位，甚至，可能做得不比他差，可是他偏偏无法下定决心。

"我听见了外面的脚步声，才这样猜的。"陈卫国解释道，"所以才叫醒你。"

果然话音才落，一个面色苍白的男子，鬼鬼祟祟地推开了门，一双眼睛里闪烁着恭维逢迎，反复确认无人跟随后，将门轻轻地关上。

老妖，老城区一带有名的"包打听"，鬼点子最多，上到当官的，下到耍猴的，都玩得溜转。他原本是干部家庭出身，上大学期间谈对象情到浓时，被公园纠察队以"流氓罪"抓了现行，女友为自保告了他强奸，坐了两年牢出来，人生的一条直道算是废了。然而老妖极具慧眼，另辟蹊径，前两年靠倒卖股票认购证发了大财，开始人五人六地张扬，招摇过市，可惜好景不长，一个把持不住便染上吸毒的恶习，赚来的钱败得精光不说，还成为缉毒队的常客，人也因长期放纵，骨瘦如柴，身上长满了毒疮，透着一股邪气。柯伟看中了老妖的能力，将他发展成秘密特情，为了他，柯伟向缉毒队队长说尽了好话，只要不造成重大事件，就让他暂时"将功赎罪"。

"领导，抽烟。"

老妖几颗门牙刚刚脱落，说话漏风，从宽松的浴衣口袋里掏出一盒皱皱巴巴的软中华递了过来。

"赶紧买认购证，绝对能发财。"

"没问你这个。"柯伟喝道。

"最近浴场来了一批新人，生意好得不得了。"老妖眉飞色舞道，"出去看看？"

"找抽。"柯伟扬手，"碎尸案！"

"我去。"老妖不等柯伟行动，先轻轻抽了自己一个嘴巴，"个别客人是粗鲁了点，可没听说哪个妹子失踪了。"

他自然也听说过这起震动全城的案子，马上领会到柯伟今天叫他来的原因。

"看看这两个，见过吗？"柯伟拿出两张被害人的画像复原照片。

"小姑娘卖相老灵格。"老妖接过照片审视道，"可惜了。"

"问你认不认识，别废话。"

"我熟悉的场子应该没来过，也不是吸毒圈的'冰妹'。"老妖笃定道，"其他场子，我再打听打听。"

陈卫国从随身的小包里取出两张嫌疑人的模拟画像照片，递给了老妖。老妖深吸一口烟，仔细端详起来。柯伟顺势掏出了两张崭新的百元大钞，道："说普通话，一高一矮，一壮一瘦。"

"东海说普通话最多的地方就是大浴场，浴场大多是东北人开的，他们大多说普通话。"老妖面露难色道，"来洗澡的人也不少。"

"大毛、二毛，不对。"老妖露出沉吟之色，"大怪、小怪……"最后却摇了摇头，"真不确定。也可能就没晃到过。"

陈卫国对柯伟分析道："如果这两人一开始就是为了作案，他们肯定不会到处招摇，只会去固定的场子。"

柯伟皱眉，又问："山崎威士忌什么路子？"

"入口绵软，味道醇厚。"老妖一怔即道，一副回味无穷的样子，"日本的高档货，只有走私的，一般人买不起，大都在台商的圈子里玩，他们每次坐飞机来都会带不少。"

"台城人？！"

一瞬间，柯伟想起了在案发现场扣下的大陆通行证，到现在一直没人来取。分尸的现场是在大个儿和瘦子的出租屋里，难道，这个人跟大个儿和瘦子有关系？他们是一伙的？是他雇的他们？情杀？仇杀？

"走吧，来都来了，表演马上开始。"老妖热情地建议，"说不定就能够找到什么。"

柯伟和陈卫国只得跟着老妖从房间出来找位置坐下。

晚上九点整，音乐响起，灯光闪耀，海泉大浴场的重头戏拉开了帷幕。三楼大厅男宾部，西装革履的主持人拿着话筒，操着浓重的东北口音，隆重介绍浴场里的"按摩佳丽"。

佳丽们腰间挂着编号牌，按照不同价格分批上台，她们大都经过训练，步伐轻盈，婀娜多姿。T台下躺满了身着浴袍的顾客，个个膘肥体壮，一脸横肉，他们说说笑笑，指指点点。

这些女子当中，一位身着白色比基尼的显得有些特别，似乎跟周围热情大方的同伴们格格不入。这种如清水出芙蓉的美丽反而引起了好色之徒的争抢，两个心急的顾客一言不合动起了手。

她正是白小莲。

柯伟在台下怔了好一会儿，才确认这个艳压群芳的少女就是那天在现场的白家女儿。

一瞬间他就想起身上去拉她下台，可是马上恢复理智，克制了自己。

这种浴场虽然藏污纳垢，但是明面上还是光明正大的生意，自己要是上去这么一闹，明天绝对成为新闻人物，挨批受骂都是小事，说不定这身制服要被剥掉。再想到白家的家境，白小莲多半是为了挣钱还债而来，不管她是不是瞒着她父亲，自己都没有资格叫她回家，挡她"财路"，除非自己能够一下拿出个十万八万替她还债。

没钱，只有……柯伟突然想到给她的那顶警帽，心里不由得一阵刺痛。

他是个警察，他也只是个警察。

可是，他是警察！

台上的白小莲没有注意到柯伟，她根本就没有注意到今晚台下的任何一个人。

她今晚第一次走台，一出来就被这样的场景吓坏了，掌心隐隐冒出了一层薄汗，意识到自己被老板的花言巧语骗了，此情此景比她想象的还要龌龊百倍，这根本不是走秀，而是一场赤裸裸的皮肉交易。她做人的尊严尽失，这里是有钱男人的天堂，也是她的地狱。她人生第一次穿比基尼，第一次和所谓的模特们站在 T 台上，像商品一样被人挑选，看着台下形形色色的男人，有些人年纪大到可以做她爸了，可看着她的目光却露骨得很，似乎想要在这里立刻就把她剥干净。

"忍一下就过去了。"站在后台的老板大声吼道，"别紧张，都是为你好。"

白小莲完全听不进去，可巨额的债务让她不得不努力压制住想要转身跑开的想法，机械地按着事先排练的程序进行，台下充满侵略性的目光让白小莲越来越承受不住，在光怪陆离的灯光下，她稚嫩的身体不由得颤抖起来，一想到她等会儿要被台下的某个秃顶男人带走，她就觉得整个胃都在痉挛，那种发自灵魂深处的恶心让她快要吐出来了，终于，她猛然甩掉高跟鞋，捂着嘴跑回了后台。

老板脸色阴沉下来，他抄起身边的扫把，抖着一身肥肉，向白小莲走去。

柯伟在台下看到了这一幕，站起身，陈卫国拉住他，低声用力地吐出两个字："办案。"

柯伟僵住，还想挣脱，老妖摇晃着走了回来，他只得颓然地坐回座位。

老妖刚才出去这一圈也没有收获。

虽然东海第一包打听绝非浪得虚名，柯伟就是靠他打听到了"敲头案"主犯拜把兄弟被关在监狱的关键信息，这才成功破案，被破格提拔为探长。但是老妖这次却没能准确打探到犯罪分子和被害人的情况，看来这两个犯罪分子不是混本地圈子的人，且平常行事非常谨慎。

柯伟再也没有心情坐下去，跟陈卫国立刻走人。尽管陈卫国嘟嘟囔囔觉得花了冤枉钱，柯伟还是给了老妖特情费。

出了浴场，柯伟深深地呼吸着新鲜空气，让自己冷静下来，平息刚才恶劣的心情。他叫陈卫国给邱建华他们那组打电话，接下来他们要查山崎威士忌。

5

东海市的夜总会大多聚集在市区，私人开的很少，一些成规模的夜总会，大都是各个委办局私下开办的三产。

据说当年国内知名的歌唱家和一线演员也在这里的夜总会走穴，一晚上能收上百个花篮。不过，这些夜总会都属于传统的演艺场所，除了歌曲表演外，顶多加一些滑稽戏和杂耍项目等，客人们只能在这里看看表演、跳跳舞。由于经营理念和投入资金的原因，这里私密性和互动性都很差，远远不如台城人开办的卡拉 OK 练歌房生意火爆。

20 世纪 90 年代初，东海市作为大陆经济最发达的城市，首先成为台商们投资的热土，吸引了不少人来此定居，许多企业更是把生产线转移到东海市。随着大批投资进来的，不仅有邓丽君、罗大佑的歌曲，还有"欢唱电视"——"KTV"。精明的商人搞出了一套最新的商业模式，让老板挑选女服务生在私密包间内唱歌跳舞，这套自娱自乐的夜生活模式，在亚洲地区迅速发展和普及，成了一种独具特色的娱乐形式。

台城人开的练歌房，大多聚在西城区，因为消费较高，主要的服务对象还是有钱的老板和高管。以当时台资企业的中层为例，一个月可以拿到四万元，干同样活的东海本地人只能拿到三千元。为了不影响工作积极性，企业往往会隐瞒收入的差距，本地人就算知道了也大都不会"翻毛腔"，因为这也远比东海的平均工资高出了太多。

柯伟他们的工资自然也跟普通的东海人差不多，除了多出一些津贴。不过，低工资不会影响刑警们的工作积极性，柯伟把任务安排下去后，高松、邱建华效率奇高，高松略施小计，要么让老气横秋的邱建华假装委办局的上级领导，要么两人假装派出所或治安总队的分管民警，几天便将本地的夜总会查了个底儿掉，可惜并没有发现任何线索，这里的人也根本不喝山崎威士忌。只剩下台城人开的练歌房，但是经济基础决定腰杆子，这块难啃的骨头，还得请柯伟出山。

而练歌房里，声名最大、生意最好的，自然首推星辉 KTV。

星辉 KTV 在西城区，装修豪华，灯光璀璨，远远地看着霓虹闪烁的招牌，就能感受到浓浓的金钱味道，被誉为东海最豪华的 KTV。身着黑西服的"少爷"们在门口恃势凌弱，遇见有钱老板便热情迎接，为他们泊车引路。宫殿门般的大门打开，一股柔和的香气扑鼻而来，让人感觉仿佛置身于天宫仙境，墙壁上装饰着华丽的水晶吊灯和欧式油画，营造出奢华浪漫的氛围。每个包间都配备了进口的高档音响设备和当时罕见的大屏幕电视，融合了音乐、舞台、灯光等多种元素，设计得相当精致，极富现代感。

星辉 KTV 表面上是一些综合性娱乐公司所开，背地里却有台城的五湖帮、竹统帮等社团参股经营，星辉隐隐成为他们在大陆的秘密据点。

星辉总经理办公室，家具和装饰都非常考究，突显了星辉一贯的尊贵奢华。总经理David马，是个略显严肃、有些古板的小老头，美籍华裔的身份，让他眉宇之间流露着从容自信。他抽着雪茄，品着山崎威士忌，坐在大班台后，有些心不在焉地听着美女助理刁淑婷的汇报。

"David，丧彪现在很困难。"

"Xena，公司的任务是挣钱。"

"您说的没错。"刁淑婷一身得体的职业西装，更显高挑的身材，她目光坚定地说道，"台城那边怎么交代？"

"我也不想和那边有太深的瓜葛，更不想和公安打交道。"David马喝下一大口威士忌道，"A big trouble.（是个大麻烦。）"

"明白了。"

刁淑婷不动声色地退出了总经理办公室，目光狠厉。大妈咪安琪尔一脸八卦地凑了上去。

"Xena，提高分红的事讲过了吗？"

"Angela，最近生意是不错，"刁淑婷示意安琪尔到僻静处，和颜悦色道，"可赖账的越来越多，不能每次都是我出面吧？"

"报警吧！"

"你以为是在台城啊。"

突然，一个"少爷"迈着大步，慌慌张张地跑了过来。

"公安来了。"

"慌什么？"

刁淑婷以锐利的目光盯着"少爷"，"少爷"有些不服气地将头扭向一边，眼里却隐藏不住羞愧和不安。

"看样子不像派出所的，他们……"

"是不是男人？"刁淑婷一扬手道，"设法稳住他们。"

说着，刁淑婷再次逼近"少爷"，强烈的压迫感让"少爷"充分感到了她内心的愤怒。"少爷"默默地低下头，无条件地接受着她的训斥。

"愣着干什么？请到二楼接待室。"

"Angela，到各个包房看看，告诉丫头们收敛点儿。"

来的是柯伟一行四人。

星辉这种高档奢华场所，不是他们能够假扮客人消费得起的，柯伟索性直接查问，顺便摸摸这家 KTV 的底。

两位"少爷"将柯伟等人请到接待室，好茶好烟地招待，可是一问到关键问题，两人却一问三不知，眼看招架不住，两位"少爷"马上借故溜之大吉，留下四人在接待室里面面相觑。

柯伟敲着手指，不停地看表，知道自己是吃了软刀子。高松、邱建华也眉头皱起，变得不耐烦起来。柯伟向陈卫国努了努嘴，陈卫国心领神会，在门口一晃，趁人不注意闪出接待室，施施然地像客人一样转了一圈走了回来，兴奋道："很多包间都喝山崎威士忌。"

邱建华道："这里台商最集中，有消费能力，他们仓库里应该存了不少。"

高松分析道："凶手搞不好就是在这儿买的。"

陈卫国看着柯伟沉默不语，表情郁闷，知道他心里不爽，建议道："直接到包间里查，搞他个天翻地覆，最起码定个走私罪，不信他老板不出来。"

"不要讲了。"柯伟摇头，"没有搜查令。"

邱建华不以为然，说道："搜查令？不行后补呗。"

柯伟生气地瞥他一眼，说道："阿邱，你以为这里是咱们体制内办的三产？依法治国，懂吗？"

邱建华也生气了："不就有俩臭钱嘛。"

"态度放端正。"柯伟正色道，"改革开放，以经济建设为中心，你知道包间里面坐的都是些什么人吗？！"

此言一出，大家没了脾气。这里是东海最高档的消费场所，出入聚集的都是富商巨贾、官员名流，万一没搞好，捅了马蜂窝，肯定是吃不了兜着走。

正当焦灼之时，刁淑婷带着安琪尔，轻轻推开门，举止优雅地款款走近，向柯伟伸出手。

"柯大探长，有失远迎，请恕罪，我是负责人 Xena。"

四人都是一怔，没想到偌大的星辉 KTV 的负责人，竟是如此年轻的大美女。柯伟控制着自己心里的惊讶，生硬地微笑着起身跟刁淑婷握了握手。

"中文名字是？"

"刁淑婷，叫我淑婷好了。"

刁淑婷请柯伟四人在沙发上重新坐下，自己则和安琪尔远远地坐在一边。柯伟不禁心里冷笑一声，从行为心理学分析，这显然是在潜意识里想与自己保持一定的距离，表面上客气，实际上根本不愿意见他们，甚至是非常排斥，这与本地人开的夜总会，经理一上来就发烟套近乎形成了鲜明的对比，说明要么是心里看不起他们这些警察，要么是心里有鬼，对警察充满本能的畏惧和抗拒。

"有什么能效劳的，敬请吩咐。"刁淑婷客气道。

"确实有件很棘手的事，非刁总帮忙不可。"柯伟故意跷起二郎腿道，"真人面前不说假话，是关于人的问题。"

"人的问题没小事。"刁淑婷不动声色地应道，"既然这么看得起我，一定全力以赴。"

柯伟不急着说话，目光悠悠地看着刁淑婷。刁淑婷面带笑容，心里却一紧，她十分清楚，刑侦总队的刑警不会因为一些鸡毛蒜皮的小事上门，而且一来就是四位，不由得庆幸刚才已将郑彪从后台转移到了安全地方。

"这两个人见过吗？"柯伟将犯罪嫌疑人的模拟画像照片递给刁淑婷。

"不认识。"刁淑婷假模假样地辨认着，并示意安琪尔也过来一起看看。

"说普通话，衣着光鲜，出手阔绰。"

刁淑婷和安琪尔交流了一下眼神，柯伟注意到了这个细节，这两个人她们肯定认识，最起码是见过的，只是害怕拔出萝卜带出泥。他扫一眼陈卫国，陈卫国立刻厉声警告："不要敬酒不吃吃罚酒。"

"大仔，安啦。"刁淑婷满脸委屈道，"星辉人来人往，忙都忙不赢，哪能每位客人都注意得到？"

"你再好好想想。"

"这样吧，照片先放我这里，如果发现两人来，第一时间通知你们。"

"说得轻巧。"柯伟又拿出一张两个被害人的画像照片道，"这两位，你不会不熟悉吧？"

"乡下土妞，没资格在这儿上班。"刁淑婷扫一眼，不屑道。

"星辉的服务员都是精挑细选，经过严格培训才能上岗。"安琪尔帮腔道。

"如果她们到这儿来应聘，也会第一时间……"

"应聘？！"高松一脸不屑地打断刁淑婷，"到阴曹地府去应聘啊？"

刁淑婷一惊，故作夸张地装出花容失色的模样，连声说不知道，星辉没有这样的人，也不会发生这样的事。柯伟暗暗摇头，知道这种混迹夜场的女人难缠得很，明知道刁淑婷在装可怜在撒谎，可你拿她就是没有办法，没有证据也不能动粗，更何况你一个大老爷们，只得告诫她们看见那两个男的，或者有了这四人的线索，立刻报告，自己也要小心，不要让星辉的服务小姐被盯上，嫌犯不会只做一次就收手。

四人快快收兵。

凌晨三点，西郊别墅 68 栋。

别墅底层的密室，通道狭窄而阴暗，角落里几乎没有任何光线，墙壁和地面都是粗糙的混凝土，压抑得让人喘不上气来。

昏黄的灯光下，郑彪坐在一张陈旧的木桌旁边，手里握着一瓶58度廉价的金门高粱酒，表情森冷，还有些不安和警惕。几个小时前的一幕，依然让他心有余悸。

柯伟带人走进星辉的大堂时，他正坐在监控室里扫视着十数个屏幕，这是他日常的工作，也是他喜欢做的事。

他第一眼就认出了柯伟。

这个刑警给他留下了太深刻的印象，这一阵经常出现在他的梦中，向他亮出逮捕证件。而现在，柯伟真的来了，真的出现在星辉的大堂。

是来找自己的吗？直接逮捕？

那一瞬间，这位竹统帮金牌打手——双花红棍，当即呆住，脑中一片空白。

好一会儿，看见柯伟身旁的人跟服务生说话，他才回过神来：应该不是来找自己的。

抓自己这样的人，不应该这样，而是包围突袭，荷枪实弹，一举扑倒。确定了这一点，郑彪恢复了思考，正在想如何应对，大堂中的柯伟突然抬头看向摄像头，像那豹子一样敏锐，似乎感觉到了屏幕这边的人，目光如同利箭，直刺郑彪！

郑彪情不自禁地身子后退，不敢直视，站起身就想逃离。他清楚地知道自己不能再跟这个警察照面，这一次，这个警察有足够的时间把自己的底掀开。就在这时，服务生过来说刁总让他赶紧从后门离开，他如释重负，立即"遵令"。

回到别墅这几个小时，他就这样坐在桌边缓慢地一小口一小口地啜酒，让酒精麻醉自己，可是偏偏却清醒得很。

三个月前，他在台城一个人干掉了对方帮派的老大，又经历了残酷的帮派枪战，都没有今天紧张！

那个夜晚，经过谨慎周密的策划和监视追踪，他一路尾随大人物从茶楼到豪华宾馆，然后扮成服务员，利用丰富的经验和娴熟的技巧，骗过保镖的检查，推着豪华餐车走进大人物的总统套间，从容地从餐车罩下掏出带消音器的手枪干掉了对方。事成，他淡定地撤离现场，毫不留痕。

那是他第一个重大任务，一战成名，既报了杀父之仇，也为竹统帮大哥大嫂雪了耻。大哥陈浩楠视他为亲兄弟，这亦是他在社团生涯中的高光时刻。当然，也将他陷入最凶险的境地，对方悬赏十万美金，要为大人物报仇，掀起了一场腥风血雨。激烈的枪战和火并之后，郑彪身份暴露，已无立足之地。凭着强烈的求生欲望、矫健的身手和机敏的应对能力，他数次化险为夷，绝地逃脱，最后，在大哥的安排下，用假身份来到了东海市。

他的伤势渐渐好转，不敢去医院，只能自己换药，每次换药，伤口牵动，全身都在痛苦中拉扯，只有烈酒才能够让自己暂时忘记疼痛，只有烈酒才能够让自己忘记从前。堕落了？消沉了？或者是胆怯了？内心却有一个意志提醒他，都不是，而是——她！

刁淑婷推开了密室的门，款款走进屋，一袭黑衣，佩戴着墨镜，看不清眼神，却给人冷酷而决绝的感觉。可是她开口说话时，声音却温柔而动听。

"这里很安全，你放心养伤。"

"没齿难忘。"郑彪站起身，凝视着墨镜下的眼睛。

"新身份会帮你安排好。"

"三嫂，需要我干什么，尽管吩咐。"郑彪不由自主地想要表现。

"暂时不用，"刁淑婷神秘一笑，伸出手轻轻地拍拍他的肩，"先把伤养好。"

她当然要他做事，但是现在还不是时候。

别墅外面，一辆黑色的桑塔纳轿车上，柯伟摇下了车窗玻璃，看着亮着灯的别墅，露出了得意的笑容。

三个人，同样都怀着一切尽在掌握的心思。

6

柯伟回到刑侦总队，直奔特情档案室。

这是一间没有窗户的办公室，大门也是特制的金属防盗门，需要打开两把锁才能进去。

之所以这么严格，一是因为在刑侦技术不发达的年代，特情人员是公安破案的重要秘密力量。从事特情工作的人属于情报员的一种，台城叫"线人"，大陆叫"特情"。

特情又分为红色特情和灰色特情。红色特情是指治安积极分子，如工厂的治安员、农村的村主任等；灰色特情是指有违法犯罪前科，但愿意帮助公安机关工作的人员，这种特情在破案中起的作用不可低估，他们可以打入犯罪分子内部，搞到一些不为人知的消息，从而让警方出奇制胜。因此，为了灰色特情的安全，他们的信息都是绝密，一般其配偶、父母、兄弟姐妹也都不能知道。

二是因为这里的保险柜里存放着大量现金，是给提供重要情报的特情的奖励费。而这些费用都是柯伟利用特情破案后各个委办局给的返点奖励，其中最大的一笔五十万元，是烟草专卖局给的，为感谢帮他们打掉盘踞在虹镇老街批发假烟的窝点。在当时，这笔钱可以在市中心买一套豪宅，亦是柯伟不吃不喝五十多年的工资，要说没心动，那是假话。但柯伟是个认死理的人，专款专用是雷打不动的铁律。

在协助缉毒支队侦办一起跨国贩毒案时，重要线索掌握在他的特情"辫子"手里，辫子是一个快要死掉的吸毒烂仔，油盐不进，根本撬不开他的嘴。关键时刻，柯伟跟他聊了一个通宵，得知他唯一的牵挂就是自己未成年的儿子，他知道自己命不久矣，希望能够通过情报换取五十万元，留给自己儿子当生活费。柯伟果断应下，顶着总队长石毅反对的巨大压力，将五十万元存进了辫子的账户。不久，跨国贩毒案藏毒的秘密仓库被找到，查获冰毒八百多公斤，所有毒贩悉数落网。不过从此以后，柯伟与石毅的关系却微妙起来。

虽然这里有些阴冷，但柯伟很喜欢，不仅因为这是独属他的空间，而且这里电信信号极差，BP 机收不到任何信息，可以让他暂时避开世俗的一切烦恼，以便思考一些重要的问题，例如"3·15系列杀人分尸案"是否可以通过某个特情攻破。

柯伟走到东侧一排顶着屋顶放置的特情档案柜前，这里的特情大多和他有关。档案按照特情人员的背景、关系、身份、技能等归类得很有条理，每一个特情都有准确的标签。

他拉开一个抽屉，拿起一份档案，迅速地翻阅，口中呢喃，拿起笔在档案上做下标记。为了确保资料的准确性和完整性，他需要及时对一些档案内容进行修改和增补。

在他的妥善管理下，这些档案为全市刑侦条线的侦查工作提供了强有力的支持。为了配合特情工作，组织上专门给他安排了三个身份，也就是他有三个身份证和户籍地，一个是武警部队的军官，一个是江南化工厂的保卫科干事，而第三个身份是在东海最乱的虹镇老街，这里鱼龙混杂，便于隐藏。说来也巧，柯伟跟这里根深蒂固的流氓世家柯家同姓，他在这里叫柯震，外号柯大侠。

柯大侠的身份不只是制造一个身份证那么简单，那需要长期的经营和付出，熟悉这里的一切，包括哪家的生煎馒头最好吃，谁家的儿子又被判了几年，以及他们赖以生存的谋生方式，说白了就是那些吃喝嫖赌、坑蒙拐骗的套路。这里的生活比最精彩的警匪剧还要刺激，神出鬼没的暗娼、非法交易的现场、实时上演的全武行……无时无刻不在挑战着柯伟的极限和能力，他单枪匹马干倒不可一世的疯狗三兄弟，协助缉毒队打掉盘踞在此的运毒贩毒团伙，解救过一批被拐卖到小发廊里的失足女……

静谧的氛围中只有翻动档案的声音，室内的白炽灯泡将煞白的光投射在桌子上，显得有些刺眼。桌子旁，总队最先进的康柏386电脑发出微弱的噪声，时不时传出一些信息的提示音。

时间一点点过去，柯伟吃力的表情逐渐消失，取而代之的是一种专注和从容。可是看着看着，柯伟又皱起了眉头，他在一份特情的档案上，用铅笔打了一个大大的问号。

这个特情是他花了九牛二虎之力才发展起来的，刚刚给了他一条有价值的线索后，私自回到台城就被暗杀了。他昨晚去碰了星辉，又跟踪了刁淑婷，希望能够有一个了解这些台商和帮派内情的人协助，最好能够发展成为特情。然后，他又想到了碎尸案现场那个名叫邹守义的男子，那人身上肯定藏着秘密，是不是找个时间去那人的单位碰一碰？

突然，"丁零零"，档案室的红色电话机不合时宜地响起。这里的电话一般没人打，柯伟疑惑地接起电话，听筒那边传来了更让他吃惊的声音。

"别躲了，我在门口。"是他妻子卜玉颖的声音。

"你怎么知道电话？"

"不重要，出来吧。"卜玉颖冷哼一声，"我带了离婚协议书。"

柯伟茫然地挂断电话，浑身脱力似的瘫坐在椅子上，大脑一片空白。

这天晚上，白小莲走进了星辉 KTV。

这不是一个艰难的选择，因为更艰难的决定，她在前几天就做出了，甚至可说当她在狗屎强的刀下，毅然决然地说出要在年底前还完他的债时就决定了。第二天，草草安葬母亲后，凌晨四点，顶着料峭春寒，她就来到东海劳务市场。

这个时候，整个城市还在安睡，劳务市场却早就热闹了起来。放眼望去，来的几乎都是中年人。他们在瑟瑟的寒风中跺着脚搓着手，有的独自倚着墙角站立，有的三五成群，脸上没有任何悲欢，默默地等着。他们大都没有学历，没有一技之长，能不能找到活干，完全看运气。一旦有老板过来招工，他们就立刻围上去："老板，选我选我，我能吃苦，力气也很大。"那些幸运被挑中的人，堆起笑容聚拢在雇主身旁。而挤不进去的人、没被选中的人，只能眼巴巴地看着。他们不希望天亮，找不到活儿意味着空手而归，吃饭和住宿都成了问题。

白小莲站在他们中间，像一艘在茫茫大海上漂泊的小船，她与周围的环境、人群格格不入。在那个下岗工人遍地的年代，不要说她一个满脸稚气、没有一技之长的小姑娘，就是很多有经验的老师傅都很难找到工作。再加上还要照顾生病的父亲，她不能离家太远，也不方便长时间加班。即便她想把自己像打折处理的廉价商品一样，努力地贱卖出去，结果也可想而知——依旧被无情地遗弃在街边的角落里。

不过，她的美貌却引起了一个雇主的注意。雇主是一个小饭店的老板，长得脑满肠肥，色眯眯的眼睛在白小莲的身上打量半晌，恩赐似的给了她一个工作的机会。

小饭店离白小莲家不远，她不仅要到后厨帮忙，还要负责传菜、洗碗等杂活，虽然工资很低，白小莲还是大喜过望，咬牙坚持了下来。但很快，雇主就暴露出真实面目，对她言语挑逗，动手动脚，白小莲感到极其不安和恐惧。她拼命抵抗，但情况越来越糟糕，一次她不小心打碎了几个盘子，雇主以此为要挟，对她提出非分的要求，白小莲再也无法忍受，不辞而别，放弃了这份工作。哪知雇主贪恋她的美色，不甘罢手，一日傍晚在工人新村小区门口堵住白小莲，以讨要赔偿为由，企图把她拉进绿化带实施不轨，要不是路过的几个工人见义勇为，白小莲恐已遭毒手。

生活的艰辛让白小莲非常失落和无助，本应该是青春无敌、无忧无虑的年纪，却必须面对残酷的人生。母亲的自尽更是对她造成巨大的精神打击，她也想到了死，想一了百了，可是为了父亲和弟弟，为了自己对母亲的庄重承诺，她不得不咬着牙更坚强地活下去。

她顶风冒雪，在公用电话亭瑟瑟发抖，手里拿着一张张破旧的报纸，一遍又一遍拨打公司的招聘电话，然而得到的回复却比现实更冰冷，直到她拨通了海泉大浴场的招聘电话。

当走进大浴场的那一刻，一种极度痛苦的选择摆在了她面前，这里充满谎言和暴力，金钱似乎就摆在她的面前，唾手可得，但同时，她得用最珍贵的尊严和贞洁去换取。那晚她不堪凌辱逃回后台，被老板一阵毒打，连自己的衣服都没来得及换，在寒风中裹着浴巾逃离了海泉大浴场，回家后便大病了一场。也许是因为着了凉，也许是精神上受到了刺激，她接连几天高烧到了41度，昏迷不醒，医生甚至下了病危通知书。许是母亲的在天之灵庇护，最后白小莲竟然奇迹般地挺了过来，只是不明原因的低烧依旧摧残着她，父亲也只能唉声叹气，和她一起默默流泪。

似乎是天无绝人之路，同病房的一位美女姐姐，一身的珠光宝气，用着当时最先进的大哥大，她对美丽稚气的白小莲格外热情。白小莲以为她是做生意的老板，她却坦承自己是夜总会的服务生——她给白小莲解释，就是陪着来玩的客人喝喝酒唱唱歌跳跳舞。她直言不讳地说，这个世界笑贫不笑娼，白小莲是抱着金饭碗要饭，天生的尤物白瞎了。她给白小莲介绍了一个赚快钱赚大钱的出路，让她到最高端的星辉KTV试试运气。据她讲，那里的客人不像大浴室的那般直接粗鲁，都是温文尔雅的人，出手极为阔绰，一般人想挤都挤不进去。遗憾的是自己条件不够，第一轮面试就被刷了下来，所以只能到一般的夜总会混混日子。

巨大的生活压力之下，白小莲心动了，她非常清楚，像自己这样的身体条件，不可能再干什么体力活了。她背着家人偷偷来到了星辉，没想到病如西子胜三分，她在众多应试者中被大妈咪安琪尔一眼看中。

当然，此时的白小莲还不会进入刁淑婷的视野——每天来星辉面试的女子很多，几乎都被拒绝了，即使那些"幸运"过了面试的佼佼者，也正如安琪尔对柯伟说的那样，要经过严格的培训才能够"上岗"。这是安琪尔的职责。刁淑婷有更重要的工作，她管理着星辉的全局和最重要的——钱。

刁淑婷此时正在翻看着账本，渐渐皱起了眉头。然后，她沉吟一下，拨通了欠债老板的电话，声音不再像面对客人那样温柔而礼貌，隐隐带着一丝怒气。

"林总，您在星辉挂单，已经超过一百万了，麻烦您把账结一下。"

"阿三妹，我跟浩楠是拜把子的老兄弟。"

"阿不就好棒棒（您好厉害），老大请您务必支持星辉咩。"

"天寿鬼，不支持你，哪儿有你的今天？"林总嚣张地打断刁淑婷道，"你的生意哪个不是看我面子来的。"

"要修（夭寿），最后一次给你打电话，本周内把钱打过来。"刁淑婷不再客气，脸色阴沉地果断下了最后通牒，"否则后果自负。"

"请我吃人肉包？靠北！"林总恶狠狠地挂断了电话。

刁淑婷捏着话筒，眼神逐渐变得狠厉。

是时候杀一儆百了，让这些人知道星辉既然敢开门迎客，就能够收账拿钱。

也是时候看看他的分量了。

她拨打了郑彪的电话。

话不过夜。

深夜一点，脑满肠肥的林总在外面刚应酬完，司机把他从夜总会送回了华庭别墅。

今天晚上，他又谈成了一笔大买卖，情绪很高，兴奋地在别墅里大呼小叫，跟他花重金购买的那只金刚鹦鹉互逗，听鹦鹉叫他"老板，发大财"。老婆——其实是他在东海的情人，嗔怪地制止他不要吵醒已经睡着的一双儿女。林总虽然降低了声音，兴致却不减，让吴妈给他做了一碗担仔面，填饱肚子后又拉着他"老婆"上床，折腾好一阵后，才疲惫地睡去。

别墅外的黑暗中，一道黑影穿过绿化带，不动声色地接近。他耐心地躲在树丛中，瞥见别墅里的灯光熄灭后，又等了好一会儿，才起身慢慢靠近了大门，拿出精巧的锁枪，轻松打开了防盗门锁，悄悄地推开大门，进入了别墅。

一片沉静，只有空气中弥漫着昂贵的香水味和浓郁的雪茄味。黑影小心而从容地走着，不发出任何声音。他先在一楼厨房找到了一把称手的刀子，正要走向二楼卧室，瞥见鸟笼上睡觉的鹦鹉，心念一动，慢步过去，闪电般伸手把鹦鹉抓在手里——这种蓝紫金刚鹦鹉，又叫风信子金刚鹦鹉，是所有鹦鹉中体形最大的品种，一般体重超过一公斤，可是被黑影一把抓在手中，它连一点儿声音都叫不出。

在卧室门口，黑影听到了低沉的呼噜声，他要找的人显然已经入睡了。他轻轻地推开门，目光锁定一张豪华的大床，借着窗外透进的月光，黑影辨认出精致的被褥下体态臃肿的林总和年轻貌美的情人。

黑影走到床前，慢慢俯下身，用刀面拍拍林总的头，然后用刀尖抵住他的喉结，疼痛和冰冷的刺激让林总瞬间清醒，旁边的情人也被吓醒，裹着被子瑟瑟发抖，死亡的阴影笼罩了整个房间。

"别出声。"

"谁？"

"竹统帮，丧彪。"

"啊？！"

"钱多是吧？"郑彪冷冷道，"逊毙了。"

林总抖得更厉害了，他没有料到这个传说中杀人不眨眼的恶魔，居然出现在自己的卧室里，他壮了壮胆，稍稍抬起头来确认，郑彪却压低了刀尖。

"真是你。"林总惊恐地睁大了眼睛道，"我和浩楠是兄弟。"

"歹狗。"郑彪恶狠狠道，"还钱。"

"还，马上还，留条生路。"

"不要命，只要钱。"

郑彪冷冷一笑，一只手把鹦鹉按在床头柜上，被放开的鹦鹉立刻叫了出来："老板发大财！"郑彪手起刀落，将鹦鹉的头斩下，冷笑一声看着林总："老板，发大财还是发大血，自己选。"

"还钱，还钱，肯定还，马上还！"林总恐惧地一迭声应道。

"不要报警。"郑彪站直身，用滴着血的刀尖指着林总的鼻尖道，"你在新竹的老婆孩子、老爹老娘，分分钟送他们上路。"

郑彪冷哼一声，扬长而去。慢慢地，别墅大门传出了关门声，郑彪消失在茫茫夜色之中。

林总魄散魂飘，那恐惧深入骨髓，让人窒息，绝望的感觉在他心里留下了永远无法磨灭的记忆。

7

浦江滨江，和平饭店。

据说在几十年前，无论你犯了多大的罪，进入和平饭店就安全了。八楼的龙凤厅，从包间的窗户看出去，刚刚建成的电视塔在夜幕下绚丽多彩，在芦苇荡的掩映下，到处都是繁忙的工地。

包间内装饰华丽，天花板上悬挂着精致的吊灯，墙上挂着名画和镶有金边的壁挂。桌子上摆放着银器和水晶餐具，菜品精心摆放，色香味俱全，极具诱惑力。环绕包间的窗户透射出微弱的光线，让整个空间显得更加神秘和华丽。这里的消费很高，包间基本不对外，这也是刁淑婷最看重的地方。

刁淑婷身穿华丽的晚礼服，梳着优雅的发型，整个人散发出高贵而典雅的气息。她带着安琪尔亲自到包间门口迎接一位神秘的嘉宾，为了安排这场重要的晚宴，她亲自检查了每个细节，确保一切都安全完美。

神秘的嘉宾正是郑彪。

他割下了林总鹦鹉的脑袋，一个小时后，刁淑婷就接到了事成的报告。不到三天，东海市够分量的人基本都知道了。自然，三个月前引起帮派大战，跑来东海藏身，被称为竹统帮第一打手"双花红棍"的丧彪，也在他们那个圈子暴露了。

但是郑彪惊奇地发现，东海市的治安比他想象的要好得多，那些叱咤风云的帮派顶级打手，没有了保护伞的暗中支持，不敢轻易在东海市胡作非为。另外一个更重要的原因是，这些黑老大在东海市都有自己的正规生意，不到迫不得已，不敢做犯罪的事。正因如此，他们内部对郑彪的态度也产生了分歧，一帮有实力的话事人投鼠忌器，不想因小而失大——真是义字分两旁，利字摆中间。

一些为钱不要命的社团杀手，已经潜伏在东海，只要郑彪露出破绽，他们就会毫不犹豫地将他"做掉"。

酒过三巡，菜过五味，刁淑婷脸上泛着红晕，手持满满一杯法国拉图红酒，向郑彪敬了过去。

"敬英雄。"

"不敢当。"

"我也陪一杯。"安琪尔也倒了满满一杯红酒，将郑彪围在了中间。拉图虽然比不上拉菲有名，但同样出自波尔多梅多克产区，都是价格不菲的名酒，值得用来招待她们心中的"英雄"。

郑彪不好意思再推脱，仰脖一饮而尽。

"彪哥威名远扬。"

"没规矩，怎么行！"

"水哦，不光林总还了钱，其他老板也都悉数奉还。"

刁淑婷说着给郑彪夹菜，殷勤暧昧的眼神将爱慕溢于言表。

"新身份。"

"齐秀中。"郑彪接过刁淑婷手中一本崭新的大陆通行证，仔细翻看道，"机车（啰嗦、问题多），回不去了。"

"好康（好东西、好运气），东海安全，又发财。"

"替我谢谢大哥。"

"三嫂办的，跟大哥没关系。"安琪尔插话道。

郑彪一怔，刁淑婷脉脉地看着他，补充道："星辉有你的办公室。"

"感恩，山野村夫，登不了大雅之堂。"

"不是上班。"刁淑婷眉眼含笑道，"能看见你就好。"

郑彪不敢直视醉眼蒙眬的刁淑婷，三嫂的传说仿佛还在耳边回荡，他不禁打了个寒战，独自喝下了一杯红酒。

同样灯红酒绿。

东海市的夜晚，霓虹闪烁，车水马龙。在建的高楼塔吊林立，人流如织，仿佛永不停歇。繁华与忧伤交织在一起，构成了一幅浓墨重彩的画卷。

星辉 KTV，停车场。

西北角不起眼处，停着一辆黑色的桑塔纳轿车。

那时候能开上一辆三十万的普桑，已经是一件很奢侈的事情了，但星辉的停车场如同豪车在集中展览，几百万一辆的虎头奔、加长的凯迪拉克、带凤凰标的丰田世纪应有尽有，相比之下，这辆黑色普桑显得格外扎眼。为了不引人注意，柯伟在车子后备箱里备了三副牌照，其中还有一副军牌，在执行不同侦查任务时，会及时更换，防止被人认出或跟踪。

碎尸案现在成了压在柯伟头上的一座大山，嫌犯没有任何线索，不知所终，只能从被害人这里着手。根据排除法，被害人如果是风尘女子，不在大浴场或夜总会上班，那很可能是在这里。还有这里是普通人能够获得山崎威士忌的源头，所以柯伟决定从这里打开缺口，虽然刁淑婷已经正面拒绝配合，但他准备使用其他的办法。

　　陈卫国坐在驾驶座上，手里点着香烟，显得有些不耐烦。后排的柯伟摇下车窗玻璃，向停车场门口望去。只见精致的圆形车道上，一位身穿暗红色制服的车童正在热情地迎接客人，他手持一面白色的标志牌，上面写着"停车位已满"的字样，眼波流转间满是鬼点子，这是他惯用的小伎俩。车童是柯伟的特情，外号"小叮当"，别看他只是星辉最底层的泊车员，却是个正经狠角色。夜场小姐凭身材姿色赚大款们的钱，而他靠吃软饭赚小姐们的钱。

　　一辆豪车缓缓驶入车道，小叮当立即殷勤地向前迈出几步，亲切地和司机打招呼，深深地弯下腰帮老板拉车门，满脸堆笑地询问是否需要安排泊车，老板显然很吃他这一套，摸出一张百元大钞，塞到了他的上衣口袋里。小叮当会意一笑，立刻收起标志牌，微笑着引导司机进入停车场。

　　"快过来。"

　　"再等等。"小叮当油腔滑调道，"姐姐们刚化完妆。"

　　陈卫国火不打一处来，下车揪住小叮当的耳朵，不由分说便将他拖进了车后排。小叮当痛得"哎哟"直叫，满脸委屈地看着柯伟。

　　"把哥当猴耍？"

　　"柯大侠，不是不帮忙。"

　　"短短一会儿，你小子赚了好几百了，快赶上老子一个月工资了。"

"没多少，要和大哥分呢。"小叮当挤出笑容，低眉顺眼地看着柯伟，从怀里掏出一包中华香烟道，"您吩咐。"

"有点眼力见儿。"柯伟点着一根香烟道，"把你几个相好叫来。"

"真不认识。"

"少废话，关不了星辉，还关不了你？！"

小叮当的表情凝固了，他是虹镇老街出来的团团，柯大侠的名号在那里无人不知，如果今天有半点怠慢，柯伟会有一万个理由将他关进去，他倒不是害怕蹲号子，只是他和老娘一直相依为命，而老娘这两年一直卧病在床，他要是进去了，恐怕老娘命不久矣。

小叮当慌慌张张地快步跑到了大门口，将刚刚赚到的小费，统统塞到了两名"少爷"的手中，点头哈腰地聊了几句，便闪身走进星辉的大堂。

KTV 包厢里传来了一阵阵淫词浪调，今天是周末，包厢几乎爆满。安琪尔指挥着小妈咪们，各自带着一群穿着统一晚礼服、踩着高跟鞋的"公主"，穿梭于各个包厢之间，她们打扮得花枝招展，目标只有一个，就是能够尽快坐上台。服务员们推着餐车，有条不紊地上着酒水、果盘和小吃，不时还会有客人需要更换镭射光盘或调整音响，每个人都忙得不亦乐乎。

小叮当鬼鬼祟祟地跟在妈咪和"公主"们身后，他看准时机一把将走在队伍中的高个子"公主"拉到了一边。那名"公主"前凸后翘，化着浓妆，头发染成金色。

小叮当与"公主"耳语了几句，"公主"面色逐渐变得凝重，虽然满心不愿，但还是跟着小叮当悄悄从后门来到了停车场，钻进了柯伟的普桑。遗憾的是这名"公主"并没有提供什么有价值的线索，直到小叮当将他的第四个女朋友 Carina 带到车上。

"不要紧张，问个情况。"

"Xena 和 Angela 反复交代，不能给公安透露半点，" Carina 嚼着泡泡糖道，"否则死都不知道怎么死的。"

"可怜可怜我吧。"小叮当赶紧在一旁哀求。

"现在知道怕了？" Carina 暧昧地看着小叮当道，"你发誓和那个婊子绝交。"

"我的姑奶奶，你就是让我上吊也行啊。"

"这两个男人认识吗？"陈卫国掏出相片递过去。

"没见过。"

"这两个女人呢？"陈卫国换了相片。

"Jenny、Fatina！"

Carina 一口叫出两人名字，倒把柯伟和陈卫国惊得瞬间瞪大了眼睛。

"Jenny 和我是老乡，Fatina 和她是好朋友，听口音好像是徽州的。" Carina 不屑地补充道。

"她们真名叫什么？"陈卫国有些激动地问。

"谁在这里会用真名？" Carina 再次不屑地瞥一眼两个男人，"有一段时间没来了。"

"知道跟谁走了吗？"柯伟问。

"赚快钱的，谁有钱就跟谁呗。"

案件有了重要突破，柯伟和陈卫国对视了一眼，看来问题的关键还是在刁淑婷身上。

小叮当的女友 Carina 只知道这么多，星辉既然对旗下的"公主"管理严格，应该知道这两位被害人的真实身份，可是刁淑婷不配合，这位美女经理也非等闲人物，不仅个人心理素质好，而且手眼通天，要怎么撬开她的嘴呢？

柯伟看了看表，已经深夜两点，明天再考虑吧。他对陈卫国点点头，普桑缓缓驶出停车场。

这个时候，刁淑婷已经回到星辉。

星辉大部分的客人已经酩酊大醉，纷纷离开了这个风花雪月的场所，个别"烂屁股"的客人依然意犹未尽，搂着筋疲力尽的"公主"扯着嗓子唱着《迟来的爱》。

刁淑婷独自坐在办公室里，优雅地点起一支女士香烟，漫不经心地翻看着账簿，手边放着一杯红酒，一丝笑容浮现在脸上，眼前的数字让她感到非常满意。红酒的香气弥漫在空气中，她轻轻地嗅了嗅，闭上眼睛细细品尝，仿佛在享受着一场美妙的盛宴。

刁淑婷美丽的外表下，有着一颗深不见底的心，还有一份强大到令人窒息的自信与从容。她知道自己的价值，也知道如何让自己变得更有价值，这让她看起来似乎格外迷人。

忽然，她想起了一个人，脸上不由得泛起了红晕。虽然身边有许多员工，但她依然感觉自己像是一座孤独的岛屿，关于自己的身份和传说，让她与大家隔绝开来。

此时，她想到的是海峡另一边的儿子彬彬，还有竹统帮大哥陈浩楠，他们之间曾经的美好时光，他温柔的笑容和那份被爱的感觉。

那时候的她青春靓丽，为了家人的生计，她拼尽一切，有幸被大哥陈浩楠看中，成了他的女人。然而，时过境迁，她不禁叹了口气，心中有一种说不清道不明的苦涩，或许是因为自己太懦弱才变得麻木不仁，或许是自己需要一个可以依靠的肩膀，或许是自己已经习惯了这样的生活。

她深深地吸了一口气，尝试着把这些情绪藏在心底，她必须保持冷静和理智，去面对那些棘手的问题和挑战。

翌日，上午。

刁淑婷精心打扮一番，内穿一条红色紧身裙，搭配着烈焰红唇，外套一件黑色貂皮大衣，从内到外霸气十足，头发梳理得整整齐齐，散发着淡淡的香气。她在超市买了一些烟酒、日用品和自己最喜欢的百合花，驱车来到了西郊别墅。

停好车正准备摁响门铃，却意外接到了陈浩楠的电话。

"淑婷，最近账目不错，辛苦了。"

"楠哥，彬彬长高了吗？什么时候能回去？"

"不怕千刀万剐吗？"

刁淑婷脸上闪过一丝惊恐，紧接着又转为警惕，她的大脑在飞速运转，自己干掉竞争者的计划天衣无缝，难道有叛徒？或者是诈自己？

"离丧彪远一点。"

"可是……"

"可是什么？买百合花送人吗？"

一阵冷风吹过，刁淑婷瞬间头皮炸裂，她感觉到似乎有一双充满杀气的眼睛在盯着自己，她不安地向四周看了看，却什么也没有发现。

"我会掌握好分寸的。"

刁淑婷敷衍一句，神色慌张地挂断电话，将礼物放在了别墅门口，捧着百合花转身就走。

"东西放门口会丢的。"

一楼的窗户被推开，郑彪面无表情地站在那里，缓缓说道。

刁淑婷的车开来时他就已经警觉，然后就站在窗户边观察，这时见刁淑婷接了电话要走，终于忍不住开口说话——他知道其实是挽留。

刁淑婷停下了脚步，没有立刻转身，她的情绪像乱麻一样缠绕在一起，让她感到力不从心，她紧紧地咬着红唇，思考每一个可能的选择，真想要放手一搏，却又觉得保持现状更为稳妥。

"既然来了，喝杯水。"

郑彪深吸一口气，无法控制自己，邀请道。

短暂的沉默后，刁淑婷将心一横，在转身的瞬间，她脸上已经恢复那种从容而优雅的微笑，自信地看着窗边的男人。

她知道，一旦走进去，她肯定将拥有这个优秀的男人，但同时，她也将失去一种她曾经以为是最好的生活和情感。

8

别墅的客厅里，刁淑婷和郑彪相对而坐，明媚的阳光穿过落地玻璃窗洒在地面上，闪烁着金黄色的光芒，春天的气息弥漫在每一个角落，撩拨着每个人的心灵。两人相识很早，都是大哥陈浩楠身边的人，只是大哥身边的兄弟很多，女人也很多。

当年，郑彪一直跟在大哥陈浩楠身边，为了争地盘，在腥风血雨中打打杀杀，直到陈浩楠变成连警方都不敢惹的大佬，竹统帮势力越来越庞大，盖压其他帮派。

陈浩楠上到高位后约束帮众，盗亦有道，不再滥杀无辜，江湖上好勇斗狠的事情，只要不涉及他的利益，他基本上不会插手，只管捞金收钱。只是江湖行走，哪有不发生利益冲突的？你定下的规矩也管不了别人，竹统帮不可避免地跟人结怨，仇恨升级。因为竹统帮势大，几个不怕死的帮派暗自联合起来使阴招，在一次暗杀行动中，干掉了他的原配夫人，他也因此受了重伤。

甚至有段时间，江湖上传闻陈浩楠死了，竹统帮内外暗流涌动，几近分崩。

然后，才有了郑彪孤身铲除对方老大报仇，同时重塑竹统帮威信的故事。

刁淑婷端着一杯咖啡，优雅地看着郑彪，率先打破了宁静：

"有一个穷小子的故事，愿意听一下吗？"

郑彪饶有兴趣，点起一支香烟，摆出一副洗耳恭听的样子。

"穷小子出生在台城一个普通的眷村，家庭贫困，生活艰苦，从小就没少吃苦，而且作为外乡人，经常受到本地人的欺负。

"上初中时，学校的门口经常有一群人站在那里喝酒打闹，他们大都是从眷村出来的军人后代，看起来都很拉风，特别是那些所谓的大哥，穿着奢华的衣服，戴着闪闪发光的金链子。穷小子对他们很是崇拜，想着如果自己能加入这个圈子，也能变得这么厉害，起码不会被本地人欺负。

"于是他凭着自己的努力，终于得到了大哥陈浩楠的认可，成了其中一员。但他并没有过着颓废的生活，反而更加努力地学习，努力做好每一件事，同时也积极参加体育锻炼，特别是在棒球方面天资过人。穷小子的表现让帮派里的人刮目相看，逐渐赢得了他们的尊重，很快便将他当作亲兄弟一般看待。这个帮派就是竹统帮的前身，虽然在社会上不太受欢迎，但是却有自己的规矩和行为准则，他们不抢钱、不偷盗，只用自己的方式去维护'正义'。

"然而，随着时间推移，穷小子也开始意识到帮派的危险性。许多人都因为沉迷于其中争勇斗狠而失去了自己的生命。在高考那一年，他决心要挣脱这样的生活，毅然离开了帮派，开始努力准备高考，最后以优异的成绩和棒球特长考上了重点大学，还申请到了不菲的奖学金，开始了自己的新生活。

"从那一刻起，穷小子便自信地认为，在眷村长大未必就意味着没有未来，只要努力拼搏就可以改变自己人生的轨迹，那些经历过的痛苦和挣扎，似乎成了自己通向成功的阶梯。许多眷村的穷孩子把他视作偶像，他也经常告诫那些迷失在帮派之中的穷孩子，不要放弃自己，只要努力拼搏，就一定可以改变命运。

"突然有一天，穷小子接到电话后，从学校直奔医院，看到母亲熬夜在等他，泪眼蒙眬，泣不成声。父亲因投资失败陷入借贷的泥潭，欠下了一大笔高利贷，债主是当地最心狠手辣的帮派，在讨债过程中不由分说，将父亲连捅数刀，而当地警方腐败无能，甚至和他们串通一气。穷小子被突如其来的消息所震慑，眼中充满了悲痛和无助。执拗的父亲从部队退役后，为了供他和弟弟妹妹们上学，每天从早到晚辛勤地工作，没享过一天清福。如今，父亲的生命岌岌可危，浑身插满管子的样子，真让人揪心。

"穷小子眼睁睁地看着父亲离世，他的心坠入了万丈深渊，义无反顾地再次走进了陈浩楠的帮派，从此改名'丧彪'，发誓要手刃元凶为父亲报仇，也要为家人重建起生活。"

郑彪掐灭了香烟，似乎被触动到了心弦，他面带笑容，轻轻鼓起掌来。

"我也有一个寒门女的故事，愿意听一下吗？"

刁淑婷喝下一大口咖啡，异常平静地看着郑彪，咖啡的苦涩在口中扩散。

"寒门女从小就与众不同，有着异于常人的美貌和聪慧，随着年龄的增长，她的美色被继父觊觎，在多次遭受侵犯后，她终于离开了这个罪恶的原生家庭。

"成年后为了出人头地，也为了挣更多的钱，她白天兼职做模特，晚上在夜总会里做小姐。那时是经济腾飞的时候，每天晚上都是歌舞升平，靠着出众的美貌和敏锐的目光，她渐渐攀上了帮派圈中大哥的大哥陈浩楠。她深谙夜总会的潜规则，坐台小姐的黄金年龄从十八岁到二十八岁，一旦错过了这黄金十年就会越来越贬值，直至被人抛弃。

"在她二十二岁时，她苦练大哥最爱的所有歌曲，合唱时让她在一群小弟面前出尽了风头；她将大哥所有的爱好都倒背如流，在投其所好的同时又不露任何痕迹；她为大哥挡酒，豪情万丈，一饮而尽，化干戈为玉帛。她彻底征服了大哥，大哥对她宠爱有加，出外应酬经常带着她，她成为大哥身边的女人之一，被尊称为三嫂，有几次她甚至帮大哥躲过了无妄之灾，大哥视她为福星。

"不过一切并非都如此美好，大哥的原配夫人对寒门女非常忌惮，根本不承认她的地位，在原配的指使下，寒门女成了众矢之的。原配在各种场合刻意为难，让寒门女成了被嘲笑的对象，甚至对她发出了死亡威胁。但大哥的暗中支持让寒门女不再孤单，成了她在帮派里立足的唯一希望。

"命运无常，出来混总是要还的，原配遭人暗算不幸身亡，就连唯一的儿子也被人剁成肉酱，做成人肉包子送了过来。面对无底线的挑衅，大哥被气得口吐鲜血，恨不能将施暴者生吞活剥。

"这对于寒门女而言，却是千载难逢的机会。她为大哥出谋划策，凭借着聪明的头脑，分析出了真正的幕后黑手。她一方面体贴入微地照顾大哥的伤病，一方面协助大哥揪出了竹统帮的内鬼。她劝大哥要隐忍，为了麻痹敌人，一定要对对方恭恭敬敬，这样才能趁其不备，一击致命。

"然而，现实却没有按照寒门女的设想往下进行。虽然陈浩楠依计而行，打掉了对手，竹统帮重振声威，寒门女却没有如愿上位。没有了大嫂的制衡，大哥身边的女人反而越来越多，即使母以子贵，寒门女心中依旧充满了不安，如果为他人做嫁衣，那一切努力将化为乌有，她决定狠下心来，施展报复，赶走大哥身边的所有女人，重新稳固自己的地位。在这场残酷无情的宫斗中，寒门女通过收买人心，获取了大哥身边一些头目的支持，在暗中通过各种方法打击或劝退身边的竞争对手，让自己始终留在大哥的身边。

"有一次，大哥喝多了，无意中向寒门女炫耀了某个女人，说她才貌双全，想拥入怀中。寒门女不动声色，故意接近那个女人，与她成了好友，没过多久那个女人就溘然离世。大哥因此伤心不已，发誓要找出凶手。没过多久，大哥便开始怀疑那个女人的死与她有关，也逐渐对她有所忌惮。"

郑彪平静地讲完了这一切，刁淑婷姿态仍然端庄优雅，仿佛身处风平浪静的湖畔，细腻的红唇微微上扬，似乎在笑着什么，处变不惊的气度让人敬畏："你来东海，不光是躲避追杀，也是楠哥派你来杀我？"

郑彪愣住了，好一会儿才说实话："他想知道真相。"

"恩怨是恩怨，生意是生意，你可以跟楠哥说，我可以为他赚钱。"

"我不做生意，也不想参与恩怨。"郑彪迟疑一下道。

这是回答，也是他的态度。这件事上，他两不相帮。他会把真相告诉陈浩楠，但也不会动她。

"哼，我们都还年轻，风云变幻，世事无常。"

刁淑婷表情轻松下来，一脸娇俏地嗔道。

"谢谢你的礼物鲜花。"

"谢谢你的直言不讳。"

刁淑婷深深地凝视着眼前这个男人，然后微笑，起身向外走去。她明白权力、金钱、地位这一切的一切，最终换来的必定是孤独和恐惧，但同时，也能够换来自由。

这一幕被隐藏在别墅外的男人尽收眼底，他放下望远镜，露出了猎人般的微笑。

这些天的蹲守，终于有了收获。

结合刚刚得到的消息，该收网了。

十五分钟后，一辆深蓝色的面包车抵达现场，几个精壮的男人神情严肃，悄无声息地将子弹上膛，为首的男子看了一眼手表，示意所有人按计划行动。

随着指令的下达，几人配合默契，互相掩护，迅速抵近别墅。

撞开门，喝令，却是空无一人。

几人立刻将整个别墅所有房间的每个角落都搜索了一遍，依然一无所获。为首的男子略一思忖，指指地下，众人仔细搜索，一步步搜到了地下室。

郑彪果然躲在地下室。

面包车停在别墅外时，郑彪就感觉到了危险，然后，他判断自己无法闯出去，只能先躲进地下室再说。

这时，听见轻微的脚步声越来越近，他关掉了灯让自己融在黑暗中，手握棒球棒站在密室一边。有人推开门悄悄逼近，他毫不退缩奋力一挥，手中棒球棒敲在钢枪上，发出刺耳的撞击声。

这声音如同警报，密室外的其他人一同围了过来。郑彪的心里像是有一团火在拼命地燃烧，他清楚地知道如果抵抗失败，那么就会直接面对死亡，必须殊死一搏。他瞪着眼睛，将棒球棒握得更紧，发出骇人的咆哮，拼尽所有力气左突右击，为自己争取一线生机。但很快他就被团团围住，棒球棒被夺下，黑洞洞的枪口顶住了他的脑袋，两人死死地将他压在了身下，看来对方暂时要留活口。

被压在身下的郑彪仍不死心，他瞅准机会就地一滚，奋力反扑，使出一招兔子蹬鹰。

然而，困兽犹斗是徒劳的，突袭让他来不及反应，随着重重的一击，他眼前一黑，再也没有了知觉。

第三章

发展关键特情

1

朗朗乾坤,万里无云。

刑侦总队大楼前的警徽在朝阳下熠熠生辉,庄严肃穆。

和煦的阳光从玻璃窗洒进来,照得一探组办公室暖洋洋的,空气里弥漫着烤面包的香味,高松低头伏案忙着写侦查报告,手边一堆被他揉烂的稿纸堆得像座小山,桌上突兀的雀巢咖啡大玻璃瓶里,是泡好的酽茶。陈卫国和邱建华一边给枪支上油,一边讨论着案情。柯伟则坐在办公桌前,一言不发地浏览着案发现场的照片,右手边的墙上挂着一面黑板,上面记录着"1·20""3·15"分尸案的侦查进展,黑板中间赫然贴着一张手写的军令状,仿佛贴在五指山上的封条。

"你们那边也没进展吧？"陈卫国皱着眉头道，"所有线索都断了。"

"确实不容乐观。"邱建华沉声道，"一想到这两个罪犯还在外面晃荡，心里就发紧。再不抓住他们，还会有更多的人受害。"

"受害者家属怕是要怨我们无能了。"

邱建华打开了话匣子，将烤好的面包分给大家，探组的兄弟们忙里偷闲，一边啃着面包，一边聊了起来。

高松："听说星辉昨晚发生斗殴了。"

陈卫国："停业整顿。"

邱建华："借此机会好好查一查！"

陈卫国："别高兴太早，星辉路子粗得很。"

高松："是因为争服务员，叫什么小莲的。"

昨晚，东海沪美联合公司总经理卢海民给美国合伙人接风，星辉房间爆满，妈咪安琪尔没经过卢老板同意，私自将最好的 VIP 1 总统间调整给了江南化工厂的厂长孔宪德。卢老板兴致勃勃地带着一帮人来，刚刚点好"公主"，没想到孔宪德等人也赶了过来，双方在来之前都喝了不少酒，谁也不肯让谁。孔宪德路子很广，也是个不好惹的主。刁淑婷费了九牛二虎之力，又是打折，又是送酒，才暂时将两帮人安抚下来。可谁能料到，两帮人又为了争白小莲，大打出手。

柯伟心里一沉，"卢海民"这个名字他再熟悉不过了，是他妻子卜玉颖所在公司的一把手，卷发、丹凤眼，在东海市根基很深，手眼通天，而白小莲应该就是他在工人新村抓捕时救下来的女孩。

你一言我一语间，时间一分一秒地过去，柯伟却沉浸在自己的想法中，善与恶的边缘是蠢蠢欲动的私心，柯伟能听到的，只有自己的苦笑声。突然，他看了看手表，估摸了一下时间，看向陈卫国。

"看看死硬分子。"

留置室。

逼仄的空间内放置着简陋的木质桌椅，窗户被铁栅栏封住，光线稀薄而昏暗，墙壁刷着暗灰色的油漆，墙上挂着一个监控摄像头和一个漆黑的电话机。那时候监控摄像头还是个稀罕玩意儿，大部分的分局和派出所都没有，只有银行和机要部门才有权力安装。当然，像星辉这样的特殊场所，也引领潮流地悄悄装了。

隔离门上挂着红色的告示牌，上面用黑体字工工整整地写着"留置室，严禁过问"，这里是暂时关押犯罪嫌疑人的地方，等待进一步的审讯和处理。

男人头痛欲裂，身体处处疼痛，他发现自己躺在冰冷的地上，双手被反铐在一起，也不知道过了多久，才渐渐恢复了一些意识。他痛苦地猜想着，是谁对自己下手的，待会儿会怎么折磨自己。他试图回想起当时的情形，但令人沮丧的是，他的头脑中除了强烈的疼痛之外什么都没有，他试图努力坐起来，却发现身体还在颤抖。

陈卫国推开隔离门，看到死硬分子醒了过来，顺手拿起墙上的电话通知了柯伟。不多时，柯伟、高松和邱建华悉数赶到，他们将男人扶到了椅子上，正式开始了询问。

"姓名？"

"齐秀中。"

"你不是叫邹守义吗？"柯伟将一本大陆通行证打开，摊在男人面前。

"长得像。"

"狡辩！"

"到底叫什么？"

男人低下头，看着一模一样的证件照，不再言语。

柯伟追踪刁淑婷，只是想找到她的不法行为或者弱点，然后从她那里拿到被害人的真实身份，谁知却无意中看到了她跟那天出现在碎尸现场的男子，所以毫不犹豫地收网，将郑彪拿下。

可是此刻，柯伟从男人的目光里看到的只有轻蔑和狠厉，心知这是块硬骨头，不由得冷冷一笑，先向他讲解政策："法律规定，犯罪嫌疑人不讲真实姓名、住址，身份不明的，侦查羁押期限自查清其身份之日起计算，也就是说，如果你讲不出自己的真实身份，那么警方可以一直把你羁押下去。"

郑彪眼中的桀骜消失，却还是一副冷漠不配合的样子。

"到东海多久了？"

"来东海的目的是什么？"

"密码箱是怎么回事？"

"和刁淑婷什么关系？"

一个个问题排山倒海般向男人袭来，柯伟等人试图用精心准备的问题和各种手段逼他就范，可郑彪始终缄口不答，保持着镇静从容的神态。留置室内的氛围变得越来越紧张，郑彪似乎已经做好了面对任何意外的准备，他的顽抗和冷酷让刑警们不禁感到从未有过的棘手。

他们不知道的是，正是因为他们提到了刁淑婷，所以郑彪决定自己承担一切。

柯伟向金建民和石毅汇报后，马不停蹄地向市局外联部门打了协查报告，希望能联系到台城警方，核实男人的真实身份，然而这并非易事。核实郑彪身份的事一时陷入僵局。

刁淑婷几乎是第一时间知道郑彪被柯伟探组抓捕的消息。

郑彪进入地下室前，就用房间里的座机电话向星辉报出了预留的危险暗号，通过关系，刁淑婷立刻确认了这个令她愤怒却无可奈何的坏消息。

同时还有另外一个坏消息等着她。

她赶到现场时，看到的是一片狼藉的两间豪华包间，电视机、灯具被砸坏，家具和器材东倒西歪，散落得到处都是。她第一个念头就是，要是郑彪在这里镇场子，根本不会闹到这番田地。尽管施暴的两帮人都进行了赔偿，但还是给星辉带来了巨大的负面影响。

刁淑婷让安琪尔叫来了工人，修补环境，更换器材，保洁人员也尽心尽力，耐心地擦洗着每一寸地方，争分夺秒确保今晚能正常营业。

回到总经理办公室，首先接听了总经理 David 马从美国打来的电话，满是批评和苛责。安琪尔坐在旁边的沙发上，黑着眼圈，手里不安地摆弄着手机。白小莲愧疚地站在一边，她刚从派出所做完笔录回来，手上缠着纱布，一双眼睛泛着泪光。

"所有的损失，你来赔。"

刁淑婷放下电话，直接将矛头对向了白小莲。

"不是我的错。"

"还顶嘴。"

刁淑婷不容分说一巴掌抽在白小莲的脸上。白小莲被打了一个趔趄，惊慌失措地看着这个星辉至高无上的女王，一时间竟感觉不到疼痛。

刁淑婷也是一怔，看着眼前这个女孩出众的美丽和倔强的表情，觉得这一幕似曾相识——她曾经也因为类似的事情，被妈咪打过，而如今，自己变成了施暴者。她克制住自己的情绪波动，强装镇定地瞪着白小莲。

"快认个错。"安琪尔假惺惺地安慰白小莲。事实上，她才是白小莲受辱的罪魁祸首。

白小莲倔强地转过身去，妄想逃离，却见门口两个少爷手持电棍，面带阴霾，仿佛下一秒就会将她生吞活剥，吓得她不敢与他们对视。

"傻丫头，别犟了。"

安琪尔趁机拉起白小莲的手，见她还是傻傻地站着，摇摇头示意门口的两个少爷，两个少爷过来抓住白小莲，看刁淑婷没有反对，便挥着电棍对着白小莲的脚腕噼噼啪啪一阵电击。白小莲惊恐地尖叫，双膝颤抖，身不由己地跪下，屈辱的眼泪滑落嘴角。

"这就对了嘛，以后慢慢还。"安琪尔讨好地望向刁淑婷。

刁淑婷冷冷道："Angela，不要再有下一次。"

"放心吧，我会悉心调教。"

安琪尔从未见过刁淑婷如此狠厉，知道这是在杀鸡儆猴，若是不这样做也不能服众，赶紧拉起白小莲退了下去。她心里跟明镜一样，刁淑婷才不忍白小莲就这样轻易滚蛋，就凭白小莲让男人神魂颠倒的本事，稍加培养就是一棵摇钱树。

众人退去，刁淑婷疲惫地坐在老板椅上，她一夜未曾合眼，让她感到不安的不是 David 马劈头盖脸的指责，而是郑彪落到了警察手中会引发什么。他会招供吗？会把自己牵连进去吗？她抚着额头皱眉沉思，好半晌才做了决定，拨打了一位大人物的电话。

灯火阑珊。

柯伟骑着一辆破旧的二八杠自行车，穿过市中心繁华的商业街，回到了拥挤不堪的老式弄堂。今天，他回家很"早"。

那天他没有在离婚协议书上签字，今晚他是想给妻子一个惊喜，也许能够挽救他即将失败的婚姻。

他这几天也反省过，最后认为，他和妻子出现问题的关键是房子。

在这个"妻子好找，房子难得"的年代，尽管柯伟在总队出类拔萃，但分房子依旧还要论资排辈。他的父母是东海市川沙县本地人，在市区没有房产，当初要不是卜玉颖死活要嫁给他这个穷小子，精打细算的老卜头是无论如何也不会同意他当上门女婿的。

柯伟锁好自行车，步履沉重地上楼，踏上吱吱作响的木楼梯。

灯光昏暗，阶梯狭窄，各种味道混合在一起，让人一言难尽。一些房门掩着，看不清里面的情况，只有收音机的声响悠然回荡。

他回家最害怕见到两个人，一个是他的岳母，天天把"阿颖嫁给你，算你们柯家路道粗"这句话挂在嘴上，一副盛气凌人的样子。但只要他那个游手好闲的小舅子有事相求，她就会毫不客气地给他下命令，毫不在意他能不能完成。近期，她就一直逼着他给小舅子搞一个烟草执照。

另一个则是跟他家一墙之隔的邻居老阿姨。老阿姨号称新中国成立前在外国人开的公司里做事，处处都要装出一副有钱人的派头，但骨子里却吝啬到了极致。

因为是同一扇门进出，又要合用厨房间和卫生间，公共区域被老阿姨见缝插针地塞满了，这倒是可以忍受，但老阿姨有一条奇葩的规定，就是小便后马桶不能冲水，美其名曰节约用水，其实是两家合用一个水表，且按人头收费。这太脏了！柯伟一家根本做不到，与她协商多次毫无结果，为此老阿姨天天唠叨，一听见冲水声，心疼得像割了自己身上的肉。

家里灯黑着，卜玉颖应该是和女儿去外公外婆家了。柯伟失望的同时也松了口气，这样也好，改天再给她惊喜。案子上的事情已经够糟心了，天气渐暖，就当是回来换一些轻薄的衣服。

"小柯，好久没看见你了。"老阿姨像猫头鹰一样站在楼梯口，皮笑肉不笑地向柯伟打招呼。

柯伟被神出鬼没的老阿姨吓了一跳，本能地应付了一声，心里泛起不适，掏出钥匙快步向家门口走去。

"有个事情我得跟你说一下。"

"水费单子，走几个字你定。"柯伟不愿意和她多费口舌，因为老阿姨为几毛钱的事情，竟会去数他们家平均一天冲十九次马桶。

"不是这个事儿。"

"水斗，你方便就好。"柯伟斜眼瞧见，公用的水斗上被老阿姨用木板搭出一块来，上面堆满了杂物。

"你最近不在，"老阿姨神秘兮兮道，"小卜有好几次，回来得很晚。"

"她们公司忙啊。"

"是高档轿车送她回来的。"

老阿姨还想继续描述，柯伟"砰"的一声，将门重重地关上，将她的声音隔断。整个楼，似乎都被震了一下。

他和卜玉颖的卧室是一间十三平方米不到的房间，沿墙摆放着一些老式家具。柯伟没有开灯也没有开窗，身心疲惫地躺到床上。柔和的月光从窗户外洒了进来，他瞪着眼睛，望着洁白的天花板，不由得想起几年前他和几个朋友，一起粉刷房子的场景。那时，为了省钱，所有的事情都是亲力亲为。不过那时，他开心得像个孩子，因为他终于有了一个家，他天真地认为自己会在这里住一辈子，干得格外卖力。没多久便是新婚之夜，亲朋好友齐聚在这里，全心全意祝福这对金童玉女，热热闹闹大半夜的喜庆之后，他搂着卜玉颖，轻轻地吻在她的额头上，这是他打算珍惜一辈子的女人。

可是他不知道的是，这个他热爱的女人，现在正在别人的怀里。

2

鸳鸯歌舞厅。

一曲节奏明快的音乐响起，灯光随着音乐律动起来，舞池中人们开始跳起了交谊舞。卢海民脸上贴着创可贴，穿着一套黑色西服，卜玉颖身穿一袭性感的紧身连衣裙，游移在眼前时，完美的身材曲线若隐若现，他们相视一笑，默契地配合着音乐的节奏迈步入场。

卜玉颖从小被父母送到市少年宫学习舞蹈，长大后又是学校、工会的文艺骨干，可谓尤物中的尤物。随着旋律的起伏，两人时而慢行，时而转动，卜玉颖长发飘逸，漂亮的脸庞上妆容精致，皮肤白皙无瑕，浑身散发着妖娆的气息，卢海民不由得将她抱得更紧。

最近两人天天厮混在一起。卢海民比卜玉颖大二十多岁，面对年轻美貌的卜玉颖，他早就把明媒正娶的结发妻子和夜场的胭脂俗粉抛之脑后，不但将卜玉颖从一线销售调到自己身边做助手，还带着她远渡重洋去美国洽谈业务，顺便参观了一下自己在美国刚刚购买的豪宅，上下三层八百多平方米的独栋别墅，四个独立卫生间，让卜玉颖羡慕不已。他们坐在绿油油的草坪上畅谈了一下未来的"美国梦"，卜玉颖的思想发生了深刻的变化。

有了这层关系，卜玉颖的日子一天天地"好"了起来，除了婚姻和居住条件没有变化，出入的场所和穿戴的物品越来越高档，她从心底里感激改变自己生活的卢海民，渐渐地，有些事有些话，她只能悄悄地向父母吐露，而不能对其他任何人说了。

天色已晚，卢海民像往常一样送卜玉颖回家，车子停在了弄堂门口，车上悠悠地播放着磁带，是伍思凯的成名曲，"特别的爱给特别的你，我的寂寞逃不过你的眼睛……"卢海民一边把玩着沉香手串，一边探头望了望，大部分居民家的灯已熄灭。

他从口袋里掏出一枚钻戒，幽暗的车灯下，钻石闪闪发光。他拉起卜玉颖纤细柔软的手，就要给她戴上，然而卜玉颖却娇嗔地一把推开。

"什么意思嘛？"

"求婚。"

"你疯了，我们家那位可有枪！"

"哼，公安局长我也没放在眼里，他个小巴拉子算个屁呀。"

卢海民不由分说，将钻戒戴在了卜玉颖的右手食指上，卜玉颖不再推辞，欣然接受。在那个宾馆稀少，开房既不方便又怕扫黄的年代，卢海民感觉今天应该有戏。

"我送你进去吧。"

"不用了。"

"黑灯瞎火的不安全。"

卢海民执意要送卜玉颖回家。拿人的手短，吃人的嘴软，卜玉颖拗不过他。其实，自家男人长期不在身边，再加上一夜舞池内的挑逗，卜玉颖也是欲火中烧。她一个人先走在前面，提心吊胆地往自己家的窗户看去，一片漆黑，悬着的心放下了一半。

"玉颖……"

卜玉颖将食指放在红唇上，向卢海民做了一个莫出声的姿势。她害怕被邻居们听见看见，嚼她的舌根子。卢海民秒懂，一脸坏笑地跟着她，蹑手蹑脚地向楼上走去。

卜玉颖的心怦怦直跳，她站在家门口，耳朵贴在门上仔细聆听屋里的动静，确认屋内没有任何声音后，她看了一眼身后急不可耐的卢海民，还是不放心地敲了敲门。

"阿伟，开一下门，我没拿钥匙。"

一阵尴尬的沉默。卢海民笃定地走上来，不怀好意地从卜玉颖身后搂住了她纤细的腰身，将一张皮糙肉厚的老脸贴在了她粉嫩的脸上，企图索吻。

谁知"吱呀"一声开门声响，吓得两人像触了电一般瞬间分开，可眼前的家门并没有打开。两人闻声转头，只见邻居老阿姨透过门缝目光幽幽地看着他们，脸上写满了鄙夷。

卜玉颖捂着胸口，向老阿姨飞了一个眼刀。

"咸吃萝卜淡操心。"

老阿姨看着卢海民一副凶神恶煞要吃人的面孔，不甘示弱地撇了撇嘴，将门缓缓关上，默不出声地骂着"奸夫淫妇"。

卜玉颖平复了一下心情，掏出钥匙把门打开。不等她开灯，卢海民便急吼吼地关上房门，一把将她搂入怀中，一股邪淫之火从他下腹上蹿，他如野兽一般强吻着卜玉颖，不安分的手上下齐动。卜玉颖全身酥麻，早已放弃了抵抗，轻声迎合地呻吟着。

卢海民兴致越来越高，忘乎所以地脱下裤子，"啪"的一声，房间灯光亮起，一股令人胆寒的煞气袭来，黑洞洞的枪口直指卢海民的脑袋！

"滚！"

柯伟怒目圆睁，青筋暴起，如立地阎罗一般站在两个人身边。卜玉颖吓得尖叫一声，瘫软在地。卢海民魂飞魄散，方才的骄横瞬间不举，一股腥臊的黄汤溢了出来。

"别激动，我和你们石总是好朋友。"

不提此人则罢了，一提此人，柯伟更是怒不可遏，他红着眼睛打开了手枪保险。卢海民两股战战，从此下体落下了病根。

"不是协议离婚了吗？"

卜玉颖带着哭腔的声音，打破了死一般的宁静。也许是卜玉颖吃透了柯伟的懦弱，她"哇"的一声，肆无忌惮地大哭起来。

是呀，他们是在协议离婚，可是，只要还没有办理手续，他们就是法律上的夫妻，他就不能接受这样的侮辱！

柯伟看着衣衫不整的卜玉颖，再次暴怒，仅存的一点儿理智，及时扼住了他，他想去抓她，却被她手上的钻戒闪了下眼，心中一动：这是卜玉颖心心念念的东西，可他作为丈夫，却一直没能满足她这个不算太过分的愿望。

"滚！"柯伟无力地收起手枪道，"都他妈滚！"

"该滚的是你吧？"卜玉颖站起身来，得寸进尺道，"这房子是我娘家的。"

柯伟嘴巴轻轻地张开，却说不出话。

他曾经多次向政治处反映自己住房困难的情况，可是主任张萍以他目前有房住为由敷衍推脱，还举了一些没有房住的老同志的例子，以及当年革命同志艰苦奋斗的光荣故事，让他无言以对。他也多次去房管所提出申请，也许管理员听出了他的乡下口音，每次去仿佛都是在背台词，"知道了，现在没房子，有了会通知你"，总是用一种极其冷漠的语调和敷衍的态度打发他，即便送上两盒国际饭店的蝴蝶酥也不会改变。

这些年，他一直承受着老丈人和丈母娘的白眼和奚落，就连小舅子卜玉星也从不叫他姐夫，对他直呼其名。他曾经当着卜家人的面承诺，一旦单位分了房子，就会给小舅子当婚房，毕竟他们住的房子是老卜头给儿子准备的婚房，而卜玉星到现在连对象都没说上，跟没有婚房有很大关系。

想到这些，柯伟瞬间没了底气，似乎被生活打入了一个无法翻盘的低谷，只能悻悻地摔门而去。

3

凌晨时分，细雨蒙蒙。

街道两旁灯光昏暗，到处是影影绰绰的阴影，柯伟失魂落魄地骑着二八杠自行车，一边嘬着苦涩的烟头，一边迎着漫天的雨丝，像一个无家可归的流浪汉，漫无目的地游走，疲惫和沮丧写满了双眼。

也不知骑了多久，二八杠自行车轻轻作响，似乎想要告诉他什么。突然，他的 BP 机发来一段文字：老大，有情报，速来老地方。这是一个特情发来的，柯伟眼前一亮，掉头向老地方疾驰而去。

二十分钟后，柯伟放慢车速，警觉地环视四周，眼前一排排闪亮的霓虹灯映照着人潮涌动的街道，五光十色的招牌让人目不暇接，这里就是特情讲的"老地方"——乍浦路美食一条街。

他对这里再熟悉不过，鼎鼎有名的东海市三大美食街之一，聚集了一百多个大小餐馆，晚上十点以后，路边的临时摊位更是数不胜数，每个摊位都挤满了人，臭豆腐、炸麻球、糖葫芦、特色烧烤……每一种都散发出令人难以抵挡的香气，不时还有一些滑稽逗趣的摊贩和人群互动。丰富的菜品、低廉的价格、便捷的服务，以及鱼龙混杂的市井文化，使得这里号称"东海尖沙咀"，是老城区人心中的骄傲，也是东海人心中的"一条胖街"。然而，对柯伟而言，这里还有另外的意义。

面对这人间烟火气，柯伟如同进入世外桃源般，内心瞬间感到一丝安慰。他顿感饥肠辘辘，深深地吸了一口烟，扔掉烟头，径直融入这片灯火辉煌的繁华。

乍浦路中段的香满楼远近闻名，食客们都是奔着世纪饭店里柳大厨的一道名菜"鱼头佛跳墙"而来。从上午十一点直至次日凌晨，香满楼上下两层有限的空间内都会挤满人。热闹的气氛中，食客们享受着丰富的美食，细细品尝每一口菜肴，推杯换盏之间互相分享着自己的故事。

柯伟轻车熟路地从香满楼后厨到了二楼，这里除了三个小包间，还有一间狭小的经理办公室，在寸土寸金的乍浦路，与其说这是一间办公室，不如说这是一间秘密不对外的包间。房间里传来稀里哗啦的声音，柯伟眉头一皱，轻轻推开了房门。屋里弥漫着烟味，四个女人围在老红木方桌前，面对着摆放整齐的麻将牌，一个个神情紧张。桌上的牌，被小心翼翼地摸着、扔着，梅、兰、竹、菊四个花牌交替出现，时钟的指针走过，桌子上的筹码，在胜者与败者之间转换，她们所有人都忘却了时间，陷入这场激烈的战斗中。

"和了！"

一个年轻女人眼波流转，一副聪明伶俐的样子，她毫不炫耀，只是稳操胜券地向其他人点头示意，她是香满楼的经理，柳大厨的女儿柳霞。

柳霞看见柯伟黑着脸默不作声地站在一边，女人特有的直觉让她突然感到一阵凉意。

"散了吧。"

柳霞面带微笑，开始收拾自己的东西。几位牌友看她表情坚决，虽然心中有些不舍，但也只能无奈地离开。

"哥，吃点儿啥？"

柳霞看牌友走远后，含情脉脉地看着柯伟。柯伟苦笑一声没有作答，默默地点起一支烟。柳霞轻咬红唇，明白了大概，下去吩咐厨房工作人员，按照柯伟的老套路上了一份简餐。

柯伟也不客气，拿起筷子，专心致志地大快朵颐起来，嘴里塞得满满的，仿佛吞咽着满腔的烦闷，充实的感觉让他重新充满了力量，这才是他需要的所有，他没有注意到口袋内一个小盒子掉了出来。

柳霞好奇地捡起来，里面竟是一枚小巧玲珑的碎钻戒指，她一时心血来潮，尝试着把这枚小钻戒戴上，虽然自己不缺钱，但没有人给她送过钻戒，此时，她感到自己像一个公主。

"真好看，送我了。"

"喜欢就拿去吧，权当是饭钱。"柯伟脸上闪过一丝悸痛，无所谓道。

柳霞有些兴奋地站在镜子面前舞动玉手，仔细地品味着。

"上次说给你家里安装独立水表的事情，已经联系好水电工了。"

柳霞话音未落，酒店门口突然传来了一阵嘈杂的打斗声，夹杂着歇斯底里的呼救，柯伟充耳不闻。柳霞到窗口一看，道："是滚地龙。"

柯伟立刻站了起来。

滚地龙是柯伟的特情之一，就是他刚才通过传呼台发的信息。

他有三大，一是人高马大，二是老乡圈子大，三是惹的祸大。脸上一片白癜风导致的白斑，让他看起来有些神经质。他来自苏北农村，刚到东海来时在码头上干临时工，和一帮老乡干着最苦最累的活，还经常被黑恶势力欺负。他为人仗义好打抱不平，靠一对拳头起家，打出了自己一片天地。但他的正义感和同情心只针对自己同乡，没两年他就带着一帮兄弟，成了欺行霸市的小霸王，屠龙少年终究变成了恶龙——几分钟前，他还风光无限，在街上招摇过市，习惯性地拿起街边小贩的水果就往嘴里塞，全然忘了自己也是苦出身，小贩赔着笑脸敢怒不敢言。

滚地龙的世界里没有法律，只有道义和恩怨。他被公安部门打击过好几次，可他依旧屡教不改，势力越做越大，直到被送去劳改农场改造。谁知在劳改农场，他为了给被狱霸欺负的老乡出头，居然搞出了一场劳改犯的大规模械斗，他则趁乱凭着一手开锁的绝活，从戒备森严的劳改农场里逃了出来，一时间竟不见了踪迹，司法警察们费尽心思也无济于事，只好求助于柯伟。柯伟凭借老妖的情报，在大浴室的员工更衣室里和老妖设计将滚地龙活捉。经过一番盘道，柯伟发现这个莽撞的浑小子居然有上千个同乡小弟跟着他，涉及的行业遍布东海各个角落。柯伟当机立断打报告将他收编为特情，把他彻底从劳改农场里捞了出来，从此老妖和滚地龙，一文一武，成了柯伟暗地里的左膀右臂。

今天，滚地龙特意来给柯伟汇报工作，大摇大摆地刚刚走到香满楼门口，附近酒楼里便冲出一帮流氓，为首的两人带着匕首和铁棍，团团将他围住，不由分说，劈头盖脸就是一顿打。滚地龙是街头殴斗的老手，深谙擒贼先擒王的道理，三拳两脚便将为首的两人打翻在地，可好汉难敌四手，一不留神，背后被人偷袭，一闷棍打在腰眼上，将他砸倒在地。这帮流氓趁他眼冒金星，丧失战斗力的瞬间，拳脚像雨点般砸在他的身上，滚地龙被打了个措手不及，双手抱头护住要害部位，努力地回避着攻击，但显然已经无力回天。他企图挣扎着逃离，但很快就被拖了回来，一拳接着一脚，惨叫声不断回响在整个乍浦路。

路上的人们见惯不怪，更没有人打报警电话，反而纷纷围起来看起了热闹。滚地龙的老乡们都被吓破了胆，只敢远远地看着。场面愈演愈烈，这帮流氓出手狠辣，看架势是要滚地龙的命。不消片刻，滚地龙已经完全没有招架之力，为首的小黑皮从腰间拔出匕首，企图挑了他的手筋脚筋。

"住手！"

柯伟从二楼冲了下来，手放在腰间的枪套上。

这帮流氓认出了柯伟——虹镇老街鼎鼎有名的柯大侠，但丝毫没有收手的意思。目光对视间，柯伟淡然地劝说"别自寻死路"，小黑皮退后两步，佯装收起匕首，以为柯伟不备，猛地拔出匕首向他刺来。

柯伟本想开枪吓退这帮悍匪，但小黑皮的行为彻底激发了他心中压抑已久的邪火，他侧身躲过刀锋，顺势扣住了小黑皮的胳膊，右肘使尽全力向反关节砸去，只听"嘎嘣"一声，小黑皮的胳膊折了，痛得躺在地上嗷嗷直叫。柯伟大喝一声，紧跟着一脚踢在他的下巴，鲜血洒了一地。其他小流氓被吓得呆若木鸡，不出几个回合也都被打翻在地。连续的惨叫声，把旁边的滚地龙都吓了一跳，从来没见柯大侠下过如此狠手，仿佛真的是飞天蝙蝠柯镇恶附体，招招都往致命的地方招呼，毕竟这不是警察惯用的打法。不消片刻，这帮小流氓丢盔弃甲，拖着昏厥的小黑皮仓皇逃跑。

"丢人现眼，快上去。"

不知何时，老妖从围观的人群中冒了出来，将浑身是血的滚地龙扶了起来，一瘸一拐地跟着柯伟，来到二楼经理室。柯伟仍板着脸，但心情舒畅了许多，他重新拿起筷子大快朵颐。柳霞拿来了红药水、纱布和创可贴，与老妖一起给滚地龙处理伤口，滚地龙痛得龇牙咧嘴。

"别动。"柳霞一边涂红药水，一边揶揄道，"大哥有你这样的特情，也是倒了八辈子血霉了。"

"没那个金刚钻就别揽瓷器活。"老妖在一旁补刀道，"装什么大尾巴狼啊。"

滚地龙打着柯伟的名义，到处收小弟，替人出头捞好处。一山容不得二虎，结果在乍浦路上碰着小黑皮这个硬茬。相对于滚地龙这个外来户，小黑皮在这里根深蒂固。

"不是冒泡，就是泡妞。"滚地龙白了一眼老妖道，"又看上哪家的小丽了？"

滚地龙说话口无遮拦，让老妖颇为难堪。老妖对前女友小丽一直念念不忘，即便被她伤得很深，依然喜欢这一款的女孩。

"大老粗，懂个屁。"老妖反击道。

"早晚马上疯。"

"这时代啊，不管马上疯还是马下疯，人哪，都疯了。"老妖转移话题道，"武二郎给西门庆护院，诸葛亮三顾茅庐也见不到刘备，包拯把秦香莲送进精神病院，喜儿哭着喊着要嫁给黄世仁……"老妖说到兴头，发现柯伟放下碗筷，斜眼看着自己，顿时打住，一脸坏笑。柯伟摇摇头，知道这是一派胡言，但又无法反驳。

"大哥，小黑皮哪是在踢我的屁股，那是在打你的脸啊。"

柯伟闻言被呛了一口，哀其不幸，怒其不争。

"知道为啥挨揍吗？"

滚地龙头摇得跟拨浪鼓似的，可怜巴巴地看着柯伟。

"自以为天下第一，还乍浦路小霸王。"柯伟怒斥道，"狗仗人势，坐井观天。"

"我一心为大哥呀。"

"放屁，正事咋样了？"

"Jenny 生前……"滚地龙神秘道，"和一个大老板，经常来金米萝吃饭。"

"可靠吗？"

"胡说让车撞死。"

柯伟瞬间兴奋起来，当即便要带着滚地龙去路口的金米萝。

滚地龙眼珠一转，却问："烟草执照咋样了？"

这鸡贼，竟然坐地起价，谈起了条件。

柯伟怒，柳霞插话道："大哥的小舅子要的烟草执照还没办好呢。再说了，刚才救你一命，也好意思开口？"

"破案就能升官，不能把兄弟忘了啊。"滚地龙嘿嘿一笑，也不羞惭。

柯伟无奈地点了点头，只好先应承下来，说将小舅子办执照的事情往后压一压，先办他的。滚地龙这才心满意足地通知他的小弟，将金米萝的服务员小胖子吉吉喊来。

小胖子吉吉说话颠三倒四，说了半天也没讲清楚那个老板的长相。柯伟只好第二天将他带到刑科所，找照录像室的小周画模拟画像。一天后，当柯伟看到模拟画像时，立刻感觉这人似曾相识，半秃的脑袋，邪淫的眼睛，与江南化工厂的厂长孔宪德简直一模一样，不由得心里一颤。在他的印象里，孔厂长的口碑不是特别好，他打着为企业脱困减员增效、建立现代企业制度的旗号，大肆贱卖国有资产，还天天逼着工人下岗。

好不容易找到这条线索，柯伟决定碰碰这位孔厂长。

可是他不知道的是，一条绳索，已经向他套来。

4

总队长办公室。

一张巨大的办公桌上散落着各种文件，看起来杂乱无章。桌子后面是一张宽大的黑色真皮座椅，上面摆放着腰托和靠枕，厚实的坐垫略显下沉，显然是被过载的重量长时间碾压。房间内没有太多装饰，只有一幅笔锋沉重的"任重道远"挂在墙上，给人一种敬畏而压抑的感觉。

石毅非常放松，不时地向卢海民倾斜一下身子给他沏茶倒水，茶几上还放着一些精致的糕点和水果，是为了招待卢海民而特意准备的。

"华侨商店购货指标，不成敬意。"

"松下的三超画王是不错，还有日立录像机。"石毅话锋一转道，"朋友是朋友，纪律是铁律。"

"石总真是清廉的楷模啊，下次从美国回来，多给你带一些好莱坞的录像带。"

"晓君就喜欢看美国大片，学好英语将来准备出国。"

"公子必成大器，将来到美国就住我家。"

"还是卢总路子粗啊。"

"这幅刘海粟的《黄山图》，是我特意找人买来的。"

"嗯……"石毅打开画轴，愣了一下，画是真迹，只是卢海民把"粟"念成了"栗"，这文化水平真是……

卢海民看着石毅尴尬的脸，故意拿下手腕上的沉香手串，一颗一颗摆弄起来。这手串打眼一看就非凡物，价格必定不菲，串珠乌黑发亮，颜色纯美，随着与皮肤摩擦生热，一股幽雅的暗香袭来。

"星辉的事多亏石总帮忙。"卢海民自豪道，"文莱的沉香，高级货。看得上，一起送给你。"

卢海民靠文玩字画打通了不少社会关系，但其实他对这些物品背后的文化一无所知。他说着将手串递给石毅。石毅接过手串，在手中搓了搓，一股浓郁的醇香，和着一丝清凉的药香散发出来，他放在鼻下嗅了嗅，"拒腐蚀，永不贪"的声音在脑中回响，他立刻将手串又塞回了卢海民手中。

"这是你们'文人雅士'的喜好，我一介武夫就算了。"

"这画不值钱，权当是个工艺品。"

卢海民说着强行把画塞到了石毅手里。石毅推辞再三，将画放在一旁的桌面上。

"听说前几天有个杀人分尸案，死者是两名女性，"卢海民故作镇定道，"人都绞成肉馅儿了。"

"卢总怎么关心起这种案子了？"礼下于人者，必有所求。石毅知道对方要摊牌了，警觉道，"你认识她们？"

"不认识，不认识。"卢海民赶紧撇清，"好赖咱是热心市民，总归要关心社会民生啊。案件进展还顺利吧？"

"正在推进。案子由总队最得力的探长柯伟侦办。"石毅圆滑道。

"那个小民警柯伟？"卢海民眼睛一转，也不客气，直接要求道，"好好收收他骨头。"

石毅坐直了身子，表情严肃起来："有什么违法乱纪的情况尽管反映，你可是警风警纪监督员。"

"他老婆在我们公司，前几天向妇联反映，他有家暴倾向，这是情况说明。"卢海民说着将一份材料放在了石毅的桌子上。

"还有这种事情？"石毅翻看着材料，表情逐渐变得严肃，然后，怒气冲冲地拨通了政治处的电话，"张主任，来一趟。"

见石毅如此表演，自己目的达成，卢海民微微一笑，掐灭香烟，起身告辞。

半个小时后。

"有重要线索！"金建民带着柯伟兴冲冲地推开了石毅办公室的门。

政治处主任张萍，正毕恭毕敬地站在石毅办公桌前汇报工作。

石毅愠怒地一指，让他们在旁边等着，抬了抬下巴，示意张萍继续汇报。

"……近期，还开展了一些反腐倡廉的宣传工作，积极营造纪律严明、风清气正的氛围，通过'拒腐蚀、永不贪一百问'考试，帮助总队民警建立起正确的价值观和思想观，为队伍建设奠定了坚实的思想基础。"

"表面文章。"石毅表情严厉地说，"能起到作用吗？"

"根据我们的经验，以及与兄弟城市的交流……"

张萍紧张得结结巴巴，埋头翻看着黑色笔记本——这是她工作的法宝，也是所有市局民警恐惧的"黑匣子"。

"民警八小时以外的情况有没有掌握？"石毅面无表情道，"闭门造车！"

"领导批评的是。"

"刑警的荣誉不能被个别害群之马毁了。"

张萍平时在普通干警面前口若悬河，此时反倒舌头打结，翻着笔记本，将石总的最高指示一一记录下来。

"多听听妇联同志的反映。"

"还有这幅刘海粟的字画，叫监察室的同志帮我还回去。"

"出去吧。"

张萍如蒙大赦，抱着笔记本和字画，逃也似的退了出去，临出门前，狠狠地瞪了一眼柯伟。柯伟心里一惊，以他们的经验，肯定又是被这位政治处主任拿到了什么把柄。

"石总，有重要发现。"金建民迫不及待地上前，将一份报告递给石毅道，"这是根据目击证人吉吉的描述画出的模拟画像。"

石毅翻看着报告，眉头逐渐拧成一团。

"孔宪德有重大嫌疑。"柯伟把张萍抛在脑后，信誓旦旦道，"他和被害人Jenny……"

"荒唐！"石毅粗暴地打断柯伟道，"老孔是你隐蔽身份的头儿，江南化工厂那么忙，他怎么可能有作案时间？"

"可是……"

"想位子想疯了？"石毅将报告甩给金建民道，"线索有没有复核过？案子的关键是搞清楚Jenny和Fatina到底是谁！"

金建民沉默了。石毅这种态度绝不纯粹是因为案子，也许有他没掌握的情况，今天可能有点儿莽撞了。

"特情没问题。"柯伟梗着脖子犟道，"孔宪德怎么就不能怀疑了？"

"人大代表，知名企业家，逢年过节还给市局赠送慰问品，凭什么臆断他是坏人？"石毅高声指责道，"柯伟啊柯伟，你真把自己当大侠了？小心捅出大娄子来！"

"我不是说孔厂长是坏人，而是说现在线索牵涉到他，我们应该碰碰他。"柯伟声音低沉，一字一句道，"即使他跟本案无关，也可能从他那里得到线索。"

"去夜总会应酬就有问题啦？破案需要理性而有效的调查，不是半吊子的报告和拍胸脯的意气。"石毅怒极，正要发作，突感一阵胸闷，于是烦躁地挥手道，"出去吧。"

柯伟拧紧了眉头，内心激荡，手攥成了拳头。这个孔宪德，柯伟再熟悉不过了，江南化工厂自从改制以后，工人们的工资发不出来，工人们天天到区政府门口闹事，孔宪德却有钱去高档夜总会潇洒，还跟被害人搞在了一起，不说这个碎尸案，查他腐败肯定一查就准！

金建民见势头不对，赶紧把柯伟拉了出去。

办公室总算清静了，石毅胸口越发闷疼，他抚摸着自己的胸腔，意识到不妙，赶紧拿出速效救心丸，囫囵吞下。

不多时，救心丸发挥作用，他的心跳开始慢下来，喉咙里的疼痛也开始消失。他知道自己需要控制情绪，尝试平复内心的焦虑，看向窗台上生机勃勃的君子兰，总算感觉到一丝丝安慰。

办公桌上的电话响起，是唐云耕副局长的电话。

"抓捕了一名台城人？"

"是有这么回事。"石毅刚刚舒缓的心情又紧张起来。

"市领导很关心这个事情，这涉及两岸关系。"唐云耕道，"不能放过一个坏人，也不能冤枉一个好人，必须尽快搞清楚，妥善处理此事。"

要短时间查清嫌疑人的底细，是一件非常棘手的事情，如果没有调查清楚，草率放了嫌疑人，程序上涉嫌违法。根据法规，犯罪嫌疑人不讲真实姓名、住址，身份不明的，应当对其身份进行调查，在公安机关查清身份前可以对其一直进行羁押，而如果一直关押不放，则对上级领导没法交代。

真窝火，又是柯伟惹的祸！石毅慢慢地放下电话，感觉刚才的药白吃了，他黑着脸拨通了金建民的电话。

东海市第一看守所，审讯室。

郑彪穿着破旧的囚服，剃了光头，身体的各个部位都没有任何隐私可言，只有他的身份是个秘密。

尽管他是一名头牌打手，但与三十多个重刑犯挤在一间逼仄的牢房内，该遭的罪一点儿都没少遭。他戴着手铐，坐在一张简陋的椅子上，面对着柯伟和陈卫国，突然感到喉咙干涩，止不住地咳嗽起来。

"你到底是谁？"

"游客。"

"东海有哪些旅游景点？"

"外滩、豫园，还有……"郑彪卡壳了，他对东海了解不多，天天待在出租屋和别墅，根本没有机会旅游。

"来了这么多天就去了两个地方，东海这么多旅游景点都说不上来，天天去星辉旅游吗？"

"星辉也是东海特色。"

"游客带着一箱的美金和黄金？"

"不老实交代，有一万种办法收拾你。"

郑彪表情镇定如常，心里却已经开始动摇——他不怕酷刑不怕死亡，却怕这种钝刀子式的折磨。频繁地更换牢房，让他遍体鳞伤；几十人的大牢，让他苦不堪言。他必须找到一种方法，尽快让自己解脱。

"肯定是误会。"

"不要再扯谎了，这东西上有你的指纹。"

柯伟手里拿着从别墅里搜出的手枪，盯着郑彪的眼睛，他能感觉到郑彪深邃的眼神中隐含着某种秘密，那是只有杀过人的人才会拥有的眼神，他感觉自己正在接近真相的大门。

"我要联系家人和律师。"

"姓齐还是姓邹？"

柯伟和陈卫国的态度变得越来越严厉。

"再换个牢房。"

……

窗外的树在微风中轻轻摆动，看守所的钟在静谧中嘀嗒嘀嗒作响。柯伟气极反笑，直觉告诉他这个男人跟刁淑婷关系密切，只要抓住这个男人，刁淑婷一定会露出狐狸尾巴，到时必然就犯，而分尸案应该会从此处突破，他不会轻易放过眼前这个可疑的家伙。

审讯室里气氛焦灼，审讯室外再起波澜。

高松和邱建华急匆匆地从总队赶到这里，手里拿着市局外联部门的回复函，表情古怪。

"台城市警察局来函，认定此人名叫邹守义，三十八岁，涉嫌一起诈骗案件，是在逃的要犯，希望我们尽快将他移交。"

柯伟从审讯室被叫出来，反复研读回复函，逐渐陷入沉思。

"金支什么意见？"

"假得离谱，正在请示石总。"

柯伟皱起眉头，眼前这个人肯定不简单，凶狠，坚决，一看就是穷凶极恶的行动派，绝非动脑子的诈骗之徒。台城市警局发的这个函，多半是被人做了手脚，也说明这个凶徒一定背负着某个牵扯极大的案子，肯定不能放。再说，贸然放回去，这种恶徒，自然有对等的仇家和关系人，搞不好也是死路一条。想到这里，柯伟灵光乍现，一条妙计涌上心头。

他打电话给金建民，请金支无论如何都要帮他挡一阵，拖一下时间，他已经找到了突破的办法。

这天晚上，灯火辉煌。

和平饭店龙凤厅里，红木大圆桌上摆着一道道精致的菜肴，龙虾、鹿肉、松茸等应有尽有，彰显着豪华与尊贵。石毅居中而坐，一副志得意满的样子。刁淑婷和安琪尔两位美女围坐在身旁，殷勤地帮他夹着菜。坐在对面的卢海民金杯高举，频频向他敬酒。刁淑婷所谓的大人物正是卢海民。

"今天高兴，超常发挥了。"石毅脸色潮红道。

"石总海量，这才哪到哪啊。"

"心意我领了。"石毅挺着将军肚道，"市局就这个案子打过招呼。"

"谢谢，石总，能放出来就行，千万别送回去啊。"

"不急。"石毅摁下刁淑婷的酒杯道，"身份要查清楚。"

"小菜一碟嘛。"卢海民端起酒杯道，"先干为敬。"

"不谈公事，喝酒。"

晚宴持续了很久，直到滨江的灯都熄灭了，石毅还滔滔不绝地讲着当年命案必破的英雄事迹，东山打过虎，西山套过狼。其他人偷偷打着哈欠，逢场作戏。刁淑婷有些僵硬的笑容下，不知怎的，突然有一种不祥的预感，她开始有些坐立不安。

没有郑彪镇场子，她总觉得不太踏实。可是现在石毅承诺马上放郑彪出来，却又让她觉得中间肯定有什么不确定的变化。

而她的预感，一向很准。

5

与此同时，千里之外。

琪琪嘴边有一颗美人痣，打扮风骚，她经常出入高档酒店，永远面带微笑，"顾客至上"是她的座右铭。此刻，她坐在出租车里，盯着手上的那枚钻戒，心中溢满了喜悦。

送她钻戒的老板约她去自己的住处，她毫不犹豫地拒绝了今晚所有的生意。靠着出台，她在高级酒店转悠一晚，最多可以赚到两三千元，但是今天，那位老板开出了大价钱，她不用奔波于多个男人之间就可以获得可观收入，因此她爽快地接受了对方的邀约。

几天前，她与嫖客大个儿结识，大个儿出手阔绰不说，还送给她一个大号钻戒。她不放心，专门去百货商场专柜进行了鉴定，价值不菲！面对这样的高端顾客，她是不会拒绝其任何要求的。然而她不懂，真正的陷阱往往都有着最完美的伪装，大个儿正是东海市刑警苦苦追捕的碎尸案凶手之一。

那天案发现场，柯伟被枪声吸引过去，大个儿立刻上前给瘦子打掩护，劈头就是一阵臭骂，骂他拖延误了时间，趁着派出所民警也被枪声吸引，注意力不在他们身上，两人匆匆离开工人新村小区。

三十六计，走为上策，两人带着东西急忙打车逃走，趁通缉令还没有发出来，分头走进火车站，买了两张站台票，从容淡定地挤上最早发车的一班绿皮火车。

　　绿皮火车检查松懈，瘦子一路还是如同惊弓之鸟，时常转头查看周围的人是否注意到了自己，见到乘警和列车员，便用黑色夹克掩盖住脸，一副此地无银三百两的样子，让大个儿很是恼火，甚至动了杀心。瘦子见大哥眼神不善，总算醒悟过来，强装镇定，不出几个小时，二人就已经逃离了东海刑警搜查的范围。

　　两人常年行走江湖，狡猾多端，深谙藏身于人海的道理，换了另外一座城市重复在东海的罪行。先是租房，然后再用大手大脚的消费吸引那些贪财的夜场女子。现在，琪琪就是他们的猎物。

　　琪琪急急忙忙赶赴大个儿住处之时，大个儿和瘦子正在房间里悠闲地吸着香烟、喝着啤酒，有说有笑，好不惬意。在他们看来，无论此时琪琪在哪里，都已经成了任由他俩宰割的羔羊。想到即将到手的尤物，两人都禁不住露出狰狞的笑容，昏暗的灯光下，这笑容恐怖异常。

　　"傻女人来了，你在房间里待着，别出来。"

　　"OK。"

　　瘦子明白大哥的意思，他是想先占有琪琪，再下手干"正事"。在瘦子心中，大个儿具有说一不二的威慑力，他从小就跟着大个儿混，在那个校园霸凌猖獗的年代，大个儿可是他们那一片有名的狠人，一句话不对付就动刀子，那种深入骨髓的恐惧，让他永远挥之不去。

　　"到了？是的，六楼，西侧房间，没错。"接到琪琪的电话，大个儿沉着应对。他做惯了，不会露出任何破绽。没过多久，便听到楼道里传来高跟鞋踩在地板上的声音。

琪琪上楼的时候，心里不大高兴，因为楼道阴暗潮湿，显得有些破败。和高档酒店相比，她不太喜欢到这种低档的居民楼与顾客进行交易。但对于这个顾客，她选择了顺从，因为他出手实在太大方了。

　　登上六楼，她已微微出了些汗。顾客没有主动来开门，她有些奇怪，便伸手按响了门铃。她不知道，自己刚刚走过的这段楼梯，竟是她人生最后一段路，当她按下门铃的时候，便打开了一扇死亡之门。

　　"知道我来，还不主动开门迎接。"门开了，大个儿那张半阴不阳的脸进入琪琪的视线，她嗔怪道。

　　大个儿笑了笑，没说什么，心里却想：傻女人找死还这么着急。然后他慢而有力地拉下琪琪身后那扇老式防盗门。

　　琪琪完全没有意识到即将到来的危险。她先去了一趟卫生间，看到里边有很多大号塑料盆，出来的时候，她又路过厨房，看到地上摆着几个大号高压锅。

　　大个儿看似悠闲地吸着香烟，瞅着她在房间里转来转去，突然，他眼神一冷，把专门用于和琪琪单线联系的电话关了。用不了多久，他会让瘦子把这部手机砸得稀碎，扔到某个满是淤泥的臭水沟里。

　　琪琪回过头，猛然间与大个儿对视，那种死神一般的眼神令她不寒而栗。直到这个时候，琪琪才意识到危险，她想走向门口，逃离这个令她恐惧窒息的地方，但腿脚已不听使唤。大个儿走过来，不容分说把她扔到床上。她睁大惊恐的双眼，出于本能大声呼救。大个儿亮出一把明晃晃的匕首，用力捂住她的嘴巴，凶相毕露。

"再敢出声，白的进去，红的出来！"

极度惊恐的琪琪泪流满面，大个儿根本没拿她的眼泪当回事。琪琪扭动着身体左右躲避，然而她的反抗只会激起大个儿的兽欲。大个儿低吼着撩起她的裙子，将她的丝袜、内衣撕得稀烂，猛烈的撞击让她痛不欲生。

琪琪在他身下无言地抗拒着，咬紧牙关，把头拧向一边，眼泪狂飙。大个儿则抓住她的长发，强迫她扭过脸，直视自己。

"不敢看我？昨天的骚劲儿去哪儿了？现在摆出一副贞洁烈女的样子，给谁看？"

大个儿越说越起劲，动作越来越粗鲁。琪琪只能任其摆布，唯一的希望就是能活下去。快速癫狂之后，大个儿起身，琪琪麻木地趴在床边，拉过被子盖住自己被侵犯的身体，获取些微的安全感，除了呼吸，她再无力做任何事情。

大个儿从浴室里简单冲洗后走了出来，不再多看她一眼，只是冷冷地甩下一句——

"自作孽，不可活！"

一根烟的工夫，大个儿缓过劲来，他一手握着匕首，一手把琪琪的电话递给她。

"我还有个兄弟，你再叫个女朋友陪他。要敢露馅，还是那句话，白的进去，红的出来。"

琪琪已经被吓破了胆，不敢抗拒任何命令，按照大个儿的要求给自己要好的女朋友打电话，告诉她们有大老板开价五千包夜。她同宿舍最好的闺蜜卿卿问清地址后表示马上就会赶到。

卿卿比琪琪大几岁，外号"格格"，是个被包工头抛弃的小三，颇有几分姿色。她如约而至，当铁门关上的时候，她已无路可逃。

大个儿先把卿卿扔到自己的那张大床上，让琪琪目睹自己的暴行。卿卿哭泣着责备琪琪，琪琪也只能哭泣着道歉："没办法，实在没办法。"

卿卿抹着眼泪，无意中看到了大个儿的下体，目光惊讶地多停留了几秒。这一举动瞬间激怒了大个儿，不堪其辱的往事在他脑子里闪过。他发疯似的对卿卿一阵拳打脚踢，直到卿卿的双眼再也睁不开。接着他又把另外一个房间里的瘦子叫了出来，瘦子早已饥渴难耐，两头畜生扑向两个误入火坑的女人。

随后的七天，两个女人受尽了非人的折磨，她们眼神空洞地躺在凌乱不堪的大床上，骨瘦如柴的身体，已经感觉不到大个儿和瘦子留给她们的痛。她们乖乖地把几年来靠出卖身体赚来的钱财，全部交给了大个儿，并不断哀求：只要能赎命，多少钱都给。

瘦子戴着口罩和鸭舌帽，把两个人的存款都取光了，从琪琪那里得到九万，从卿卿儿那里得到四万，总共十三万。大个儿并不满足，抓起皮带就是一顿抽打，不多时，两个女人身上便血痕累累。

"两个十三点，头牌小姐就九万，骗谁？"

大个儿凑近琪琪的耳边，声音冷沉得仿佛钢锯一样刮着她的心脏，他拿出匕首，在她眼前晃来晃去，强迫她给亲戚朋友打电话借钱。这一刻，琪琪彻底崩溃了，她痛哭流涕，跪地求饶。

"我爸妈都是乡下的农民，家里穷得要死。这些年我是没少赚钱，除了还债，剩下的钱前段时间都给家里盖房子用了。要不你放我出去，我再去给你挣。"

大个儿杀过的所有女人中，琪琪给他的印象最深。她长得不算很漂亮，但对他最为配合。他实在不想杀她，但不杀她又不放心。当大个儿感觉已经把这两个可怜的女人彻底挤干榨净了，便对瘦子使了一个眼神。

"给她们净身，舒舒服服上路。"

"净身""上路"，都是大个儿和瘦子之间的暗语，意思是让她们洗澡，然后杀掉分尸。这次用了"舒舒服服"这个字眼，意思是不要用太痛苦的方式结束她们的生命。

瘦子像驱赶牲口一样，逐一看着两个受害者在卫生间里洗了澡，随后大个儿逼迫她们喝下了一瓶饮料。饮料里有大量的安眠药，她们喝下去后便昏睡过去。大个儿和瘦子相视一笑，伸出罪恶的双手，分别掐住二人纤细的脖子，如比赛一般让她们窒息而死。

大个儿和瘦子麻利地脱掉衣服，两个禽兽近乎裸体，从床下取出事先准备好的工具，开始在浴缸里肢解尸体，一时间，屋子里到处都是腥臭之气。

两个禽兽嘴里叼着烟，说说笑笑。大个儿有一套家传的理论，说人是最自私的，活着时吃动物尸体，死了烧成灰也不让动物吃，所以他们要"替天行道"。他们将一块块带血的人肉和骨头，都扔进红色的大塑料盆里，用厨房里的高压锅蒸煮，煮熟后把肉剔下用绞肉机绞碎，扔到马桶里用水冲走，大块骨头则用钳子垫着毛巾和被褥，在悄无声息之中，一点儿一点儿夹碎，不久，下水道里的东西就成了老鼠、蚁虫的饕餮盛宴。这也是他们为了掩盖罪行，屡试不爽的最有效手段。

要不了多久，两个被害人的肉体就会完全从这个世界上消失。她们这种女子，基本都是从外地来的，流动性强，一旦下水，便不会提及自己的真实姓名和家庭住址，因而她们身边的人一般不会报失踪。即使家里人联系不上，在当地派出所报了失踪，也难有任何进展，不久她们就会变成新增失踪人口里冰冷的数字。

这一招毁尸灭迹，不仅让两个恶魔隐匿了罪行，而且在越来越讲究证据的法治环境下，一旦错过破案的最佳时机，即使天王老子来了，也只能唉声叹气。

6

台城的来函发了一道又一道，催促东海市警方将犯罪嫌疑人邹守义尽快遣送回台。在金建民的支持下，柯伟顶住各方面的压力，继续对郑彪施加压力，直接揭破，只要他回去就是死路一条。

郑彪略一迟疑，柯伟已知自己猜中，态度立刻更加从容。失去了主动地位的郑彪只得承认柯伟所说不假，也承认自己不是邹守义、齐秀中，只是被卷入了一场无休止的争斗，但一涉及自己的具体细节，他便顾左右而言他。

柯伟也不用强，说："那好吧，我等着你坦白。但我一个小警察，能帮你顶多久就顶多久，反正到了最后，你不开口，只能把你送回去。"

现在，就只剩下石总的压力了。

柯伟首先取得了金建民的支持，在陈卫国的建议下，又越级向唐云耕做了汇报。唐副局长亲自听取了碎尸案工作汇报，做了指示，压住了石毅，没有霸王硬上弓，强令他放人。但是毫无疑问，石毅要把这笔账算在柯伟头上。这让柯伟跟石毅本就微妙的关系开始变冷，石毅开始对柯伟有了别样的看法，把他当成刺头。

然后，是漫长的等待。直到即将要把烫手的山芋送回台城的最后一天，刁淑婷才一袭红色风衣，出现在一探组办公室门口。

柯伟长长地松了口气——就在刚才，他还在考虑，是不是不用这么执拗地较劲？是不是可以主动出击，去星辉？但是现在，在这一场心理博弈中，他赢了。

只有这样赢得彻底，才能够拿到最大的利益。

短暂的沉默之后，柯伟起身，示意她进屋说话。

"怎么进来的？"

"这不重要，我希望和你单独谈一下。"

柯伟微微一笑，示意探员们先出去。

"送你一份大礼。"刁淑婷语气坦诚地开门见山，"作为交换条件，必须保证郑彪不会被遣返。"

"真名叫郑彪？"柯伟凝视着对面的刁淑婷道，"什么大礼？"

"你想要的信息我都有。"刁淑婷点到为止，"敢问柯探长，有什么好办法留住郑彪？"

"他坦白自己的真实身份，这是第一步。但要让他留在大陆，还有一个要求，就是做特情。"柯伟毫不客气地抛出早就准备好的要价。

"特情？！"

"对，就是线人。"

"有没有危险？"

"只要守纪律就不会有危险。他只与我单线联系，身份保密。"

柯伟故作关切地问，"要不，再考虑一下？"

"不用了。"

刁淑婷现在别无选择。她已经想清楚了，她离不开郑彪，无论是星辉的生意，还是在竹统帮的存在，以及将来可能面临竹统帮和陈浩楠的"问责"，她都需要郑彪像山一样在前面挡着，在身后支持着。

她从香奈儿包里掏出一个精致的鳄鱼皮笔记本，里面密密麻麻地记录着星辉高端客户和小姐的相关信息，高端客户刁淑婷都会亲自陪酒安排房间，能赚钱的小姐她也会亲自调教，因此对这两类人她格外熟悉。这是公司的核心机密，她偷偷拿出来的，如果让大老板知道了，她也不好交代。

柯伟感觉到了这份"大礼"的重量。

"Jenny 叫张桂珍，女，二十六岁，江宁人；Fatina 叫季子越，女，二十四岁，徽州人。这是她们的身份证号。"刁淑婷将笔记本摊开放在柯伟面前道，"和张桂珍来往密切的大陆老板，大个子名叫钟欣伯，三十岁出头，号称在辽东省开煤矿。"

"是不是长这样？"

柯伟再次拿出嫌疑人模拟画像，摆在刁淑婷面前。刁淑婷表情凝重，在柯伟的指导下，她仔细观察着嫌疑人鼻子、眼睛等五官位置，以及发型等特征。毫无疑问，这是件非常重要的事情，她也明白她的回答将会对案件的侦破产生重大影响。

她的目光停在了嫌疑人眼睛的位置。

从模拟画像中就能感觉到嫌疑人在直视着自己，那种死亡凝视，让人终生难忘。刁淑婷咬着嘴唇，不停地打着手势，颇费周折地试着描述清楚嫌疑人的特征，或许能够更接近嫌疑人的真实长相。

"他的眉毛有点儿粗，眼睛略微向下倾斜，对，是三角眼，嘴巴很大，唇厚……"

柯伟不时地记录着刁淑婷的描述，希望能从中找到有用的线索。

"还有没有要调整的？"

"下巴线条很硬，脸部轮廓还要再鲜明一些，体格强壮，目测身高在一米八五左右。"

柯伟耐心地听着。道路依然艰难，在侦查过程中，一切破案的关键都需要一条条小线索拼凑起来，环环相扣，如同完成一张拼图，容不得半点马虎，他必须全力以赴。

"还有那个跟班瘦子，大概在一米七出头，应该叫马青。"刁淑婷笃定道，"大多数时候说普通话，酒喝大了以后会说方言，应该是辽东省人。"

"确定？"

"我是省外人，祖籍在辽东。"

柯伟点了点头。矮个子嫌疑人他再熟悉不过了，两人虽然只是擦肩而过，但柯伟只看一眼，就深深地记住了他。

"3月15日以后，这两个人还来过星辉吗？"

"再也没有见过他们。"

"郑彪为什么会出现在杀人分尸案现场？"

"是个巧合。"刁淑婷诚恳道，"工人新村相对隐蔽，帮派里的人找不到。"

柯伟表情还是半疑半信，心里却差不多肯定，刁淑婷这里，应该是正确的突破方向。

拿到了犯罪嫌疑人和被害人的关键信息，柯伟不敢怠慢，连夜打报告请求开展协查工作。被害人的信息在江宁和徽州得到了证实，并很快与被害人的家人取得了联系。

两人没有结婚，五年前她们都是到东海来打拼的女青年，同在一个电子厂上班，干了没多久，嫌弃在流水线上打螺丝工资太低，两人凭借着姣好的容貌走进了星辉，从此过上了纸醉金迷的生活。张桂珍更是意外怀孕，不知道是何原因将孩子生了下来，现由她雇的保姆照顾。柯伟立刻派陈卫国去寻找保姆和孩子。

同时，柯伟请求辽东省公安厅对两名犯罪嫌疑人进行协查，但他心里清楚，两个狡猾的犯罪分子，一定是用的假信息。

1995 年，公安信息化的程度还很低，一个分局也没有几台电脑，第一代身份证没有指纹信息，照片也拍摄得较为模糊，难以辨识，而且对人口的管理也有不少漏洞，在一些偏远的地方，假办身份证的情况时有发生。

很快，柯伟从辽东省公安厅收到了有关犯罪嫌疑人钟欣伯和马青的回复，证实这是冒用的假身份。辽东省公安厅还提供了一个非常有价值的线索，三年前，在邻近省份的东蒙市也发生了一起类似的杀害小姐案件，犯罪嫌疑人也是一高一矮两人，操普通话或辽东口音。辽东省公安厅建议扩大排查范围，对整个东北三省及东蒙地区类似的案件进行梳理，从而发现对案件侦破有用的线索。

柯伟对此建议表示赞同，这也意味着侦破还有很长的路要走。

接下来一段时间，他与外省市公安厅的相关负责人反复沟通，制定出更加详细和科学的侦查方案和走访计划，明确任务的目标和重点，确保工作的高效和顺畅，一有确定的线索，马上赶到。刁淑婷送的"大礼"果然对分尸案有重大推动，柯伟惊喜不已的同时，还收获了另外一份礼物，那时候他还不知道，那几乎是他生命不能承受之重——一个孩子。

陈卫国追查两名被害人，找到了张桂珍的私生子，小名君君。得知张桂珍死亡后，保姆因为没有人付钱而立即走人，而张家人嫌弃孩子的身份，也没有一个亲人愿意领养，将他弃之门外。陈卫国没办法，只能把他带了回来。

这是个胖嘟嘟的男婴，一岁半左右，小脸蛋儿红扑扑的，一头泛黄的卷发，清澈的眼神透着好奇，倒是可爱。柯伟本想责备陈卫国，可是一看这个孩子，立刻无言。

但是怎么安排君君，成了一个令人头疼的问题。

君君最可能的父亲是江南化工厂的孔厂长，但目前证据不足，不能随意对他采取侦查措施，柯伟只能暗中调查孔宪德，他反复向刁淑婷求证张桂珍私生子和孔宪德的关系，但这一次，刁淑婷却顾左右而言他。虽然可以排除孔宪德杀人或雇凶杀人的可能，但那时候亲子鉴定异常麻烦，无法证明孔宪德跟君君的血缘关系，反倒是孔宪德仗着张桂珍死无对证，只承认与她在夜总会逢场作戏，一口咬定私生子与他无关，态度十分嚣张。

柯伟只好自掏腰包，将君君暂养在了重案支队他们探组，四个老爷们儿做起了临时奶爸。陈卫国手忙脚乱地拿起了尿布，却不知道该如何固定；高松摇晃着奶瓶，一不小心把奶瓶掉到地上，奶水洒了一地；邱建华手忙脚乱地扯着裤子，却总是将小脚卡住；柯伟试着抬起君君的腿，却又不小心碰到了他的头，让君君再次哇哇大哭。

四个男人陷入了混乱，他们不停地帮助君君，却总是弄巧成拙。最后，还是柳霞闻讯前来，在她的悉心指导下，几人才成功地给君君换上了尿布，喂了奶，穿好了衣服。君君也因此安静下来，甜甜地向他们笑着。

四人面面相觑，没想到带个婴儿竟如此费劲。但在这段时间，他们也意外体验到了那种与孩子相处的美好，尤其是柯伟。

他不由得想起了自己的女儿柯兰，也是这般年纪，活泼可爱，小嘴巴发出动人的笑声，天真无邪，令人无限怜惜。只是从女儿出生到现在，自己没有帮过妻子一点儿忙，心中不由得涌起一股愧疚和无奈。

当初妻子怀孕时，他为了抓捕"敲头案"的犯罪嫌疑人，说走就走，去了北方，一去就是三个月，没时间陪伴她去做产检，更错过了妻子的预产期。女儿出生后，他又因为特情工作的需要，天天混迹在各种场所不着家，一度让妻子以为他在外面有了人。虽然他偶尔也会给女儿买一些玩具、奶粉，但绝对没有真正关心过她的成长，错失了许多与女儿相处的美好时光。

由于君君没有出生证明、家庭状况证明、医学检查报告等，柯伟费了很大周折，终于办理好了一套烦琐的文件，才将君君送到了老城区红十字会儿童福利院。

这是一座历史悠久的建筑，建于19世纪初期，红色的老砖墙，营造出略显局促的空间，内部布置简单朴素，但非常干净整洁，住在这里的孩子都是来自不同家庭的孤儿或无人看护的儿童，年龄从几个月到几岁不等。

工作人员给君君做了全面的体检，并接种了一些疫苗，君君非常健康，而且相貌出众，即使是个婴儿，也能看出将来是个大帅哥。当工作人员准备将君君从柯伟怀中抱走时，他竟然有些依依不舍——一瞬间，眼前的工作人员似乎变成了妻子卜玉颖，他的手紧紧抱住君君，不肯放开，脸色阴沉得难看。

陈卫国见势不对，连喝带拍，柯伟才回过神来，恍惚间松开了手，深深地吸了一口气，抹去了眼角不经意滑下的泪水。君君也舍不得柯伟，在交接的一瞬间，君君撕心裂肺地大哭起来，这孩子的脾气很大，怎么哄也哄不好。柯伟无奈地注视着工作人员抱着君君远去的背影，他知道，无论是君君还是柯兰，都是一样艰难的抉择，而他没有选择的余地。

因为，他是警察。

一名工作人员递给他一张入院申请表。

"孩子姓名？"

"君君，大名还没有。"柯伟思考片刻道，"叫张自立吧。"

"确定？"

"嗯，自强自立。"

办完所有手续，柯伟再次来到寝室，看着君君一动不动地躺在床上，手里抓着张桂珍留给他的长命锁，心中罕见地有了一种依依不舍的感觉，他硬着心肠离开了福利院，却难以逃离这种无助的伤感。

7

从与辽东省公安厅协查合作开始，柯伟便天天住在单位办公室，形同无家可归。

他对这样的生活早已习惯，尽管夜深人静的时候总感觉有些惆怅，但为了工作，他并不会轻易地把自己的注意力集中到儿女情长上。"案痴柯"靠努力工作去找寻自我价值，这也是他所坚持的信仰。随着与卜玉颖口头协议离了婚，他便是真正意义上的无家可归了。

工作间隙，柯伟坐在香满楼柔和的灯光下，喝着冰凉的啤酒，一杯接着一杯。他的心情有些难过，却也同时有着莫名的轻松和解脱，只是感觉对不起女儿。远在乡下的父母帮他争取过女儿的抚养权，说大不了由他们老两口抚养，然而，卜玉颖的父母却坚决不肯，说柯兰还小，离不开母亲，而且美国的教育会更好，说白了还是看不起他们是乡下人。

但是对柳霞而言，这未必是一件坏事。父亲给她介绍的两个对象她都看不上，一个是父亲的徒弟，天天蹲在后厨，一身葱花味；一个是父亲好朋友的儿子，没有正式工作，游手好闲，家里虽然有两个钱，但也会坐吃山空。

柳霞一直暗恋着柯伟，当时《9·18大案侦破纪实》《西部警察》《英雄无悔》等一系列电视连续剧充斥荧屏，刘欢唱的那首《便衣警察》的主题曲《少年壮志不言愁》传唱经年，更是深深地烙印在了她的心里。那是一个崇尚英雄的时代，柳霞对电视连续剧里的和平卫士充满敬仰，她第一次在乍浦路上看到柯伟时，觉得那是一位比荧屏里的角色更加帅气、更加英俊的汉子，她仿佛看到了超级英雄。

从那一刻起，柳霞开始暗自关注柯伟的一举一动，她尽可能地接近他，还专门提供了一间经理室，便于他开展特情工作，渴望借此机会和他建立更深的关系。柯伟却揣着明白装糊涂，借着这个秘密据点，只是将工作搞得风生水起——当然，香满楼的生意也因此变得好上加好。

柳霞每次看着柯伟，就会被他的英姿所吸引，他的每一个微笑、每一个动作都让她无法自拔。不过，柳霞非常清楚自己的处境，那个时代，个体户和有正式编制的人存在巨大的差距，生活的圈子完全不同，而卜玉颖更是一个让她难以逾越的标杆。

柯伟整天郁郁寡欢，影响到柳霞的心情，她并不想在柯伟伤心的时候幸灾乐祸，而是想借此机会去帮助他，把他从痛苦中解脱出来。她一边悉心安慰着柯伟，一边隐晦地表达爱意，不希望让任何人察觉到。

"活人还能让尿憋死啊？"柳霞端起一杯啤酒，与柯伟碰杯道，"没地方住，搬到我家来。"

柯伟敏锐地感觉到了柳霞话里有话，尴尬一笑，一饮而尽。

"我也没地方住。"老妖在一旁插科打诨道。

"大烟鬼。"滚地龙不自量力道，"阿霞看上我也不会看上你啊。"

"去去去。"柳霞佯装嗔怒道，"马槽里伸出两个驴嘴。"

"大哥，说实在的，应该恭喜你，终于解脱了。"

柯伟苦笑着摇了摇头，又独自喝下一杯闷酒。他知道婚姻并不是简单的束缚，而是一种互相承担责任的约定，卜玉颖离开他终究是为了寻找更好的生活方式，不是为了单纯的解脱。柯伟心里有些悲哀，悲哀自己的无能为力，悲哀没有尽到父亲的责任，悲哀没敢一枪崩了那个畜生……人生一定还有其他的意义，并非只有婚姻，也许情场失意，事业得意吧。正当柯伟胡思乱想之际，刁淑婷踩着高跟鞋，推开了经理室的房门，不约而至。

"我的柯大探长，让我一阵好找。"

柳霞上下打量着刁淑婷，被她的美貌所震惊，这种美是她在乍浦路上从没有见到过的，老妖和滚地龙也看直了眼。

"你怎么找到这里来了？"柯伟扫她一眼，淡淡地问。

"不欢迎我？"刁淑婷自来熟地坐到柯伟旁边，"小叮当告诉我的。"

"啥人？"柳霞忍不住问，心里妒忌。

"哦，我是他朋友，刁淑婷。"

柯伟表情依然是淡淡的。

"不介意的话，我和柯伟单独聊聊。"

刁淑婷毫不怯场，反倒有些挑衅地扫视屋中其他的人。

"懂不懂规矩？"柳霞生气，还没说话，滚地龙抢先喝道。

柯伟示意大家少安毋躁，摆了摆手，让他们先出去暂避一下。几人知道这间办公室的规矩，只好无可奈何地放下碗筷，悻悻地走了出去。

"什么事儿？"

"感谢你。"

刁淑婷说着从随身的香奈儿包里掏出一个大信封袋，推到了柯伟面前。不用问，袋子里面塞满的都是钱。

"贿赂国家干部？"

"一点儿心意，不成敬意。"

柯伟皱眉，沉脸，将信封袋塞进刁淑婷的包里，义正词严道："不要以为钱可以买通一切。"

"你误会了，我们是朋友，希望你能感受到我的善意。"刁淑婷巧言令色，"我知道你最近有难处，算我借你的。"

"谢谢，钱是好东西，谁都需要。"柯伟冷笑，"我不能拿你的钱，否则就会成为你的奴隶。"

刁淑婷迟疑一下道："那我欠你一个人情。以后你有什么事，只要我能办得到，尽管吩咐。"

"那为什么不帮我证明孔宪德，让他负责？"柯伟忍不住反问。

刁淑婷微笑："首先，保护客人，是我们这个行业的原则，就跟你们警察有自己的职责一样；其次，你也知道，就算我配合你，能证明什么？还是无济于事。我不做无用的事。"

柯伟再次皱眉，心里恼怒，却也不得不承认这个女人说得有理。刁淑婷看他表情，迟疑一下道："这样吧，作为朋友，我提醒你一下，你们石总，可能……对你不太满意。"

柯伟脸色一下变得非常难看："我不用你提醒。管好你自己的事。"

"你清楚就好，但我该说的还是要说。"刁淑婷微笑道，"我跟你们石总，有另外一层关系，如果你真的觉得难处了，我可以从中斡旋。"

"你这是威胁我？"

"我是真心感谢你帮了郑彪。"

"你已经感谢了，现在你可以走了。"

经理室外，柳霞偷偷地看到了这一切，看到他们只是谈论工作，而且彼此对立，暗暗松了口气。

刁淑婷没有骗柯伟，也不是威胁，石毅的不满很快就变成现实，柯伟探组接到命令，去协助侵财支队侦办电信诈骗案。

8

20世纪90年代初期，台城地区在成为"亚洲四小龙"之一的同时，出现了一种新型的犯罪——专门针对本地人实施电信诈骗。犯罪分子基本上都是本地人，主要是利用电话和传真等通信手段，通过伪装身份和实施技术手段，向受害人发送虚假的中奖、彩票、旅游、股票、房地产投资和医疗诊疗信息，或者冒充公检法对其进行恐吓，使受害人在不知不觉中落入陷阱，以此骗取受害人的钱财。不少受害人因此抑郁而终，极端的甚至选择轻生自杀，而冒充公检法的电信诈骗，更是严重影响了台城当局的公信力，这成了台城社会的新型毒瘤，每年都会造成巨额的经济损失。

台城当局对这种新型的违法犯罪重拳出击，逐步加强了对电信诈骗的打击力度。

1994年，台城开始对电信诈骗行为加强法律监管和处罚，针对犯罪嫌疑人制定了相应的司法程序和法律规定，对省内隐匿的大量诈骗团伙进行了清扫。然而，电信诈骗的利润实在太高，于是省内大批电诈团伙把目光盯向了蓬勃发展的大陆，当时两岸警方合作还不完善，大量的诈骗团伙以台商的身份，偷偷摸摸来到了东海市，并以此为基地。

随着东海市的经济发展和对外开放政策的不断加强，越来越多的台商来到东海投资兴业，也就开始出现了许多电信诈骗的案件。这些台商被骗后，往往会选择在东海报案，希望能够得到公安部门的帮助追回损失。

市委市政府高度重视，责令东海市公安局迅速破案，营造一个风清气正的营商环境。市局党委不敢怠慢，由刑侦总队牵头，成立了电信诈骗攻坚专班，由唐云耕副局长任专班组长，石毅总队长任副组长，专班成员大多是侵财支队的刑警。侵财支队在2000年以后，逐渐演化成了鼎鼎大名的经侦总队，这是后话。之所以会让侵财支队来主办，一来因为支队名字听上去专业对口，二来因为这是在大领导面前表现的好机会。然而，在领导面前做事是双刃剑，干得好鹏程万里，干不好遗臭万年。侵财支队面对新型的电信诈骗案件，缺乏专业的技术手段和相关办案经验，犹如老虎吃天，下不了爪。

面对日益增多的报案和上级领导的督战，巨大的工作压力和心理压力，让石毅整日愁眉不展，每天晚上都彻夜难眠。这样的工作状态，不可避免地给他原本多病的身体带来了不小的负担，在一次深夜的专案分析会上，他终于挺不住病倒了，攻坚专班的重任一下子落到了侵财支队长童明的身上。童明召集人马使出笨办法，逐个摸排东海相关公司，以及有前科的可疑人员，但广而不专，依旧毫无建树，石毅主抓多年的经济情报系统彻底失灵了。

春暖花开，童明却丝毫没有感受到这些诗情画意，他胡子拉碴，叼着香烟，推开了金建民办公室的门。

"哎哟，什么风把童大人吹过来了？"

"不要拿我开玩笑啦。"

童明摆出一副生无可恋的表情，坐在金建民对面，阳光照射在他惨白的脸上，他已经被长时间的压力和疲劳所打败。

"喝杯咖啡，提提精神？"

"喝王母娘娘的琼浆玉液也没用。"

"茶吧？"

"不喝，向你取取经。"

"搞命案的命苦，有啥好取经的？"金建民调侃道，"不像白领警察，大领导的座上宾。"

"现在如坐针毡了。"童明没好气道，"问你借个人。"

"谁？"

"柯伟。"

"他那两下子怎么和你比？差远了！"

"救哥哥一命吧，石总累病了，我也撑不住了。"

童明面无表情地撩起衣角，从冰袋内取出一支胰岛素，狠狠地扎在了自己的肚皮上。

这是石毅休息前向童明支的招。

石毅当然可以直接命令，但这肯定会让人误解为他对柯伟的打击报复，所以他指点童明，让童明出面来向金建民"借人"。

金建民最后同意了。

碎尸案虽然取得了重大突破，但现在，似乎又遇上了瓶颈，与其钻牛角尖，不如迂回一下。再说总队办案向来是"一案带多案"，不可能因为一个案子没破，所有的工作就停滞不前。

为了救急，柯伟只得服从命令，暂时放下手中的工作，被借调到了电信诈骗攻坚专班。几天下来，感觉跟专班里的人总有些貌合神离，也许是搞经济案件的心眼比较多，但毕竟要以大局为重。来之前，金建民对他反复交代"少说多干"，特别是对石毅主抓的经济情报系统不要发表评论。

　　因为涉及台城商人，柯伟决定利用自己的情报系统，他联系了郑彪。

　　刁淑婷配合东海刑警侦查碎尸案后，郑彪被释放，不知道刁淑婷使了什么魔法，台城警方再也没有发出遣送邹守义回台的文件，好像这件事情从来没有发生过一样。郑彪则在柯伟的申请获批后，成了东海公安编册在案的正式特情，虽然这在道上人来看，几乎算是"卧底"，但从另一个角度看，郑彪得到了一个特殊的身份，不仅可以自保，还可以左右逢源，震慑同行，连带着星辉也蒙上一层神秘色彩，千里之外的陈浩楠对他也另眼相看——所以刁淑婷才会觉得欠了柯伟一个天大的人情。但郑彪不这样想，他觉得要不是柯伟，自己也不会差点儿被遣返回台，还因此让刁淑婷欠了个大人情，所以在刚出来时，他还有些怨愤。

　　但人在江湖，身不由己。郑彪开始尝试配合柯伟的侦查工作，告诉了柯伟不少有价值的信息，为许多疑难案件的侦破提供了不少方便。

　　经过一段时间的相处，柯伟和郑彪意外地成了朋友。在那个物资缺乏的年代，认识台城朋友意味着可以搞到彩电、空调等紧俏的物资。柯伟讲义气，单位不少同事都通过他这条线买过，虽然他不是政治处主任，却切实把爱警惠警做到了实处，这让他攒了一些好口碑，成了实实在在的幕后英雄。相比之下，张萍干的事儿就无法形容了，她去年中秋在月饼厂订了一批十元一盒的滞销月饼，打着济贫帮困的旗号，以三十元一盒的价钱卖给总队民警，这月饼硬得可以当榔头用。事虽不大，却让人恶心，总队一时怨声载道。

柯伟一召，郑彪立刻来到香满楼。两人寒暄几句，郑彪也不客气，点了三份鱼头佛跳墙，边吃边聊。

"事查得怎么样了？"

"搞电诈很鬼的。"

"再狡猾的狐狸也会露出尾巴。"

根据台城警方的提示，电诈人员大多学历不高，有不少都坐过牢，他们以团伙作案，分工明确，通常会使用虚拟手机号码、网络电话或 VPN 等技术手段，以掩盖自己的真实身份和行踪，能够模拟各种诈骗场景，精通心理学，手段灵活。

"谁会把'诈骗'两个字刻在脸上？"

柯伟陷入了沉思。郑彪一口气吃完了三碗鱼头佛跳墙，咧嘴一笑，摸着自己的肚子，一副意犹未尽的样子。

"昨天星辉来了一帮西装革履的土鳖，"郑彪点起一支烟道，"好像在庆祝什么，一口气点了二十多瓶山崎。"

柯伟两眼放光，顿时来了兴致。

"为首的黎总，台城人，搞网络科技的，叫什么雷神。"

柯伟叮嘱郑彪不要打草惊蛇，只要提供线索即可，因为这些骗子身份特殊，他必须对线索进行核实，以免胡乱猜测导致误伤。另外，这些骗子很擅长秘密作案，需要收集可靠的证据，才能一举将其打掉。

经过一段时间的外线跟踪，柯伟发现雷神网络科技公司的主要业务是提供上网服务、建设网站、在线商务等。诡异的是，公司虽然开在市中心的商务写字楼里，但那里除了前台，几乎没有什么人上班。而他们统一租住在西郊区的一套独栋别墅内，大白天也将窗帘拉得严严实实，昼伏夜出，不知道一天都在干什么。种种迹象表明，这家公司并不一般。他将线索整理上报到了攻坚专班，然而，童明对这条线索并不在意，因为这家公司专班曾经排查过，并未发现任何问题。

柯伟探组四人经过讨论，都认为雷神公司肯定有问题，即使不是跟这次侦办的电信诈骗有关，也肯定有其他不法行为，应该碰一碰。陈卫国再次建议，直接向唐云耕汇报。柯伟有些灰心丧气，说事不可二，上次已经惹怒了石毅，这次犯不着再去惹童明。既然自己的建议侵财支队不重视，看来也不认可他们的侦破方向，与其窝在这里做无用功，不如撤退，于是向童明提出了返回重案支队的请求。没想到，童明竟欣然同意了他的请求。

半个月后，东海市第一个电信诈骗团伙被专班一网打尽，竟然就是柯伟上报的那家雷神网络科技公司。东海市公安局召开了隆重的表彰大会，会上，东海市公安局领导们对专班干警们的努力和付出给予高度认可，特别是对经济情报系统称赞有加，攻坚专班荣获集体一等功，童明支队长由于表现突出，荣获个人二等功，专班成员大部分都荣获三等功或受嘉奖。

消息传来，柯伟探组的兄弟们炸开了锅，纷纷替柯伟鸣不平，尽管金建民让大家保持理智，但高松还是跑到童明办公室与他理论。童明并没有平日里的骄横，支支吾吾说不出个道理，以"柯伟不是专班正式成员，没法为其写报功材料"为由，将所有矛盾引到了张萍那里。

张萍似乎早已和童明达成了默契，她板着脸掏出黑色笔记本，照本宣科打起官腔，什么要树立正确的荣誉观，特别是要发扬"勇者无畏，智者无敌"的刑警精神，应该以友善、公正的方式处理人际关系……

这些冠冕堂皇的话显然不能服众，张萍脸色一沉，使出撒手锏，她倒翻笔记本，上面一页一页，有凭有据地记录着柯伟等人的黑材料，什么迟到早退、开会走神、未按时交思想汇报、邻里关系差等，甚至冬天偷偷使用总队长浴室，让石总没有热水洗澡，也成了一项罪状。

张萍正气凛然地宣读这些"罪状"，柯伟等人本想讨个说法，不承想反被这么劈头盖脸地辱骂一顿，心中生气，却也只能克制，不想与她把关系弄僵，毕竟离当副支队长只差一口气，政治处的意见非常关键。可张萍越说越得意，越说越高声，最后竟骂柯伟是官迷，说他的探长位置本来是陈卫国的，要不是因为破获"敲头案"，根本轮不到他这个乡下人。柯伟又羞又怒，不敢看陈卫国他们几人的表情，心中火气再也压不住，起身指着张萍的鼻子，要她说清楚这话是什么意思，二人在政治处办公室拉扯了起来。

张萍哪受得了这气，一个侦查员敢挑战上级领导的权威，还企图动粗打人，简直是和尚打伞——无法无天。她转身跑到总队长石毅那里哭诉，说柯伟藐视领导，不尊重女同志。

石毅大怒，立刻召开总队党委会，总队党委当天就对柯伟做出通报批评的处分，并责令他作出深刻的检讨，向张萍当面赔礼道歉。

柯伟欲哭无泪。他到侵财支队帮这一趟忙，不仅没有功劳，也没有苦劳，反而惹了一身骚，就像大闹天宫的孙悟空，被压在了道德的五指山下，动弹不得。他不想辩解，只有老老实实地去向张萍道歉。张萍自然得理不饶人，对柯伟进行了一次深刻的思想教育。

这么一闹，柯伟感觉自己的脸皮仿佛被人活生生地撕下来，在总队根本抬不起头来。紧跟着，张萍在新建的公安小区分到了一套两室一厅带电梯的新式楼房，而柯伟的副支队长一直被搁置着，这次分房自然没有他的份。

高松知道柯伟最近心里堵得慌，加班后，他组织探组的兄弟们，来到常去的"刘干棒"烧烤店，为柯伟宽宽心。

夜色深沉，乍浦路美食一条街上，依旧熙熙攘攘，彩灯流转着五颜六色的光芒，各种小贩沿街叫卖着，人声鼎沸。店家刘师傅戴着小白帽，一边热情地招呼着客人，一边在炭炉上烤着肉串，油脂带着火焰跳跃着，木炭燃烧的气息弥漫在空气中，随着鼓风机将火力不断地加大，血水慢慢地从肉块中流出，肉香味笼罩了整个小店，柯伟等人的胃口也慢慢地被勾起来了，喝上一口冰镇啤酒，撸上一把烤串儿，将那些烦心的事情全部抛之脑后。

"敬你一杯。"陈卫国抢先大声道，"侵财支队受之有愧，他们的情报系统差得远呢，这个功劳，本来是我们的，是老柯的。"

"人家可是石总的心头肉。"邱建华也不服气道，"咱们探长才是无冕之王。"

"张萍坏到骨子里了，"高松捂着腮帮子道，"去年的月饼差点儿把我的牙崩掉。"

"恶人必有恶报。"

"哼，君子报仇……"

柯伟一饮而尽，冰凉的体感，让他平静了不少，他抓起一把烤串细细品尝，肉质细嫩多汁，微微有点辣。忽然，马路对面不远处的烧烤摊上，柯伟看见了一个熟悉的身影，好像是工人新村的那个小姑娘，她一袭白色长裙，和几个小姐妹陪着一个猥琐的糟老头子在吃夜宵。

夜晚的灯火照亮她深沉忧郁的眼眸，身边的朋友们欢声笑语，大快朵颐，她却面无表情，只是假笑应承。柯伟看见那个干瘪的糟老头子将手放在白小莲的腿上拍拍打打，频频举杯灌她啤酒。夜宵结束，白小莲必将是他的玩物，而白小莲似乎已经习惯了这种生活，麻木不仁，丝毫没有拒绝的表示。

柯伟在心里叹了口气——他其实不太想沾这些无聊的是非，可是，他到底送过她一顶警帽，正要起身过去和白小莲聊聊，腰间的BP机却响个不停，汉字显示：辽奚市发现嫌疑人踪迹。

柯伟内心一震，瞬间双眼冒光，案情就是命令，也是陷入困境的碎尸案的翻盘机会。探组的兄弟们不敢怠慢，将刚刚烤好的肉囵囵塞了几口，风驰电掣地赶回了刑侦总队。

等待他们的将会是一场血雨腥风。

白小莲看着柯伟他们远去的身影，心情一下跌入黑暗无边的谷底。

她看见了柯伟，她也从未忘记这个送她警帽，承诺保护她的警察，有一刻她甚至想跳起来大声地喊他，可是，"理性"扼住了她。

有什么用？

他能给她钱吗？

他能保护她一辈子吗？

即使今晚他肯走过来，带她走，让她度过一个温暖安全的夜晚，明天呢？

父亲的药费、弟弟的生活费呢？还有那些欠下的债呢？

她只能保持冷漠，装作没有看见他，默默地面对这个残酷的城市。

这就是她的命运。

第四章

全城大围捕

1

初夏，天空湛蓝如洗，没有一丝云彩，透着明朗和清爽。

一探组办公室，金建民、柯伟等人围坐在一起，金建民面色凝重，千叮咛万嘱咐。

"安全第一，时刻保持警惕。"

"放心吧，又不是雏。"

"辽奚不是东海。"

"就是东北'二王'，也给你抓回来。"陈卫国自信道。

1983 年，国家开始了新中国成立以来的第一次严打。"八三严打"有三大导火索：内蒙古红旗沟案、唐山菜刀队案和南阳上将女婿遇害案。岁数稍大点儿的人都记得当时的标语：捕一批、判一批、杀一批。人民群众看了感到扬眉吐气，犯罪分子看了心惊胆战，极有威慑力。这次严打持续了三年，共消灭恶势力团伙十九万余，逮捕犯罪嫌疑人一百七十多万，劳动教养三十多万，判处死刑人数达三万多。

而在"八三严打"中最有名的案子，非东北"二王"案莫属。"二王"是亲兄弟，哥哥王宗坊，弟弟王宗玮，尤其是这个弟弟，号称"兵王"，枪法绝佳。他们持枪抢劫杀人，伤害无数无辜民众，使得当时全国人心惶惶。"二王"行迹败露后，逃窜七个省，打死警察和人民群众数十人，五次逃脱警方的追捕。为了缉拿这两个无法无天的悍匪，公安部发布了新中国成立以来的第一张 A 级通缉令，动用三万多名军警布下天罗地网，最终耗时七个月将这两个悍匪拿下。

当年，金建民还是个刚刚参加工作的毛头小伙子，在老同志的带领下，一连三个月都没有回过家，天天蹲点搜捕，那种紧张的氛围时至今日依旧记忆犹新。

陈卫国："当年要是我在，肯定落到我手里。"

金建民："别吹。"

陈卫国："警校神枪手好吧，要不能分到总队？"

金建民："随时保持联系。"

金建民将支队为数不多的一部公用大哥大，郑重地交到了柯伟手中，这大哥大除了用于保持业务联系以外，还有另外一种特殊的作用。

金建民的担忧并不是无凭无据。1995 年前后，辽东省作为重工业基地，大量工人失业，社会矛盾尖锐，再加上枪支弹药、易燃易爆物品管制不严，使原本就动荡的社会秩序雪上加霜。

柯伟等人听着金建民唠唠叨叨的嘱咐，有些不耐烦地点头答应。看着大家一副英勇果敢的样子，金建民在心里默默祈祷，希望大家能够顺利完成任务，平安归来。

一辆白色丰田面包车驶出了刑侦总队大门，一路向北。从东海市到辽东省将近两千公里，那个年代，坐飞机还是一件非常奢侈的事情，不仅需要一定级别，还需要单位介绍信，就是坐火车也要两天时间，所以自行开车出去抓捕犯罪嫌疑人成为当时的常态。

陈卫国双手把着方向盘，开过了郊外的小路，远离了城市喧嚣。柯伟看着窗外不断出现的稻田、麦田、村庄和小河，路旁的花花草草竞相绽放，沿途美景让人心旷神怡，那些曾经的烦恼和不堪的记忆，随着初夏和煦的微风，渐渐地消散，探组的兄弟们纷纷闲聊起来。

陈卫国嚷道："争取晚上到金陵吃老鸭粉丝汤。"

邱建华笑道："到'翻译官'老家了，顺道看看秦淮河、夫子庙、中山陵……"

柯伟喝道："打住啊，正事儿还没着落，想啥呢！"

高松嘿嘿笑着问："老陈，嫂子老家也是金陵的吧？"

"算是吧，浦口老山林场的。"陈卫国唏嘘道，"我丈母娘是东海人，当年全家下放到老山林场，我老丈人是浦口本地人，她家里兄弟姐妹五个，就她一个回来了，算是福气。"

"所以嫂子严格要求你，必须上进，不然就不准进门？"高松开玩笑问。

高松的话似乎戳中了陈卫国的心事，陈卫国笑而不语。

"老山林场好地方呀。"邱建华打趣道，"四面环山，空气清新，山珍野味吃不完。"

"算了吧，那里是苏皖交界处，交通不便，穷山恶水，连个像样的医院都没有。"陈卫国感慨道，"有道菜倒是蛮鲜的，叫二郎探母。"

陈卫国的话成功地引起了全车人的注意，本就饥肠辘辘的众人口水流了一地。

"有故事的菜。"高松抹了一把口水道，"什么美味？"

"改天你问嫂子去吧。"陈卫国卖着关子笑道。

"他逗你呢。"柯伟忍俊不禁道，"其实就是老母鸡炖两个鸡蛋。"

高松大叫："老陈你太损了，放五个鸡蛋还五郎探母呢。"

陈卫国反问："别探母了，丈母娘搞定了吧？"

这一句话，让高松的脸拉得老长。这不仅是女友的事，还关系着他的"事业"，石毅总是批评他不够稳重，连女友都搞不定，还想前进？

"芳芳她妈说了，光房子还不够，还要置办空调、录像机、摩托车和音响。"高松苦着脸道，"总不能还伸手问爸妈要吧？"

这是 20 世纪 90 年代最潮的"新三转一响"，置办齐了少说也要几万元，而当时年轻警察的工资就几百块钱。高松的父母在乡下务农，日子过得紧巴巴的，这些东西连听都没听过。

邱建华愤愤道："真会敲竹杠。"

柯伟道："这些高档货有钱也买不到。"

"唉，城里的女孩靠不住。"邱建华看了一眼柯伟，有些后悔道，"不是说嫂子的事儿。"

这解释越描越黑，惹得大家哈哈大笑。柯伟尴尬地看向窗外，远处天边，一群大雁正向北飞，天高任鸟飞——该放手就放手吧。

"等回来，哥几个帮你凑凑。"柯伟笃定道。

柯伟还是很看重高松的，他不仅鬼点子多，而且身上有一股永不服输的韧劲。另外，在柯伟看来，高松和他一样都是从乡下来的，相比城里人陈卫国要更可靠一些。如果这次案子办得好，自己上去了，探长的位子他一定力推高松。

"善存宝纳多，市面上卖断货了。"没等高松说声谢谢，邱建华抢声道，"台城生产的，专门针对孕期妇女的高级营养品。"

"哟，保密工作做得不错。"柯伟笑道，"男孩女孩？"

"刚刚两个月，还不知道呢。"邱建华一脸幸福道，"如果是儿子，让他上警校接我的班；女儿嘛，将来当个老师或者医生。"

"重男轻女，小心传到张萍耳朵里，给'翻译官'打小报告。"

"呸，老妖婆，我怕她？"

"小心被盯上，她不会放过你的。"

"不就是个小黑本嘛，哈哈哈。"

一路上欢声笑语，不知不觉中天色渐暗。

白小莲病倒了。

月光洒在白小莲苍白的脸上，她躺在床上，想了很多，但又好像什么都没想。面对着空白的天花板，心中充满了迷惘，不知道自己在做什么，也不知道自己接下来该做什么。此时此刻，她只想闭上眼睛，好好睡上一觉。尽管困倦不堪，但她却始终无法进入梦乡。

她抬头望着墙上母亲的遗像，遗像下整齐地摆放着糕点和鲜花，凄冷的月光洒在母亲的脸庞上，光晕里母亲的眼睛与她对视着，嘴角微抿，眼神温和而安详。她无法理解母亲为什么要以极端的方式离开她，其实母亲一直是一个美丽善良，却又要强的人。

母亲当年是知识青年，下乡到农村，因为相貌出众，再加上学过舞蹈，被特招到文工团，到各个区县演样板戏。母亲聪颖过人，学东西很快，每部戏她都演主角。《红灯记》里她是李铁梅，清脆高亢的声音引人入胜，台下的每位观众都仿佛带上密电码，在邻居田慧莲一家的掩护下，逃出虎口，直奔柏山；《红色娘子军》里她是吴琼花，她的腿又长又直，"向前进，向前进，战士的责任重，妇女的冤仇深"，她亭亭玉立地站在舞台中央，腿绷直抬高，腰线如柳枝般纤细，舞出了流畅的弧度，长长的双腿轻盈伸展，修长的小腿和柔软的脚踝完美而和谐地结合，所有的姿态和动作都那么自然，仿佛她就是为了舞蹈而生的。在她扎实的舞蹈功底背后，是她作为一名革命女性的力量与勇气。

太出风头往往会遭到周边人的妒忌，但母亲却与周围的人相处得非常融洽。文工团解散后，母亲得到了一直以来演样板戏主角的回馈，被组织特意安排回了东海市工作，在机械厂当了一名光荣的钳工。她从头学起，不叫苦，不叫累，练基本功时，手上起水泡、虎口皮下渗血都是常有的事。她还凭着自己的特长，积极参与厂里的文艺活动。厂长的儿子看上了她，承诺只要同意和他的婚事，就把她调到厂办工作。然而，倔强的母亲看不惯他浮夸的言行，不顾家里人的反对，毅然决然选择了砂型铸造车间憨厚老实的父亲。

母亲按着时间给出剧本，结婚生子，努力工作，那是一段平淡而幸福的时光。机械厂建成了工人新村小区，鞭炮连着放了整整一年，每个人脸上都洋溢着灿烂的笑容。母亲和父亲是双职工，分到了一楼一套带院子的两室户，母亲施展出她下乡时的本领，在小院子里种满了蔬菜，院中央搭起一个高高的瓜架，苦瓜、丝瓜、葡萄的藤蔓四处攀爬，一年多的工夫，密密麻麻的绿叶隔出来一片属于一家人的小天地。父亲从家里牵出一根电线，在瓜架上吊了一只白炽灯泡，四周再散落几条用彩色塑料纸和小灯泡自制的霓虹灯带，这里就变成了白小莲一家的伊甸园。天气好的时候，一家人坐在院子里赏月，烫上一壶黄酒，吃吃点心，嗑嗑瓜子，父亲还会抽查白小莲和弟弟的唐诗背诵。"玉阶生白露，夜久侵罗袜。却下水晶帘，玲珑望秋月。"父亲最喜欢这几句，摇头晃脑地挑出来背诵。这个时候母亲便插不上嘴了，但笑得无比开心。

　　母亲在庭院里种了不少花，她最喜欢的是一盆昙花，在她的精心打理下，昙花竟比家里种的菜还要肥壮。每到夏天，叶子边缘会伸出一些长长的花苞，这些花苞像是被母亲施了魔法，每回都准时在月圆之夜开放。白小莲从未见过昙花开放的整个过程，往往只看到昙花挣脱黄色的衣裳，昂起头，好像下定决心要出来跟大家一起望月。待到昙花的嘴巴刚刚张开一个小口，她和弟弟就哈欠连天地要睡觉去了。只有父母好像有聊不完的话，他们关了灯，彼此守候着等昙花开，又或是为了送走天上那轮圆月。深夜里，昙花渐渐绽放，与明月同色，散发着淡淡的清香，是世间少有的宁静与美丽。

　　第二天一早醒来，白小莲和弟弟跑去看，那几朵昙花又整整齐齐地扣好了黄衣裳，好像什么事情都没发生过似的，开花只是昙花做的一场梦，现在也跟他们一样，刚刚醒过来。只是昙花不再昂起头，泄了气般垂落在叶子下，远远看着就像晾在那里的白手绢。昨晚诱人的花香引来了几只蚂蚁，弟弟皱着眉头伸手就要去抓，白小莲不忍，拦住了弟弟，用身边的竹竿把蚂蚁一只一只引了下来。

"昨晚昙花怎么开的呀？"白小莲好奇地问道。

母亲表演给她看，将五个手指拢在一起，带出某种神秘的节奏，一下一下，直到将手掌撑到最大，每根手指仍微微保持着弯曲。

"最大的时候，有家里的小碗那么大。"

"比院子里的灯泡还要亮。"

白小莲震惊不已，觉得不可思议，她没想到，在漆黑的夜晚，那么小的花也能散发出这么强的光芒，对于她来说，昙花的开放是一种奇迹，是一种超越常态的美丽存在。然而，自从母亲生病，那棵昙花日渐衰败，再也没有开过花。

橘黄色的灯光下，白小莲和弟弟趴在桌子上写作业，父亲在一旁耐心地辅导，墙上贴满了姐弟二人凭着想象画的昙花。母亲则在一边织着毛衣，她的动作简单而娴熟，毛线在她手中灵巧飞舞。有时候她要反复拆掉几行，有时候她会忍不住笑出声，像是发现了什么极有趣的事，宛如一个小女孩。她拈着细线，轻触针尖，耐心地继续着这一浩大的工程，手中的毛线留下一条条细密的链针，慢慢地变成一件厚实的毛衣。

时间悄无声息地流逝，仿佛一切都会随着母亲灵巧的双手，被牢牢勾连起来，埋在她心里的爱从中无声地传递着。直到有一天，母亲含着泪，把她和弟弟这一生所要穿的毛衣全部打完。

治疗母亲的病花光了家里所有的积蓄，还欠了不少外债。眼看着开学的日期越来越近，白小莲和弟弟的学费依然没有着落。白小莲向他们家的亲戚和朋友借钱，遭到了白眼和冷遇，他们不仅没有提供任何帮助，反而在背后说三道四，说母亲的病花钱治也治不好，是个无底洞。更让她难过的是，胡搅蛮缠无理还占三分的舅妈，在外公外婆去世后，不仅霸占了仅有的家产，还得寸进尺，把她唯一的舅舅管得跟三孙子似的，不许他再往外拿一分钱。这种无情的态度，让白小莲感到非常绝望和无助，她开始怀疑这个世界上是否还有真正的亲情。

白小莲每每回忆起母亲临终前的场景，都不由潸然泪下。

她记得那天，母亲躺在床上，一夜之间苍老了许多，看着自己的眼神充满了无尽的关爱和牵挂。母亲握着她的手，轻声道："小莲啊，你真的长大了，要好好照顾自己、弟弟和爸爸。"

没想到母亲会以自杀的方式结束自己的生命，当时的情景让白小莲心如刀绞，她不愿接受母亲已经离开的事实。父亲痛恨自己无能为力，用头去撞墙来发泄内心的痛苦。真是叫天天不应，叫地地不灵。

母亲一手把她和弟弟拉扯大，不知道吃了多少苦，一天福气还没享到，就以那种决绝的方式撒手人寰。腊月寒风刺骨，白小莲给母亲擦干净身体，把她生前最喜欢的衣服，一件一件给她穿上，整理平整。

她坐在母亲的遗体旁，紧紧地攥着她的手，红肿的眼窝里泪水不停地往外涌。"妈，你放心走，我会把这边的事情办好。"这是她对母亲庄重的承诺，再苦再难也要挺过去，不辜负母亲洁白如昙花的一生。

殡葬车很快到了东宝兴火葬场，缴费之后，工作人员简单给母亲化了个妆，递给白小莲一个冰冷的号码牌。在漫长的等待后，焚化工人推着母亲的遗体去了焚化车间。

"不要！"

当工人将尸体推进焚化炉的刹那，白小莲彻底崩溃了。

随着母亲肉身的燃烧，白小莲感觉自己的意识正在变弱，身上有无数淡淡的光点向四周流散，魂魄似乎也在慢慢变淡。

她的眼前开始闪现另外一个世界，目光所及都是无尽的黑暗，夹杂着红通通的火焰以及凄厉的惨叫声。

地狱！

这是白小莲意识中闪过的第一个念头，强烈的恐惧瞬间将她吞没，眼前的地狱世界越来越清晰，一个神秘沙哑的声音正在呼唤她的名字，地狱之门缓缓打开，一股火气迎面而来，焦臭不堪。这里是火烧地狱，地面燃烧着熊熊的火焰，无数的恶鬼和罪人受着无尽的痛苦和折磨。

之后的一段时间，白小莲一直沉浸在痛苦和自责中，可是看到一贫如洗的家和生病的父亲，白小莲只得打起精神，毅然扛起这一切。

得知她在洗浴中心和夜总会上班，邻居们都在背后对她指指点点。她一夜之间失去了所有的朋友，就连一贯乖巧的弟弟白桦，看她的眼神也发生了微妙的变化，故意躲避着她，再也不肯和她肩并肩一起走在路上，甚至对他的同学们撒谎说自己没有姐姐，那个不知廉耻的年轻女人只是家里雇的保姆而已。

可是世上没有不透风的墙，白桦的谎言还是被同住在一个小区的同学无情地戳穿了，他从人人羡慕的三好学生彻底沦为了学校里的笑柄。他找那个碎嘴的同学理论，一言不合便扭打在一起。放学后，那同学咽不下这口气，叫来一帮社会青年把他拉到学校厕所里，狠狠揍了一顿，临走时几个坏种还往他身上撒尿。白桦一身泥污，满脸是血，大哭着跑回家，把姐姐所有的东西都扔出了家门。父亲上前阻拦，可白桦早已失去了理智，根本听不进去，父亲气得一阵猛咳，吐血不止，当场昏厥过去。当白小莲赶到医院时，白桦依旧怨气难消，将所有的愤怒一股脑地倾泻在白小莲的身上，大叫着与她从此断绝关系。

白小莲伤心不已，可从邻居那里听了弟弟的遭遇，只剩下深深的自责，只当弟弟不懂事，不与他计较，因为她对母亲有过郑重的承诺。她看着昏迷不醒、浑身插满管子的父亲，两行热泪像断了线的珠子，噼噼啪啪地落下。她已经失去了母亲，不能再失去父亲。好在这次住院押金交得及时，不久父亲被抢救过来，可看到医疗账单上的巨额费用时，她的心情瞬间低落到了极点，感觉自己快要挺不下去了，宛如走进一个没有方向的迷宫，不知道该去哪里，面对着黑洞洞不见底的深渊，她开始想起那不堪回首的一幕幕，觉得自己越来越无助，这让她越来越焦躁。

尤其是那天晚上看到柯伟后，她突然明白，自己永远失去了另外一种生活，不再是从前那个不染纤尘、怀有理想的白小莲，而只是一个一心为钱出卖肉体的风尘女子。

这是对她更加沉重的打击，一下把她击倒了。

几天来，除了上厕所，白小莲几乎都是在床上度过的，她出现经常性的头晕、头疼，吃了又吐，吐了又吃，有时还会胃疼，没有食欲，甚至没有饥饿感。

以前母亲在的时候，她喜欢吃些清淡的小炒，现在却觉得只有辛辣的味道才可以刺激她麻木的味蕾。短短几天，白小莲瘦下来五六斤，她的脸颊轮廓更加明显，整个人肉眼可见地瘦削下去。

2

柯伟一行人日夜兼程，耗时三天终于开到了辽东省辽奚市。

辽东省公安厅刑侦总队负责对接的民警田铁军，已在辽奚市刑侦支队等候多时，碰头后，经过简单的介绍，众人坐到了支队会议室，人高马大的姚广凡支队长在桌上铺开一张地图，与老田一起开始介绍情况。

据近期侦查到的情报分析，两名犯罪嫌疑人，现藏匿于本仁乡王家窝棚村。该村在矿区，山高林密、民风彪悍。王家窝棚可能是其中一名犯罪嫌疑人的老家，嫌疑人应该是在外面犯了事，回来躲避打击的。其中一人应该姓王，暂时还没有确认。另外，钟欣伯和马青就是本仁乡当地的农民，两人并不认识，均是在赶集的时候，随身物品被盗窃，身份证丢失。

辽奚市刑侦支队已经组织过一次秘密抓捕，只是王家窝棚的住户都有亲戚关系，外人一进去，就有人通风报信。这里的村民大部分都是猎户，家里都私藏有枪支。尽管国家禁止打猎，可这里山高林密难管理，枪支虽然收过好几次了，村民们也都表现得很配合，但收缴上来的不过都是些破烂货。前些年，国有煤矿倒闭了，乡里村里有点实力的全来承包，还有不少乱采乱挖的黑煤窑，闹出过不少人命。

"那些半大小子，啥都敢干，无法无天。"

"《加里森敢死队》惹的祸。"

"还有港台那些黑社会片子。"

老田和姚支，你一言我一语，如二人转一般大吐苦水。

当时不仅辽东，整个东北重工业基地由于下岗工人激增，为了找口饭吃，很多人跑去了经济更发达的南方，人员流动加剧，社会治安形势一度十分混乱，恶性案件频出，失踪人口越来越多，更是出现了类似港片《人肉叉烧包》中的恐怖案例。而放眼全国，各地的治安形势也都不太好，次年1996年，公安部开展了全国性的第二次严打。

柯伟越听心里越凉，本地警方已经打草惊蛇，在这龙潭虎穴要想把人挖出来，并非易事。

看柯伟他们无语，姚支说："工作要干饭也要干，咱们边吃边聊。"

老田和姚支他们给柯伟等人接风，安排在达达杀猪菜馆。说是菜馆，其实更像农家大院。这里昼夜温差极大，但院子里帮工的伙计干得热火朝天，热闹的气氛就跟过年似的。在院子中央一头肥猪刚刚杀好，院子一侧的横梁上，挂着冒着热气的肠肚和心肝肺，伙计们各司其职，有的在剔骨，有的在切肉，还有的在用猪血灌制血肠。

一个敦实的大叔光着膀子系着围裙，将一大块猪肉放在石板上，熟练地切成小块。随着"刺啦"一声，一盆干辣椒、葱段、姜片等调料被扔进露天灶台上的一口大铁锅内，一把铁铲子被他运用自如，炒出香味后将切好的肉块倒在锅里，铲子在铁锅里来回翻动着，待肉皮焦黄，大叔打开自来水龙头给锅里注满了清水。当锅里的猪肉块炖至七八成熟时，大叔掀开锅盖，将一大盆血肠和酸菜放入锅内，把鼓风机关掉，改用小火慢炖，弥漫在四周的热气中夹杂着浓郁的肉香，让每个人的味蕾都兴奋起来。

热气腾腾的杀猪菜即将出锅，老田和姚支将柯伟等人让到一间大瓦房内，几个低矮油腻的小炕桌并排摆放在土炕的中央，炕桌上摆放着肉肠、皮蛋、花生米和凉拌豆芽等诸多下酒菜。老田和姚支带头脱掉鞋子，盘腿坐在了炕上，柯伟等人一时没反应过来，看见老田笑容可掬地向他们招手，才反应过来是要在土炕上吃饭。

那土炕已经被主人烧得暖暖的，众人围坐在一起，别有一番风味。老板家的女人们随即端上两大盆杀猪菜，满桌丰盛的菜肴，令人垂涎欲滴。每个人的面前都摆放着一只能装二两半白酒的玻璃酒杯，老田从身旁的热水桶里取出一只大铝壶，给每个人的酒杯都斟满了白酒。只是那白酒的名字听起来颇为奇怪，叫"闷倒驴"，这是草原特产，号称有 76 度，喝半斤就能闷倒一头驴。

柯伟看着大盆里肥腻腻的肉块和酒杯里满登登的白酒，他这个平时算得上好喝两口的人，一时还真不敢下筷。姚支拍着他的肩膀豪爽道："地地道道的农家土猪，吃的都是纯绿色饲料，味道嘎嘎鲜。"说着用筷子夹起一大块红白相间的肉块放入他的碗中。

柯伟用筷子夹起那块肉，轻轻地咬上一口，顿觉肉味鲜美，又滑又嫩，肥而不腻。老田见状哈哈大笑，端起酒杯提议道："天下刑警是一家，祝马到成功。"

柯伟等人也一起举杯，跟着老田一饮而尽。

一口浓烈的"闷倒驴"进入口腔，顺着喉咙流进肚的不是酒，而是一团燃烧着的火，那团火从口腔一直燃烧着流进腹中，让人顿觉浑身发热，柯伟等人被辣得直咳嗽，赶紧喝下一大口茶压压。姚支坐在炕沿上，频频举杯招呼大家，尽显豪爽的待客之道。大家盛情难却，索性潇洒一回，无拘无束地大口吃肉、大口喝酒，好不快活。

几杯酒下肚，老田来了兴致，端着酒杯高歌，"在那遥远的地方，有位好姑娘，人们走过她的帐房，都要回头留恋地张望……"吃着杀猪菜，喝着"闷倒驴"，听着旋律优美的草原歌曲，接风宴一下子被推向了高潮。

酒过三巡，菜过五味。

柯伟回敬了一杯酒，将话题引向正轨。

"嫌疑人还在王家窝棚吗？"

"应该还在。"老田打着酒嗝道，"那地方藏污纳垢，好多来路不明的人都藏在那里。"

"尤其是开黑煤窑的王麻子，到处都有他的眼线。"姚支无奈道，"一有风吹草动，他就躲到山里，找也找不到。"

姚支的一席话犹如一盆冷水，把大家浇得透心凉。王麻子在王家窝棚一带根基深厚，势力很大，他的黑煤窑里有不少枪支，有些枪竟然还是抗日战争时期传下来的，只是后来子弹越来越少，枪也就不怎么用了，偶尔有大型野兽出没的时候才会用上。据说当时有一队日本兵上了山，直接就被山里的猎户给干掉了。

日本战败之后，在撤离时将一些无法带回去的地雷、炸弹，直接埋在深山老林里。直到今日，还有村民上山采药时因为误触地雷、炸弹而伤亡。新中国成立后，也曾多次上山剿匪，匪患虽然除了，但当地村民彪悍的秉性并未根除。

柯伟独自喝下一杯白酒，眼睛一转计上心来，将自己的想法说出来，姚支和老田瞬间瞪大了眼睛。

"太冒险了吧！"

"配合演一出戏。"

柯伟再跟大家讨论，觉得这是防止炸窝把嫌犯惊走的唯一办法，要求探组成员从现在开始，不刮胡子，不洗澡。大家逐渐明白他的意思，频频点头。

三天后。

柯伟等人做了充足的准备，全部换上了汗透的脏衣服，一个个胡子拉碴，走到人前一股馊味。

他们故意在黄昏时分，拦下了一辆拉煤车前往王家窝棚村。一路上，四人东张西望，神色紧张。柯伟递给司机一根烟，殷勤地给他点上，询问在村里哪里可以住人，要又便宜又安全的。司机神秘一笑，秒懂他的意思，将他们送到了村口一家隐藏在农宅深处的旅馆。

这家旅馆没有招牌，是用预制板搭的二层砖混小楼，门厅的柜台后面坐着一个黑胖的中年妇女，一边看着电视，一边嗑着瓜子。

这里果然很便宜，一人一天五块钱，住在一个四人间里，房间环境是差了点。不过，柯伟说身份证没有带时，黑胖妇女无所谓地摆了摆手，顺便还问了句，要不要上几个"嘴子"。柯伟等人是行走江湖的老手，听出这家黑旅店还靠野妓挣钱，只好装作囊中羞涩的样子。黑胖妇女撇了撇嘴，心中暗骂他们是一群穷鬼。

陈卫国买了方便面和火腿肠给大家充饥，只是拿到手中仔细一看，让人哭笑不得，康师傅变成了"康帅傅"，双汇变成了"开汇"，而这附近根本没有餐馆。黑胖妇女一脸爱要不要的表情，大家只好将就下咽，抓紧时间休息。

这一夜大家睡得都很不踏实，半夜里，总是有卡车哐当哐当的声音传来，大家被惊醒好几回，索性闲聊起来。

"听说，山里面不干净。"邱建华眼睛瞪得跟铜铃一般，"特别是老山路。"

"瞎讲。"柯伟打断道，"你鬼片看多了。"

"达达杀猪菜的老板说得可邪乎了。"高松不以为然道，"什么在老山路上碰见黄鼠狼讨封，千万别理它，还有碰见狐狸娶亲也别看，否则就走不了了。"

话音刚落，一阵阴风透窗吹入，高松不由得打了个冷战。

"说得跟真的一样。"陈卫国反驳道，"咱们都是无神论者，封建迷信的糟粕不能信。"

"那老板很实在，不像是骗人的。"

"依我看，是日本人在山里埋的毒气弹，"柯伟解释道，"泄漏的毒气让人产生了幻觉。"

"关键是当地人都这么说。"

"抓紧时间休息吧。"

凌晨两点。

柯伟躺在床上看着手表，心中暗算时间应该差不多了。果不其然，远处村口传来警笛声，姚支带队进村抓人，一时间吵吵嚷嚷，犬吠声此起彼伏。

不多时，姚支敲开了黑店的门，睡眼惺忪的黑胖妇女见惯不怪地杵在门口。

"有没有陌生人？"

"在二楼。"

黑胖妇女打着哈欠向楼上指去。姚支等人将手枪上膛，成战斗队形陆续来到了二楼房间，姚支一脚将门踹开，众人举枪蜂拥而入。然而，房间内空空如也。

翌日上午。

阳光透过山间的云雾，透出淡淡的金色。山溪流水潺潺，清澈见底。

柯伟四人一路"逃"到大山深处，踩着煤渣小路，朝一处黑煤窑走去。煤窑规模不大，外面有三四十人在干活，煤尘飞扬，让人喘不过气，太阳照耀下的窑坑里更显得灼热，其中的肮脏、危险和苦难，让人揪心不已。

柯伟等人还来不及多想，就被一个监工模样的彪形大汉发现，大汉却没有太多的惊讶，反而带着诡异的微笑招呼："哎，你们几个，过来。"

柯伟几个人相互对望了一眼，装作诧异的样子，立住脚，看着监工却不说话。

监工鼻毛外翻，面目狰狞，见四人杵着，生气地走过来吼道："发什么愣，赶紧去报到！"

柯伟满脸堆笑，掏出香烟递了过去。监工并不领情，一把将他手中的香烟打掉，喝道："不懂规矩！这里不能抽烟，别他妈死了都不知道怎么死的。"

柯伟拉住身边装腔作势攥紧拳头的兄弟们，不解地问："大哥，报什么到？"

监工骂骂咧咧道："缺人干活，麻溜的。"

柯伟装作恍然大悟，迟疑一下，跟兄弟们用眼神一交流，点点头，示意监工带路，又请教监工这里的规矩。监工见柯伟识趣懂事，也自信这四人在这里翻不起浪，渐渐放松了警惕，一边在前面带路，一边侃侃而谈。

原来到这里的矿工基本上都是自己找来的，不少人身上都背着事，有的甚至是人命，来黑煤窑一是为了躲避公安机关的打击，二是为了找个吃饭的营生。

"嘿嘿，我眼里不揉沙子。"监工直言不讳道，"你们这几个货，打眼一看就是犯事的，应该还不小。"

"大哥，饭可以乱吃，话不能乱说。"

"放屁，当我是傻子？不然昨天晚上雷子怎么会那么大阵仗？"

——这正是柯伟请姚支配合演的一出戏，看来效果不错。

说话间，柯伟等人被带到了矿长办公室。

办公室在一排平房把头的位置，门口停着一辆丰田越野车，外面看着十分破旧，里面倒是十分豪华。一进办公室就听见了一阵"哗哗啦啦"的麻将声音，里面聚集着七八号人，有男有女，围在麻将桌边激战，办公室里乌烟瘴气，烟味混杂着脚汗味儿，一股令人作呕的气味压得人喘不上气来。

"王老板，来了四个扒子（完蛋货，暗指在外面犯了大事的人），收不收？"

王老板一身横肉，身上描龙画虎的，正如姚支所言，光光的脑袋，一脸麻子。他正专心地打着麻将，斜眼看了柯伟几人一眼，摸了一张牌，在手中搓来搓去。

"犯的什么事？"

"哥几个伤了人，进山避避风头。"

王老板点了点头，没说什么，继续抽了一口烟，打了一张牌，随意挥了挥手。

"一人一天十元，管吃管住。"

矿工这活又辛苦又危险，正常情况下一天最少也要三十元，就算是小工也得二十元，给出十元的价钱，就是明摆着欺负这些人犯了事儿。来这里的人，大都是为了躲避公安追捕或是仇家追杀，等风头过去了也就会自行离开，所以工资自然也就少得可怜，权当交保护费了。

监工答应一声，从墙上取下一本工作簿，让柯伟等人简单登记一下个人信息，就算是正式入工了。柯伟借机在办公室里仔细观察，里面的人个个面目可憎，不是善类，眼神交互间都带着狠厉与警惕，墙角的桌子上放着几把明晃晃的开山刀，还有一把双管猎枪，旁边散落着铜质的子弹。

"杵这儿干啥？"

不等柯伟几人动身，监工伸手粗鲁地将几人推了出去，颐指气使地介绍工作的注意事项，以及周边环境设施。黑煤窑到处都覆盖着煤灰，工作生活环境十分恶劣，工人宿舍是一排低矮的牛毛毡顶窝棚，这些窝棚非常简陋，造型也不规则，窝棚内放置着一排排用砖头垫起来的木板床，上面被破旧油腻的被子覆盖着，散发着阵阵汗臭。

窝棚旁边是一个巨大的狗舍，狗舍明显比工人的宿舍要整洁气派许多，里面拴着一只铁包金的红眼藏獒，柯伟几人被安排在最靠近狗舍的一边住下，藏獒看见有人走近，声音低沉地嘶吼着。獒一般根据体型大小分为狼、豹、虎三类，这只铁包金就属于虎獒。虎獒体大力不亏，威武无比，一头虎獒可独挡四头野狼围攻，若主人受到攻击，它会拼死护卫直至战死，而且攻击时直扑对方的咽喉一击毙命，没有任何多余动作。那时候藏獒还是个稀罕玩意儿，价格自然也是不菲。

"干完活老实休息，别他妈惹事儿。"监工指了指一旁的藏獒威胁道，"虎子可不是吃素的。"

柯伟等人暂时还不能下井，倒不是监工有多仁慈，只是因为他们没有相关工作经验，井下的环境更为恶劣，要等他们熟悉两天才能下去，目前只能干点儿简单的工作。监工告诉他们，下井的话，一天可以吃一顿好的，还有酒，工钱每月再加二百。不过柯伟他们心知肚明，那是拿命在换钱，干那活的大部分都是犯了大事的人，活着完全靠运气。

监工看了看手表，给他们十五分钟，赶紧收拾一下，换好工作服就先去堆场装煤，并再三提示交出贵重物品，由他来保管，说完便冷笑一声拂袖而去。

柯伟关好窝棚的木门，把兄弟们聚在一起，一边慢腾腾地换着衣服，一边小声商量了起来。

"比村口的黑店还黑。"

"说是保管，这他妈就是明抢。"

"他们是一家的。"陈卫国分析道，"开黑煤窑接收逃犯，在当地肯定有些势力，不然也不敢黑吃黑。"

"用逃犯干活，一本万利啊。"

"就算塌方了，反正是逃犯，死了也不会有人在意，还可以省下一笔费用。"

柯伟问："嫌疑人有没有看到？"

"在上面干活的和办公室的应该都不是。"陈卫国笃定道，"现在就差下井的人了。"

"搞不好还有其他秘密据点。"

柯伟冷哼："擒贼先擒王，那个王麻子肯定知道。"

陈卫国点头："这些亡命之徒有刀有枪，一定要多加小心。"

"现在时间还早，不如……"

柯伟等人正商量下一步计划，监工手持木棍，怒气冲冲地一脚将门踢开。

"妈的，再磨蹭，通通送炮局去！"

柯伟给高松使了一个眼色，高松点了点头，从旅行包里面掏出香烟递了过去。

"大哥，别生气，刚过来有点儿水土不服，您见谅。"

"嗬唷！华子呀，没看出来啊。"

监工面露贪婪之色，一把将整盒香烟装进了自己口袋，拿出来一支叼在嘴上。

"包里有什么好东西，拿出来看看。"

监工说着就要翻他们的旅行包。

这包里可是有配枪，一旦被他发现，就会前功尽弃。高松不动声色，点头哈腰地给监工点烟，只是颇有心机地将打火机往后一缩，监工只好停顿一下，探头找火。就在这个间隙，柯伟突然暴起，趁其不备一拳结结实实地砸在监工的面门上，身体又快速贴近，狠狠补了三拳，监工被击中颈部，一声未吭，就直挺挺地倒在地上昏死过去。陈卫国飞快地将窝棚的门关上，警觉地向四周张望。邱建华和高松上前探了一下监工的鼻息，向柯伟示意后，将死猪一般的监工拖到了窝棚最里面。

"呸，狗东西。"

柯伟从监工口袋里掏出了中华香烟，又将他全身上上下下搜刮一遍，找到了一把匕首、一串钥匙和一些零散钞票，他将这些东西装到了自己随身的包里，招呼大家再次聚拢过来，检查好随身装备，按照计划开始行动，从旅行包里掏出手枪，将子弹上膛。

几人快步来到了办公室，高松在外面警戒，其余三人迅速冲进了办公室。此时，里面一共有十一个人，看到突然有人冲了进来，都愣住了。柯伟几人占据有利地形，用枪指着他们。

"别动！双手抱头！"

邱建华用枪直指王麻子的秃头，其他人本来还有反抗情绪，一看这架势，大部分就都老实了，只有一个猥琐的瘦皮猴，企图去拿双管猎枪反抗，柯伟眼疾手快，一脚踹翻，麻利地把猎枪子弹退掉，将桌上的其他凶器一起塞进了包内。

柯伟拿着枪逐一震慑其余的人，王麻子身边一个打扮妖艳的女人不管不顾开始尖叫，柯伟没有怜香惜玉，直接一嘴巴子将她扇到了地上，女人惨叫一声，再没了动静。

突然，一个壮汉原地飞起向柯伟身后扑了过来，速度极快，一看就是个练家子，他手里攥着一把牛角尖刀，柯伟来不及闪身，眼看就要吃亏。电光石火之间，陈卫国果断开枪，"砰"的一声击中壮汉持刀的手臂，鲜血瞬间溅起，壮汉应声倒地，哀号不断。

枪声已响，此地不宜久留。柯伟被惊出一身冷汗，拾起地上的牛角尖刀，一脚上去将那壮汉踢晕，办公室的其他人这才彻底老实下来。

王麻子开口问道："枪是梗，弹是花，一无姓来二无家，敢问排琴，哪条道上的？"

"少废话，过来查查户口。"

"明人不做暗事，在我地面上，还真没人敢做下这事。要钱还是要人，老子认栽。"

柯伟见对方服软，拿出两张犯罪嫌疑人的模拟画像，让王麻子辨认。

"瞧瞧这两个人，不陌生吧。"

王麻子歪着脑袋仔细观瞧，眼睛一翻一翻地看着柯伟，那股明显不是本地警察的味道和杀气让他心虚，他不敢隐瞒，迟疑道："可能是大明白和二驴子。"

"全名叫什么？"

"来我这儿的，怎么会留下真名？"王麻子回忆道，"听口音是本地人，其中一个应该姓王。"

"人在哪儿？"

"可能在我另一家窑厂，也许早走了。"

"别耍滑头，给个准话。"

"腿在他们身上长着，我怎么能知道？"

门口的高松神色严峻地探头进来："外面有动静，被包围了。"

王麻子人多又有枪，万一交火，不一定能全身而退。柯伟眉头拧紧，当机立断，先将王麻子带走再说。

"带上车钥匙走。"

王麻子不肯动身，他心里清楚，只要再拖十来分钟，他的人马就会悉数赶到，将这里围得水泄不通，到时候是谁跪地求饶还不一定。

柯伟知道王麻子心里的如意算盘，也不废话，一枪打在他两腿之间的地上，在人眼前开枪，具有强大的震慑力，巨大的响声和硝烟的味道，让王麻子瞬间尿了裤子。

"快走，再耍心眼，废了你。"

王麻子吓破了胆，苦着脸从牌桌抽屉里拿出车钥匙，极不情愿地被柯伟等人架着出门。

刚一露头，那只藏獒如猛虎下山一般迎面扑来，张着血盆大口，露出锋利的牙齿，正好对准了柯伟的脖子。

说时迟，那时快，陈卫国抬手就是一枪，疾如闪电霹雳，藏獒应声倒地，于血泊中一命归西。王麻子趁乱夺路而逃，柯伟反应神速，从腰间抽出手铐，一个大甩腕先铐住了自己的左手，反手借势从上而下铐住了王麻子粗壮的手腕，上铐动作仅用一只右手完成，完全依靠惯性和巧劲，一秒之内一气呵成。这招金刚掣尾干净利落，看似简单，却非常吃功夫，需要平时反复练习，对爆发力和准确性有极高的要求，关键时候靠肌肉记忆瞬间完成。王麻子猝不及防摔了个狗吃屎，换在往常他早已逃之夭夭，今天碰见柯伟，只能倒霉认栽。

院子里隐藏在工人中的暴徒，从未见过如此身手的人，一时不敢轻易下手，只能干瞪着眼，眼睁睁地看着王麻子被带走。

山路崎岖，犹如一条巨龙盘踞在山间，空气中弥漫着松脂和泥土的气息，路旁是深邃的峡谷，稍有不慎就会车毁人亡。柯伟从后视镜发现，有两辆车一直在远远地跟着他们，为了安全起见，柯伟决定先带王麻子回刑侦支队，立即突审。

"王麻子，就算今天没有这档事儿，你也早应该被抓起来了。"

"哼，要不是被你铐住，老子才不会进来。"王麻子似乎对这里很熟悉，嗤笑着，十分不屑。

"妈的，反了你了！"陈卫国上前一步，狠狠地盯着王麻子道，"私藏枪支、窝藏杀人犯，活腻了是吧？"

"啥也不知道。"王麻子无所谓道，"少诬陷我。"

"扯淡！"柯伟沉下脸道，"坦白从宽是你唯一的出路。"

王麻子仍旧不屑一顾，但眼底却透着一丝迷惑。当地的警察这么多年来，对他这个山大王一直没有办法，而今自己却阴沟里翻船，被几个外地警察揪了出来，他开始有点担心。

"大明白和二驴子，藏在哪里？"

"说出来，放我走？"

"放不放，看表现。"柯伟语气严厉道，"抓住了人，算你立功。"

"藏在山里。"

王麻子眼睛滴溜乱转，躲闪着柯伟的目光。他不在乎大明白和二驴子，但害怕警方借此揪出他更多的罪行，所以不想轻易招供。

柯伟也不打无准备之仗，王家窝棚一带早已被姚支的人马暗中监视，主要路口也设置了临时检查站，两个犯罪嫌疑人插翅难飞。只是这深山老林范围太大，大规模的搜山需要投入大量的人力物力，没有准确的消息，只会打草惊蛇。因此，要找到犯罪嫌疑人躲藏的具体地点，还得做通王麻子的工作。面对王麻子的负隅顽抗，审讯似乎一时陷入了僵局，不过，柯伟已经摸到了王麻子的软肋。

3

一瞬间，轻飘飘的超脱感消失殆尽，熟悉的虚脱感如同刺骨的冰水，毫无预兆地从头到脚灌入白小莲的体内。

新的一天，白日在外面高高地挂着，白小莲眼睛也不眨，木然望着天花板。昨夜里，她又是一夜未眠，母亲的身影在她眼前浮现，她在被子里哭到干呕，这种自杀式的哭泣，让她头痛到爆炸，却又不足以死掉。她用被子使劲闷着自己的脑袋试图缓解痛苦，但并没有什么作用，太阳穴一坠一坠地痛，床不值得贪恋，她只是对新的白昼感到恐惧。

"咚咚咚！"

父亲在拍门，每拍一下，她的身体便会抽搐般地震动一次。

"吃午饭。"

"不饿。"

"放门口了。"

父亲已经尽了力，他的身体已经无法支撑更多的负荷。弟弟刚上高中，学习成绩和她一样优秀，学习的压力也不容小觑，这让白小莲更加感到惆怅和无助。她想明白了一个道理，这个世界的冷漠是有原因的，每个人都很辛苦，为自己负责已经足够困难，已经没有余力去救济濒死之人了。隔岸观火，俗世悲欢不过尘埃。对绝大多数人来说，这依然是美好的一天，即使有人可能会在今天死去。

她从床上爬起来，又坐在了书桌旁。她不想用死亡惩罚谁，或者让谁为她感到惋惜，她只是迫切地想要结束痛苦，真正懂她的人会为她感到开心，她坚信母亲在天堂会明白她的一切苦衷。

写了无数次的遗书被她删删减减，最后只剩下了这段话：

我的死和任何人任何事都没关系。家里欠的钱已经还清了。我希望你们能够理解我的选择，不要为我难过太久。

白小莲独自一人来到了天台，眼前一片空旷，只有风声和她自己的呼吸声。天依旧是那么蓝，阳光仍旧明媚灿烂，树木和草坪绿油油的，花朵依然五彩斑斓……她呆呆地看着远处的景色，脑海中慢慢浮现出一些最美好、最令人惊叹的回忆。但她没有任何留恋，似乎所有的事情都变得毫无意义。她试图用她的思维去引导她的情感，但心情已经无法稳定，她深吸了一口气，感觉胸口充满了能量，微笑着向前迈了一步，来到了天台的边缘。

就这样了，没有别的事情了，自己终于可以休息了。

她感到身体有点儿轻盈，然后感到了一种撞击力，随即耳畔传来了一声尖叫和摔打的声响，接着便是一片黑暗。

"有人跳楼了……"

不知过了多久，白小莲觉得忽冷忽热，蒙眬间睁开眼睛，眼前红白交替，母亲的影子淡去了，有手电筒的光在闪，人影交叠在一起，有人大声叫着她的名字，要她保持清醒，光怪陆离的。

她本能地试图动一动，但身体好像散了架，死死黏在了地上，血腥味儿直往外冒，她张开嘴就有血块迫不及待地涌出来，混合着令人作呕的味道。一瞬间，她感到万分恐惧，害怕这疼痛的分量还不足以让她死去。

很疼，腰疼，肚子疼，疼得她快要受不了了。她的上衣外套不见了，身体以诡异的姿势扭曲着，她闻到了泥土的芬芳和青草的气息，痛苦一阵一阵伴随着冷热传来，她好像听到了父亲的哭泣声，外界越来越嘈杂，她耳边却越来越安宁，隐约听到天使降临的声音。

白小莲坚信，天使会带自己走。这么痛，这么难受，这次应该是死了吧……她浑浑噩噩地想着，感觉到意识在流失。

随后穿越一道白光，她来到了一片白色的沙滩旁，周围环绕着明媚的阳光和碧蓝的海水，她恍如隔世地问出声来："我死了吗？"

没有任何人回答白小莲的问题，在这片白色沙滩上，她只听到了海浪和海鸥的声音。

"我死了吧？我死了，对不对？"

有一个女人的声音要回答："你……"

另一个男人的声音突然插进来："是的，你已经死了，好好休息。"

这就是了。白小莲轻轻地闭上了双眼，聆听着海浪和海鸥的声音，感受到深深的宁静和满足，完全沉浸在这舒适的氛围中。她不喜欢的世界终于消失了，这次她无须停留，以后不会再是谁的孩子、谁喜欢的人，她不用再去对任何人做出回应，日出月落，人间的一切悲欢离合都与她无关。

　　120急救车上，女护士看着晕厥过去的白小莲，脸色有些苍白。男医生则一脸淡定地看着抢救仪器。

　　"心跳正常。"

　　"为什么要骗她？"女护士不解道。

　　"不骗她才可能要出事。"男医生轻叹一声，摇头道，"她可能有心理疾病。"

　　北郊区，建工医院。

　　急诊室外，弟弟白桦搀扶着父亲白斌。白桦脸色苍白，神色慌张。白斌头发凌乱，透出无尽苍老。两人均神情凝重，和对面的男医生交谈着。

　　"三楼的空调救了她的命。"男医生分析道，"外套挂在了空调外机上，起到了缓冲作用，幸好楼层不高，又摔到了泥土地上。"

　　"可小莲吐了很多血。"

　　"极度伤心和恐惧也会导致胃出血。"男医生翻看着检查报告单道，"除了一些软组织擦伤和局部轻微骨裂，没有什么严重的外伤，内脏器官也都完好无损，只是她本就有胃病，是应激性胃痉挛引起的吐血，评估下来问题不大，休养一段时间就可以康复了。"

　　"什么时候能醒？"

"不出意外的话，明天早上。"男医生惋惜道，"她的精神状态不好，建议去东海市精神卫生中心进行专业治疗。"

翌日清晨。

白小莲缓缓地睁开了眼睛，发现自己躺在医院的病床上。她迷迷糊糊地感到浑身麻木，不知道自己发生了什么事情，那是镇静剂药效还没完全消失的缘故。片刻之后，她回忆起自己曾经走上了天台，准备结束自己的生命。

她喘着粗气，极度的绝望让她呼吸困难，她刚刚走过了人生中最黑暗的时刻，泪水无声地从她脸颊上滑下，即使想结束自己的生命，死亡也无法降临，她感觉到自己似乎被一种神秘的力量诅咒了。

"小莲醒了！"

一夜未合眼的父亲喜极而泣，他手里握着白小莲的遗书，一边痛苦地咳嗽着，一边兴奋地叫医生过来。

白小莲有惊无险，保住了性命。然而，正如那位男医生所讲，白小莲的精神出现了严重的问题。父亲没办法，又借了高利贷，带着奄奄一息的白小莲去了东海市精神卫生中心，果不其然，她被确诊为重度抑郁症，需要进一步住院治疗。

在20世纪90年代，"抑郁症"还是一个新奇的词汇，在白小莲父亲的固有思维中，女儿一定是撞邪了，或者是太思念母亲发了癔症。治疗费用让这个饱受摧残的家庭雪上加霜，父亲只能拆东墙补西墙，又借了一笔钱，开了一些常规的抗抑郁药物，回家进行基础治疗。

随着时间的流逝，一个人即使忽然死去，也仅仅会像石头砸入平静的海面，在短时间内荡起急促的浪花，而过不了多久，一切又会重归平静，顶多会成为人们茶余饭后的谈资。

第一次吃药时，白小莲感觉很神奇，她本来不抱期望，却美美地睡了一觉，只是睡眠不是睡眠，而是昏迷，她昏迷在昙花香的梦里，不断坠落。第二天她喜极而泣，跪在地上双手合十感谢上苍，"吃药就能好"这个认知让她觉得自己真的生了病。

虽然日渐好转，但抗抑郁的药物带给她很多副作用，她吃了会腹泻、肚子疼，有时还会产生幻觉，看见一些奇奇怪怪的东西，做一些匪夷所思的梦，她梦见自己变成了一朵昙花，只有在夜间才能悄悄绽放。她感觉自己前言不搭后语，记忆力也受到了一定的影响，她经常会断片，这样也好，可以忘记那令人痛楚的过去。

那些讨债鬼又登门了，喷油漆、喊喇叭、堵锁眼、砸玻璃等无所不用其极，就连柯伟放在家里的警帽，也被这帮歹徒撕得支离破碎，弟弟被吓得不敢回家，父亲终日唉声叹气。白小莲看在眼里，急在心里，她想起了母亲临终时的嘱咐，母亲的善良和坚韧像一盏明灯在指引着她，只是在残酷的现实面前，那份善良和坚韧被扭曲成强烈的责任心，从而让她放下了一切尊严。尽管还受着抑郁症的折磨，可任何的体力劳动都不再适合她了，眼下她只能想到一种赚钱还债的办法。她把残破警帽上的警徽取下随身携带，在她心里，这是她唯一的保护神，起码可以用来壮胆。她再次浓妆艳抹，走进了夜总会KTV，只是像星辉这样的高端场子，她再也没有机会进去工作了。

4

辽奚市。

时间一晃过去一个多月，王麻子取保候审，这个冥顽不化的硬骨头终于被啃下。在他的协助下，柯伟等人多次深入王家窝棚村的深山老林，根据他提供的藏身地点，对山间水库、深山猎户、废弃木屋等开展侦查搜捕工作，每次进山都是一次冒着生命危险的探查，好几次险象环生。他们甚至找到了大明白和二驴子藏匿的赃物，一包被害人的随身金银首饰和几只女士手表，应该是还没来得及销赃。不过，柯伟的运气还是差了一点，每次都晚了一步，两名犯罪嫌疑人神出鬼没，依旧逍遥法外。这使得总队长石毅非常恼火，他开始怀疑柯伟等人在辽东"摸鱼"，放出狠话"抓不住嫌疑人就不要回来了"。这让柯伟倍感压力，但更让他感到揪心的是卜玉颖的电话，毕竟他们还没有办理正式的离婚手续。

一次在前往深山的路上，柯伟等人突然接到了嫌疑人出现在猎人休息点的消息，他们迅速前往该地，设置隐蔽的布控点。经过一天的等待，夜幕降临时仍然一无所获，正当他们以为情报有误，悻悻地收拾好随身物品，准备回去时，两名狡猾的犯罪嫌疑人正于此时现身。原有的布控被打破，在抓捕过程中，嫌疑人困兽犹斗，听到鸣枪示警，依旧趁乱逃脱。

翻山越岭，追了一个多小时，柯伟他们对野外的环境不熟悉，体力严重不支，高松还不慎摔伤了右腿，嫌疑人却已经逃到了山下的腹地。这里地形复杂，无法准确判断逃跑路线，只能遗憾地由着嫌犯逃之天天。打这以后，大明白和二驴子仿佛人间蒸发了一般，再没有给他们留下任何机会。

大家都很沮丧，柯伟只能强自镇定地给大家鼓气，说嫌犯这次虽然逃脱，但已是穷途末路，早晚会露出狐狸尾巴，抓住他们只是时间问题。

他请大家吃烧烤。

华灯初上，绚烂的烟火气在辽奚的古塔夜市逐渐升腾。散发着暖色光的路灯和摊位上五彩缤纷的霓虹灯，在黑暗中愈发明亮。熙熙攘攘的人们在夜市上享受着幸福的味道，这里是关掉滤镜不加粉饰的真实人间。

柯伟等人围坐在路边的烧烤摊前，搬来两箱冰镇的老雪花，刚刚烤好的牛肉、羊肉、大腰子摆了一桌，嗞嗞冒油，香气四溢，微风吹来，一口肉一口酒，豁然之间，感觉人生似乎也就圆满了。

邱建华小心地问："大明白和二驴子不会跑了吧？"

陈卫国否定："辽奚外松内紧，箍得跟水桶一样。"

——这是他们绝对不想面对的。倘若嫌犯已经不在辽奚，他们窝在这里还有什么意义？

邱建华心虚道："老虎也有打盹的时候。"

高松岔开话题："姚支和老田确实辛苦。"

柯伟大声道："等案子破了，好好请大家吃一顿杀猪菜。"

"老妖婆又在后面搞鬼。"邱建华吃了一口外焦里嫩的肥油，说道，"这次分房把我们几个又排在后面了。"

"不会吧？"陈卫国喝下一杯啤酒，诧异道，"总队党委不是说，资源要向一线干警倾斜吗？"

"你房子分好了，当然不关心了。"高松跷着受伤的脚道，"名单暂时还没公布，是后保史科长偷偷告诉我的。"

"老陈，在老妖婆眼里，你我不是一类人。"邱建华一本正经道，"我们三个姥姥不疼，舅舅不爱。"

陈卫国默默点头。邱建华其实只说对了一半，所谓的城里人有优势，只是掩人耳目的一种说辞。他之所以会分上房子，一是因为资格老，二是因为结婚比较早，关键是他听老婆的话，坚持不懈地给"翻译官"和张萍反映自己的住房问题。当然，在固执的张萍眼里，无论如何，城里人还是比乡下人要高出一等的，这仿佛是一条无法逾越的鸿沟。

高松再次岔开话题，回到最初："回去一趟。"

"不行。"柯伟执着道，"人走了，摊子就散了。"

大家你一言我一语，纷纷议论起来。意见大致分为两派，是去是留都有充足的理由。然而，一种强烈的预感，让柯伟笃定等天气再热些，这两个犯罪嫌疑人一定会现身。只要抓住这两个货，就是头功一件，即使老妖婆再有微词，升职、分房也不在话下。

高松伸手："大哥大用用呗。"

"又给媳妇儿打电话。"柯伟摇头道，"省着点儿用，话费不多了。"

"明白，漫漫人生路，关键就几步。"

高松满心欢喜地接过柯伟的公务大哥大，拨通了老婆芳芳的电话，一瘸一拐地向幽静处走去。

一箱啤酒都喝完了，高松还不见人影。柯伟不免有些担心，正要派人去找他之际，高松提着一塑料袋沉甸甸的东西，神秘兮兮地走来。

原来，辽奚盛产岫岩玉，高松在夜市上路过一家卖玉石的小摊头，他观察这里好久了，花了不少心思。虽然玉石做工粗糙了一些，但毕竟是当地特产，而且价格特别实惠，他买了满满一大包，才花了不到一百块钱，唯一的缺憾是没有锦盒，送人不太好看，都是用旧报纸反复包裹的。他给芳芳买的比较贵，是一对镂空的"戏水鸳鸯"，送给柯伟的次之，是"马上封侯"手把件，陈卫国是"平安无事"牌，邱建华是"长命富贵"锁，还有一个送给丈母娘的神秘大礼。兄弟们把玉拿在手里爱不释手，都夸高松有眼光。

东西当然不是白送的，高松有自己的小算盘，如果柯伟这次上去了，他希望柯伟推荐一下自己。

但是他这点儿小心思，别人又何尝看不出来？尤其是作为竞争对手的陈卫国。

陈卫国摩挲着手里的"平安无事"牌，心里也转着想法。

柯伟等人在辽奚又坚守了一个多月，依然没有发现犯罪嫌疑人的踪迹。总队的分房公示结束，不出所料，名单上并没有他们三人的名字。没分到房又不见人，高松和邱建华家里自然是一堆牢骚，最吃力的还是高松，风餐露宿的抓捕工作，让他右腿缺乏系统性治疗，病情被拖延，时好时坏。而金建民这边也突发了两个棘手的案子需要人手，柯伟探组不得已返回东海。

可是柯伟没有想到的是，他们艰辛追捕的罪犯，在这个时候重新杀回了东海市，这一次，他们搜寻的目标，是白小莲。

东海市，温莎 KTV。

这是一家香港老板开的中端夜场，以相对低廉的价格，吸引了一帮口袋不那么富裕的客人，也成了白小莲再就业的最佳地点。因为超高的性价比，这里的包间刚过晚上八点就已经全部订了出去。

总统 VIP 1 套间。

刚刚坐到客人身边的时候，和白小莲一起被挑来的那几个女孩儿，便开始动手动脚地挑逗客人，惹得这帮好色之徒兴致大发。白小莲和她们不一样，她显得很矜持，有一种独特的气质，只是坐在那位主客旁边静静地吸烟，吸烟的姿势很优雅。

也许是在星辉培训过的缘故，白小莲在温莎没多久就变成了这里头牌中的头牌，回头客最多，生意最好。温莎里的每个女孩儿都羡慕她超强的诱惑指数和赚钱效率，因为不是每个女孩晚上都能顺利上台，而她只要来就能上台，最高纪录一晚上翻过三台。也许是误打误撞，或者天生使然，在白小莲看来，对客人主动就是被动。

有些东西学是学不来的，白小莲漂亮的脸蛋别人没有，完美的身材别人没有，与生俱来的气质也是别人学不来的。尤其是她与生俱来的同理心，每当她送客人出门，只要看见卖花的小姑娘还在门口，她都会主动上前将那些花买下，好让小姑娘早点儿回家。

在温莎的夜生活并非一无是处，孑然一身的白小莲交到了进入夜场以来的第一个好朋友张文晴。张文晴是一个长相甜美的女孩，两个人有很多共同点，都是一个妈咪带的小妹，年龄相仿，都是工厂子弟，父母都已经下岗，来这里上班也都是迫于无奈。两个人很快成了形影不离、无话不说的好闺蜜。但白小莲也发现了一个问题，张文晴比她有心机多了，两人说好了一起分享高端客户来赚钱，可张文晴只想从她这里结交大老板，并不想把自己认识的介绍给白小莲。

这天晚上，白小莲穿着一身淡粉色的裙子，温柔地勾勒出她的身材，更显得脸庞柔和而精致，犹如一朵在夏季中盛开的荷花。她的淡漠和优雅是一种自我保护的方式，却往往被人们所误解，特别是近期天天来捧她场的这位客人。

该客人一身名牌，长得人高马大，很有派头，一看就是大款，每次来都提前让妈咪把白小莲给他留好，为此还给了妈咪不少小费。与他同来的客人明显小了一号，对他十分恭敬，点烟倒酒递水果，格外殷勤，应该是他的下属。两个人操着一口普通话，话语间带着傲慢与霸气——没错，他们正是碎尸案的凶手，这两个恶魔又回来了，只是又换了一套假的身份，改名为许佳和丁杉。

"把老大陪高兴了，亏不了你。"丁杉大言不惭地吹嘘，"老大在东北经营发电厂，钱多得花不完。"

许佳理了一把稀松的头发，露出了笑容，举起酒杯与白小莲碰杯，二人一饮而尽。

包间内气氛持续高涨，丁杉即兴跳了一支猥琐的掏蛋舞，他那没轻没重的动作和颗粒无收的才华，让人忍俊不禁，公主们只能尴尬地饮酒，空啤酒瓶子很快堆积如山。这个时候，许佳故技重施，对另外两个坐台的女孩儿挥了挥手。

"除了小莲，都撤了吧。"

许佳说着从包里取出厚厚一沓百元大钞，给了另外两个坐台女孩一人五百元。温莎坐台的小费正常情况下是二百元，五百元的数字印证了两位客人的阔绰和尊贵。两个女孩儿开心地接过钞票，离开的时候，落寞地看着白小莲，眼神里充满了嫉妒。

白小莲又独自陪着许佳唱了两首歌。临别时，许佳给她甩下了一千元小费，而白小莲还是只留了五百元，他没想到风月场里还会有这样一个有骨气的女人。白小莲陪酒从来都是明码标价，因为是头牌，所以收五百元，许佳多给一分她也不要。

在许佳心中，白小莲如同一朵洁白的白莲花，散发着清新的芬芳，让他无法自拔，他的蛇蝎心肠竟涌起了一丝情愫。

温莎 KTV。

美酒，一杯接着一杯干掉；香烟，一支接着一支燃尽；歌曲，一首接着一首欢唱；美女，一个接着一个坐台……

这一幕幕，在温莎 KTV 的每一个包房都在循环上演。和所有陪酒坐台的女孩儿一样，白小莲不在意是否疲劳，不在意是否宿醉，反正漫漫长夜她也无法入睡，她只在意一个疯狂的夜晚过后，自己兜里的钞票是否变多。

许佳为了追求白小莲，这段时间天天到温莎报到，在她身上花了不少心思。白小莲毕竟涉世未深，她感觉到了许佳特别的偏爱。许佳乘胜追击大献殷勤，车接车送，送化妆品、滋补品等，处处为她着想，时刻把她挂在心上，这一切让白小莲特别有安全感，而这正是她最渴望得到的。渐渐地，她对许佳和丁杉放松了警惕，把谎言信以为真。

今天是白小莲的生日，许佳特地订了最大的总统包间，浪漫的粉色玫瑰花仿佛在绽放爱情的芬芳。包间正中的推车上摆放着一款精美的三层蛋糕，蛋糕上点缀着玫瑰花瓣，散发着诱人的甜香。桌上顶级的路易十六和香槟，闪闪发光，仿佛在诉说着珍贵的心意。许佳西装革履，一本正经地等待着白小莲的到来，随身的包里隐藏着一份精心准备的惊喜。

当白小莲走进包间，看到用心装饰一新的环境，许佳特别的爱扑面而来，她瞬间被感动得热泪盈眶。自从母亲病重后，她再未过过生日，但很快她便矜持起来。许佳观察着她的一举一动，微笑着让她坐下，亲手为她倒上一杯香槟，一夜的欢声笑语就此开启。时间过得飞快，唱歌、玩骰子、喝酒、切蛋糕等一项项节目纷纷落场，许佳终于开始了他的拿手好戏。

"喜欢钻石吗？"

钻石，珠宝王国无可争议的王者，没有人可以抗拒的璀璨。但在许佳眼中，他手中那枚镶嵌着硕大钻石的钻戒，却有着另外一番意义，那是专钓夜场头牌的鱼饵，每一次他把鱼饵扔出去，都会给他钓来一个"财神"。

许佳抓住了女人的致命弱点，几度把这枚钻戒送给不同的女人，随后便榨干她们的所有，包括她们的生命，他的这枚钻戒早已被血色浸透。

"送给你。"

"不，谢谢。"

面对拒绝，许佳拿着这件攻无不克的武器，突然感到无所适从。白小莲的优雅淡定，令他不由得产生敬意，这样一个年龄段的女孩，竟然有这么高的心气儿。

"当我老婆。"

许佳收回钻戒，用挑逗的眼神看着白小莲。

"你敢娶，我就敢嫁。"

原本是一句玩笑话，却把许佳将了一军，他对眼前这个特殊女孩的兴趣越来越浓。

"吃夜宵。"丁杉打圆场道，"两个小妹一起叫上。"

白小莲本想推辞，但架不住盛情邀请，况且她一天就吃这一顿饭，只好恭敬不如从命。另外一个原因是白小莲的抑郁症有所缓解，也许是挣到了钱减轻了家庭压力，也许是那些难以吞咽的药物奏效了，总之这段时间她活得格外轻松，甚至在酒精的麻醉下，感到了人生的美好。

多日后，一次夜场约会，许佳突然单膝跪地表白，让白小莲十分尴尬。她不会真正喜欢眼前这个男人的，和他在一起无非是逢场作戏，主要是为了得到金钱。但许佳死缠烂打，丁杉在一旁敲边起哄，白小莲只好收下了九百九十九朵玫瑰，戴上了那枚钻戒。

吃人家的嘴短，拿人家的手软。在一个风和日丽的下午，白小莲虽然有些不情愿，但还是应邀坐着公交车，穿过大街小巷，终于找到了许佳的住处。这里依旧偏僻，破旧不堪，是多层楼房的顶楼，相对僻静。按了门铃过后，便听到了热情的招呼声。当白小莲步入房间，她突然感觉不对劲儿，只见许佳和丁杉凶神恶煞地看着她，她想退出，却已经来不及了。

——曾经的惨剧再次重演。

白小莲的嘴转眼间便被堵得死死的，整个人也迅速被胶带捆绑得结结实实。丁杉从她的包里翻出了银行卡，面目逐渐变得狰狞。

"密码多少，不让你遭罪。"

白小莲所有的钱都存在那张卡里，那是父亲看病的救命钱和弟弟上学的生活费，她绝望地哭了。但她的泪水没有博得一丝同情，换来的是两人轮番的殴打。白小莲坚持不住了，最终不得不说出了银行卡密码。接下来，许佳狞笑着让她给好闺蜜打电话，谎称有非常有钱的客人要找女人。迫于淫威，白小莲无奈照办，她犹豫再三拨通了张文晴的电话，不久后，好闺蜜张文晴按响了门铃。毫无悬念，张文晴也遭到了和白小莲一样的待遇，把银行卡的密码提供给了两个恶魔。这样的场景，对于许佳和丁杉来说，已经重复过很多遍，他们信奉的真理是"替天行道"。一个又一个女人，就这样进入了他们的圈套，而这些女人最后的结果都是身首异处。

　　两个恶魔这次并没有选择长时间的折磨，而是直接将两人掐死。夜幕降临，两个恶魔开始肢解张文晴的尸体，忽然，诡异的一幕出现了，一声低沉的呻吟，让房间的气氛诡异起来，那是被许佳掐死的白小莲发出的声音，吓得丁杉手中带血的钢锯掉在了地上，许佳也睁大了眼睛，他深吸一口烟，壮着胆子走了过去。

　　摇曳的白炽灯泡下，魔鬼的影子在晃动。白小莲缓缓地睁开了眼睛，许佳擦了擦身上的血，伸出了罪恶的双手。浑身是血的丁杉歪头斜眼，跟在后面，手里握着一把榔头。

　　"弄死她。"

　　许佳的内心开始纠结，经过一段时间的相处，他对白小莲产生了真情，上一个让他动真情的是琪琪，他还清楚地记得自己在掐死琪琪时，心里似乎有过一丝不忍。

　　许佳是个十分迷信的人，许是坏事做多了，为求得心安，他逢庙必拜，出手阔绰，十分虔诚。他认为自己每次逢凶化吉，都是上天在保佑他，因为他遵循了上天的旨意。白小莲死而复生，是她命不该绝，正是天意如此，这是许佳最终放过白小莲的主要原因，而白小莲的不死魔咒似乎也起到了作用。

"我今天放过你，但有一个条件。"许佳决定放过她，但条件是她必须从此和家中断绝关系，一心一意做他的妻子。

"如果不听话，杀了你全家。"

清醒过来的白小莲冷汗连连，恍如隔世。听清了许佳的话，为了活命，更为了家人的安危，她只好点头答应。

……

在白小莲看来，家是无比神圣的存在，家的温暖是她在这个冰冷的世界上唯一值得珍惜的东西，亦是她活下去的唯一精神支柱，她坚信母亲的在天之灵一直在守护着她。许佳也拿捏住了她这一点，为了表忠心，纳投名状，他命令白小莲帮助他们分尸。

东海盛夏的天气湿热难耐，楼顶的沥青已经被晒化了。热力通过薄薄的楼板，将顶楼变成了蒸笼。为了掩人耳目，许佳将房间门窗紧闭，窗帘也被拉得死死的，房间里充满了血腥和腐败的味道，令人窒息，仿佛修罗地狱。许是喝了太多的冰镇汽水，许佳浑身汗如雨下，他袒胸露背地坐在椅子上，跷着二郎腿如监工一般，盯着白小莲将张文晴尸块上的肉一片一片剔下来，而张文晴死不瞑目的头颅就放在旁边。

若是一般女孩，恐怕早已崩溃，白小莲却一直强撑着。眼前的这种场面，似乎在哪里见过。尽管双手在颤抖，她依然面无表情地切割着好闺蜜的尸块，直到处理头颅时，看着张文晴死不瞑目的双眼，她终于撑不下去崩溃了，独自钻进卫生间，无声地大笑着，泪水如决堤的海，她拿出随身携带的警徽，祈求上苍的保佑，可终究远水解不了近渴。她绝望地看着浴缸里尚未处理的残肢，那血腥的味道让她的胃里一阵翻江倒海，对着马桶整整吐了一个多小时，把胆汁都吐出来了。然而，她心里清楚，但凡自己露出一丝不愿意，可能就会招致杀身之祸。可不知道为什么，她这几天没有吃抗抑郁症的药，却睡得格外踏实。

处理完张文晴的尸体后，狡猾的许佳并没有按原计划继续开展猎杀行动。也许是感受到了什么微妙的信号，或是东海越来越炎热的天气让他难以忍受，需要回辽奚老家避暑，许佳再次改变了计划。以他的经验，警察不会在一个偏僻的地方连续蹲点，曾经危险的地方，如今反而会更安全，毕竟他在辽奚游刃有余。他们三人乔装打扮，踏上了北去的列车。

5

多日后，深夜。

柯伟接到了王麻子的线报，他信誓旦旦，用自己的性命担保，说大聪明和二驴子又在王家窝棚村的深山老林出现了。柯伟等人不敢怠慢，连夜起程前往辽奚，并请求老田和姚支务必全力增援。在多方努力协调下，辽奚市公安局高度重视，协调当地武警支队官兵，一起开展代号为"猎狐"的搜山行动。

临行动前，柯伟让兄弟们用公用大哥大给各自家里打了一个电话。这就是大哥大对于刑警们的特殊作用，在出危险任务前，给家里留句话，在任务结束后，再给家里报个平安。当然，为了不让家人担心，他们说得都很含蓄，这样就不会有遗憾。许是习惯了，家属们也大多不会听出异样。

翌日清晨，细雨蒙蒙。

阴沉的天空，似乎预示着一场严峻的战斗即将到来。

辽奚市公安局大院里，警灯闪烁，警力集聚。几十名经验丰富的刑警和一百名武警官兵列队集结，整装待发，他们带着各式各样的作战装备，身姿挺拔，精神抖擞，脸上铸刻着坚毅的表情，迸发出一股坚不可摧的气势。十几只警犬蹲在官兵身旁，威风凛凛，随时准备追踪和攻击目标。柯伟等人更是信心十足，他们多次进山，经验丰富，这次雷霆出击，势将一雪前耻。

随着局长一声令下，"猎狐"行动正式拉开了帷幕。雄壮的队伍快速登上警车，步伐刚健而有力，铁靴嘎嘎作响，警犬跟随着官兵的脚步，兴奋地吠叫，蓄势待发。

整个大院很快就变得空空荡荡，只剩下余音回响。

王家窝棚，深山老林。

这里是天然的避暑胜地，气温只有十四度，遮天蔽日的树荫和潺潺的溪水，保持着原始自然的风貌，远离城市的喧嚣和拥挤。一百多人的队伍分成五组进山搜捕，人数看起来很多，但当他们真正进入山区里时，人群仿佛消失在了茂密的林木中，看不出多寡。

搜捕组冒雨前行，越往深处走，地形越崎岖，湿滑难行，搜捕队员们不时摔跤跌倒，有的崴了脚，尤其是高松又摔了一跤，本就有旧伤的右腿膝盖，此时又红又肿。当地山形险恶，随处可见不到半米宽的小路和数十米高的悬崖，稍有不慎便可能失足丧命。然而，搜捕队员们荷枪实弹，如临大敌，时刻保持警惕，飞快地穿梭在树林里，越过山峦，全力以赴寻找嫌疑人的蛛丝马迹。

"千万小心，相互照应，不要盲目前进。"柯伟不时地提示着大家注意安全。

经过十小时的追踪搜索，柯伟负责的抓捕组根据王麻子提供的线索，在深山中成功找到一处天然的陡壁洞穴，隐蔽性极强。

"我们先上，你们外围警戒，如遇嫌疑人顽抗，可以开枪，一定要抓活的！"

布置完抓捕工作，柯伟回头看向高松。

"小高，你和武警战士们在外警戒。"

"大哥去哪儿，我去哪儿。"高松紧了紧膝盖处的绷带道，"关键的时候，怎么能掉链子？"

陈卫国嘿嘿一笑："小高你要争功，那我就在后面保护你。"

柯伟拍了拍高松的肩膀，和探组兄弟们相视一笑，将子弹上膛，沿着陡峭的小路，悄悄地摸到了洞穴口。几人用手语互相打了暗号，柯伟点了点头，率先冲了进去。

洞穴里光线幽暗，似乎深不见底。柯伟等人围成"品"字形，举枪慢慢前行。经过一番细致搜索和勘查，他们发现洞穴里确实有多人生活的痕迹，只是人已经逃跑。洞穴内一处较高的石台上，铺有茅草和三床棉被，热乎乎的棉被上赫然遗留下一把开山刀。踏破铁鞋无觅处，得来全不费功夫。该洞穴应该就是大明白和二驴子的藏身之处，而且他们的团伙又有新成员加入，应该是个年轻女性，卫生习惯较好，甚至有点儿洁癖，毛巾、牙刷、梳子等生活用品不仅崭新齐备，而且质量很好，一看就是从大城市买来的。

莫非他们先知先觉，或是已发现警方搜山抓捕，弃洞而逃？柯伟等人商量后认为大明白和二驴子生性狡猾，加上从小在这里长大，其反侦查能力和野外生存能力极强。另外还有一个不利条件，从凌晨开始，山林里持续刮风下雨，原本以为可以第一时间瓮中捉鳖，可风雨是把双刃剑，不仅冲刷掉了大明白和二驴子留下过的鞋印足迹，还把他们的味道洗刷得一干二净，这让警犬一下子失去了追踪目标。

"我建议虚晃一枪，以退为进。"柯伟看了看阴沉的天空，斟酌道，"有时候越主动，反而越被动。"

根据以往多次进山的经验，在大山里主动追捕往往是追不到的。柯伟对此深有体会，越是主动行动，就越容易暴露行踪和目的，在处处可以隐藏的深山老林，犯罪分子往往就躲在你的附近，可就是看不到。

"变主动搜捕为先围后捕，待其主动现身。"陈卫国点头道，"只要把他们去过的地点，在暗中团团围住。"

"马上天就要黑了，外面阴冷湿滑。"武警指导员道，"雨后又有毒蛇毒虫出没，他们肯定要到这些地点过夜躲藏。"

"我建议'大张旗鼓搜山，大张旗鼓撤离'。"柯伟目光坚毅道，"让嫌疑人误以为抓捕组扑空而回，而后等其主动现身。"

"他们逃跑匆忙，吃的用的啥也没带走。"高松补充道，"相比较而言，返回洞穴的可能性会更大。"

柯伟看了一眼手表，将抓捕组的情况上报给临时指挥部，指挥部同意了柯伟的建议，决定实施柯伟提出的"欲擒故纵，诱敌擒获"的方案，并细化了具体措施，让其他四个抓捕组全力配合柯伟他们的行动，确保万无一失。

天色渐暗。

风追着雨，雨赶着风，风雨追赶着乌云，整个天地都处在一片蒙蒙的雨水之中。

柯伟抓捕组按计划埋伏在洞穴周围，其他抓捕组则大张旗鼓地重新进山搜索，并沿途用扩音喇叭大声呼喊，动员大明白和二驴子自首。直到天黑，其他搜捕组和山脚外围哨卡，才大张旗鼓地鸣金收兵。

撤离的只是明卡明哨，指挥部却在暗中增补了大量刑警和武警战士，悄然潜伏在大明白和二驴子出没过的山间水库、废弃木屋以及山脚重要路段周边。同时增援柯伟抓捕组两名狙击手，一左一右成钳形，占据有利地形，利用夜视狙击瞄准器，分别对洞穴和路口进行监视。那时候警方的装备还比较落后，没有专门的夜视设备，只能利用武警的夜视狙击瞄准器观察敌情。

雨夜里的深山又湿又冷，四处漆黑一片，伸手不见五指，柯伟和兄弟们隐蔽在洞穴附近的一处洼地，雨水早已将他们的衣服湿透，寒气侵入骨髓，让人瑟瑟发抖，时不时还有大蜈蚣从他们身上爬过。这估计是他们从警以来最难熬的一次蹲点守候，看着时间一分一秒地流逝，大家心里越来越焦躁。

"妈的，不会又白等了吧？"邱建华悄声道，"烟也抽不了。"

"坚持到天亮再说。"高松敲了敲又麻又肿的右腿，像这样一动不动地蹲点，对腿上有伤的人来说更是一种煎熬。

"苦不苦，想想长征两万五，"陈卫国小声打趣道，"累不累，想想革命老前辈。"

"啥时候我们也能配上夜视仪啊？"

"面包会有的，牛奶也会有的。"柯伟摸了摸口袋里"马上封侯"的玉牌，低声道。

雨越下越急，豆大的雨滴打在密密麻麻的树叶上，发出噼里啪啦清脆的响声，仿佛激昂的战鼓。然而，恶劣的天气和失败的情绪，像一条无形的毒蛇侵蚀着柯伟等人的意志，直到深夜二十三点十三分，一道微弱的光，像鬼火一样飘来。

抓捕组所有成员的心一下提到了嗓子眼。刹那间，每个人全身都热血沸腾，抓捕的欲望和胜利的希望在他们胸中烧得火热。

正如柯伟所料，嫌疑人终于露面了，他们不堪忍受恶劣的外部环境，出现在了通往洞穴的山路上。三人一字排开，前后两人手握开山刀，中间一人手持打火机照亮，火光明灭之间，惶惶如丧家之犬。

"目标在路口出现，请求指示。"监视狙击手向柯伟报告道。

"各小组，隐蔽靠近，伺机合围！"

收到命令，抓捕组立即开展行动，快速而隐蔽地向嫌疑人现身之处靠近，对其展开合围之势。那三人并未感觉到危机，慢慢悠悠地走进了洞穴。不多时，一股烧茅草的味道传了出来。

"这帮警察疯了。"二驴子的脸肿得像猪头一样，痛痒难耐，他一边揉着脸，一边埋怨道，"害得老子满山跑，摔了好几跤。妈的，还碰上野山蜂。"

"谁叫你嘴馋！"大明白也没好到哪里去，声音含含糊糊，脸肿得连眼睛都快睁不开了，身上遍布红肿的包。

"大嫂说嘴淡，我才去掏的。"二驴子嘟囔道，"警察封山，下山采购都不行。"

"不是本地条子的风格，找机会从老山路溜出去。"大明白一边烤着火，一边看向一旁洗脸的女人，面色阴沉道，"扫把星。"

"宁可被警察抓了……老山路真不干净……"二驴子面露惊恐之色道，"黑山老妖！"

"呸，别触霉头。"大明白左右眼皮乱跳，意识逐渐变得昏沉，"你懂个屁，越危险越安全。"

"别动，举起手来！"

随着一声暴喝，七八只手电的光束将洞穴照得如白昼一般。柯伟目光冷峻，持枪站在众人前面，势如瓮中捉鳖。

大明白和二驴子瞬间清醒，肾上腺素飙升，自知死期已近，困兽犹斗，抄起开山刀，面目扭曲狰狞，如两只恶鬼，嘶吼着朝柯伟冲了过去，试图强行突围。

"砰——"一声枪响响彻山林！

柯伟果断鸣枪示警，二驴子为之一惊，开山刀从手中滑落，他双腿发软，举起双手示意放弃抵抗。大明白却拼死一搏，将手中的开山刀向柯伟的面门甩去，"唰"的白光一闪，刀锋利似疾风，柯伟侧身闪躲，刀锋贴着他的鼻尖划过，肩膀却被划破渗出血来，一阵刺疼让他脚下一滑失去了平衡，心中暗叫不好，瞬间惊出一身冷汗。大明白乘机捡起二驴子的开山刀，歇斯底里地再次挥刀向柯伟的要害袭来。

"砰"！又一声枪响，陈卫国依旧弹无虚发，大明白应声倒地，发出了杀猪般凄厉的惨叫，那女人尖叫一声瘫软下来。

众人齐上，将二驴子和女人扎上了背铐。许是自知罪孽深重，两人的嘴像焊死了一样，不肯开口说话，而他们的面部特征也因被野蜂蜇伤难以辨认。

柯伟等人快步上前检查，大明白左肩中弹，鲜血直流，离心脏只偏离一寸。

"卫生员，紧急抢救！"

经过一番紧急救治，柯伟幸好并无大碍，只是皮外伤，而大明白的伤情不容乐观，他面色苍白，平躺在地上，鲜血从纱布里慢慢渗出。如果不及时送医救治，大明白一定会因失血过多死在洞穴内，侦查员们望着洞穴外茫茫的雨夜犯起了难。

"雨路湿滑，夜间走山路很危险。"武警指挥员提醒道，"等天亮再出发？"

"到天亮还有五个小时。"柯伟看了下手表道，"明天雨更大，万一暴雨引发山洪，冲毁了路更危险。"

"别犹豫了，赶紧走吧。"陈卫国果断道，"毕竟是条命。"

"不能轻易放过他，要接受人民的审判。"高松坚决道。

看着柯伟坚毅的目光，邱建华欲言又止。

简单商议后，大家统一思想，分工配合，连夜下山回辽奚市。山路蜿蜒，柯伟和兄弟们开一部车在前面缓缓开道，武警的两部车押着三名犯罪嫌疑人紧随其后。车队的灯光像是一条游龙，穿梭在茫茫雨夜之中，踏着颠簸的节奏前进。

路程行进一大半，车队眼看就要胜利在望，暴雨引发的山洪，冲毁了原本就狭窄的道路，将其变成了一片泥泞，山洪的恶劣程度比柯伟预计的更严峻，山石滚落的声音如同惊雷一般，滚落下来的石子激起了一片片泥浆，混合着山洪滚滚而来，犹如狂怒的野兽，不断向山下奔去。

山洪冲毁的道路是当地主要的交通路线，指挥部前来接应的车队也被山洪堵在了半路上，这让车队变得孤立无援，无法与外界沟通。而此时，大明白已经奄奄一息，嘴中咕咕往外冒血，眼神变得越来越呆滞，呼吸也越来越轻。

柯伟等人下车和武警指挥员紧急商议，如果车队停在路边等待救援，很有可能被山洪冲下山崖，造成不可挽回的事故。目前只有绕开山洪，走另外一条废弃多年的老山路，才能绕出山区与接应的队伍会合。只是这条老山路荆棘密布，坑坑洼洼，据传说经常有怪事发生，是很多当地司机极为避讳的一条鬼路。武警指挥员曾经走过那条老山路，他自告奋勇开头车，让柯伟等人跟在后面，车队立刻调换方向，向老山路驶去。

老山路果然阴森恐怖，让人不寒而栗，怪鸟在一旁啸叫着，似乎在警告着什么。颠簸的路面，让一夜未合眼的侦查员们有些晕车，路旁奇怪的味道，更是让人昏昏沉沉。

"轰隆！"

突如其来的一声巨响，仿佛整个天地都被震撼。

爆炸中的火焰射向四面八方，像一只巨大的凶兽张开血盆大口，把一切撕咬得支离破碎。整个地面都颤抖着，黑色的浓烟随着风向不断地散发出去，遮挡住了人们的视线，所及之处都难逃厄运。

　　爆炸中心点就是柯伟等人所在的那辆白色面包车，车被炸得粉碎，全车人生死不明。

第五章

嫌疑人真实身份曝光

1

三天后，柯伟缓缓睁开了眼睛，发现自己躺在病床上，金建民神情凝重地看着他。他试图挣扎着坐起来，却浑身无力。他努力回想之前发生的事情，只记得震耳欲聋的一声巨响，一股巨大的冲击力把他抛向空中，然后就眩晕过去。直到现在，思维仍然有些混乱。

一个冷冰冰的声音道："幸好逃过一劫。"

柯伟这才注意到，金建民身边还站着一人，正是政治处主任张萍。

柯伟看着张萍的眼神，心中一悸。

金建民告诉他，他们的车无意中引爆了当年日本人埋下的地雷，邱建华和高松已经光荣牺牲，陈卫国受了轻伤。这个消息如同晴天霹雳，柯伟的心跌落谷底，无措和绝望让一切都失去了意义。

然而，大明白却活了下来。经过突击审讯，大明白和二驴子虽然和杀人分尸案的凶手外形很像，但并非该案的凶手。大明白原名王诞，是辽奚本地人，二驴子原名李浩石，祖上是日本移民留在东北的遗孤。两人长期失业，无经济来源，于是狼狈为奸勾搭在一起，是辽东警方通缉的惯犯，流窜于东北、内蒙古一带。他们昼伏夜出，专挑偏僻路段下手，尾随潜伏，持刀威胁，对多名独自夜行的女性劫色又劫财，得手后便杀人灭口，赶早上第一班长途车离开此地，在司法力量薄弱的山区隐蔽一段时间后，再流窜到一些大城市伺机作案。他们的反侦查能力极强，因而警方一直处于被动状态，没能将他们及时抓捕。那个年轻女性名叫诸小典，是王诞的情妇，两人是在酒吧认识的，在王诞的威逼利诱下，加入了两人的犯罪团伙。

由于当时刑事技术的限制和跨地办案的复杂，柯伟等人难以迅速确定罪犯的真实身份，这就像是一副沉重的枷锁，严重束缚了他们的手脚。他们只能依靠有限的线索和目击者的描述，凭借着顽强的作战意志，艰难地开展侦查工作。

可失误的代价是惨痛的。

"金支，回避一下。"张萍面无表情道，"请配合我们工作。"

"他这个状况，迷迷糊糊的。"金建民争道。

"这是政治纪律，石总在等报告。"

张萍话音未落，两名政治处监察室的同志，礼貌地向金建民摆出了请的姿势。金建民无奈地转身离开了病房，出门时担忧地望了一眼柯伟。张萍不动声色地掏出了小黑本，柯伟心跳加速，这不是什么好兆头。

"这两个多月都做了什么？"

"为什么急着下山？"

"是谁决定要走老山路的？"

……

一个个问题看似语气平和，在柯伟听来却仿佛带着无尽的嘲讽、质疑和讥笑，如一把把钢刀刺向他的心房。他觉得在张萍这个将制度放在首位的人看来，自己这个乡下官迷，一定是为了当副支队长、为了分到房子、为了一切的现实利益才冒进的，完全不值得同情。

柯伟已经没有力气再愤怒了，更无须辩解。他和兄弟们奋不顾身在一线拼命，却有人在背后捅刀子，甚至当着他的面在伤口上撒盐。他深深地吸了一口气，试图保持镇静，但抽刀断水水更流，他满脑子想的都是——为什么自己没有死？

一年后。

柯伟从东海康复医院出院，金建民开车接他回家。经过一年的调养，柯伟的身体基本康复，情绪平稳许多，只是脸上多了几条疤痕，右手三个手指功能减弱，左腿留下了残疾，虽然不瘸，但走不快。

"去洗个澡吧，捏一捏。"金建民把着方向盘道，"去去晦气，一个新的开始。"

"要不去看看家属吧？"

"家属们情绪刚刚稳定好，现在去只会又刺激他们。"

柯伟无奈地撇了撇嘴，不再言语。

"刁淑婷真够义气，知道情况后不久，带着一批老板，给咱们英烈基金会捐了一大笔钱，走的时候连捐款证书都没拿。"

"差点儿忘了。"

金建民说着从后座拿起一包东西放到了柯伟的腿上，柯伟打开一看，竟是高松给他们买的那些玉石把件，不禁心头一酸。

"好不容易要回来的。"金建民摇头道，"张萍就把这当游山玩水的把柄报给了市局。"

柯伟低头沉默不语，什么功名利禄、报不报市局对他来说已经毫无意义。他逐一摩挲着包中的"马上封侯""戏水鸳鸯""平安无事"牌以及"长命富贵"锁，心里五味杂陈。

"总队党委为了照顾你，就近安排你去老城区西门派出所。"

柯伟抬头，一脸不可思议地望着金建民。金建民也知道这对一个使命在身、心高气傲的刑警来说意味着什么。

"努力争取了。"金建民无奈道，"不过胳膊扭不过大腿。"

意外发生的一周后，张萍第一时间给石总提供了一份情况报告。邱建华和高松被认定为烈士，但毕竟出了这么大的责任事故，总要有人为此负责，柯伟自然难辞其咎。张萍的报告也着重指出，柯伟由于指挥失误，负事故主要责任，但看在他本人也身负重伤的分上，只给予剥夺探长职务并调离原岗位的处分。而金建民作为他们的主要领导，负次要责任，从支队长降为副支队长。

唯一受到表扬的是陈卫国，并且因为抓捕到大明白和二驴子两个罪犯，受到立功奖励，接替了柯伟探长的职位，重建了探组。

"回家？"

"前天，离婚了，不住那儿了。"

"啊？！"金建民意外道，"要调整吗？"

"不用。"柯伟怅然若失道，"我想吃鱼头佛跳墙。"

到了西门派出所，成了一名普通的民警，柯伟失去了配枪，但那副银光闪闪的手铐却一直跟着他，他心中一直有一个执念，他要用这副手铐，将分尸案的犯罪嫌疑人绳之以法。

他瞒着单位将公休、调休、节假日全部攒起来，甚至不惜假装生病请病假，每年都会打着旅游的旗号私自追踪"3·15系列杀人分尸案"犯罪嫌疑人的线索，在柳霞的资金支持以及老田和姚支的协助下，他的足迹遍布整个东北和东蒙地区，走访过大大小小的厂矿企业，在山林里迷路、断水断粮，在草原上被野狼围困，在城市灰色地带被人偷袭……有好几次差点儿送命，有一次竟不慎误入传销组织被扣了起来，要不是老田和姚支及时搭救，恐怕早已经被人割了腰子。

西门派出所的历任所长根本劝不住他，又害怕出事影响到自己的前途，都把他看作刺头，他的外号变成了"柯疯子""柯大傻""癫佬柯"，可他要么冷漠不理，要么淡淡回一句"我是办命案的，和你们不一样"。

直到2015年冬天，老妖迷上了看直播。直播间里有一个东北的女毒友，和老妖前女友小丽长得颇为相似。根据该女毒友提供的线索，柯伟和老妖踩着半米厚的积雪，在辽东省鸡东市矿业集团机电总厂，通过人像比对查到了"3·15系列杀人分尸案"凶手的信息，两个恶贯满盈的罪犯终于现出了原形，真名王猛和冯青支。

他们的父母都是该厂的职工，都早早下岗了。王猛的父母在厂区门口经营一家包子铺，冯青支的父母靠收废品为生。只可惜他们两家的直系亲属多年前就集体失踪了，再也没有和这边的亲朋好友联系过，十来口人好像人间蒸发一般。不过，柯伟惊奇地发现这里人的口音和普通话非常接近，当年刁淑婷描述犯罪嫌疑人时，两人操的普通话应该是家乡话，酒后说辽东话一定是两人故意在误导侦查。

柯伟不甘心，紧盯这条线索不放，在鸡东刑侦支队的配合下，他发现了主犯王猛难以启齿的秘密。同时，他们利用钻戒勾引、杀害夜总会小姐的作案手段和细节也逐渐清晰。

王猛从小在铁西区长大，在大浴池里被老流氓长期猥亵，这成了他一生的阴影。而且随着年龄的增长，他的生殖器似乎停止了发育，与他强壮的身体形成了巨大反差。王猛因此没少被嘲弄，身边人甚至戏称他为"铁西小针"。他变得苦恼而自卑，甚至不敢去大众澡堂洗澡。中专毕业以后，王猛去南方打工，工作又苦又累，根本赚不到钱，而他心仪的女工友，根本看不上他这个穷小子，选择凭着姿色去夜总会发了财，这让他心生愤恨。

一次，王猛趁四下无人，对这位暗恋已久的女老乡实施强奸。由于慌张，事没办成，反而被老乡看到了私处。老乡耻笑他原来就是老家传说中的"铁西小针"，就连自己坐台碰到的老头都比他强。王猛一怒之下将她暴打一顿，顺手抢走了她包里的钱，恐吓她如果敢报警就会杀她全家。那老乡自知钱不干净，也迫于王猛的恐吓，选择了忍气吞声。

自此，王猛找到了发财的密码。随着时间的流转，生理上的缺陷让他的内心充满了对女人的仇恨，他杀人不再仅仅为了钱财，而是为了泄愤，为了报复那些他认为伤害了自己的女人。在这种扭曲心理的驱使下，每一次杀戮和碎尸都让他感到无比爽快，但随之而来的是更深的空虚和绝望。然而，泄愤式的碎尸在客观上却完美掩盖了他的罪行。

而冯青支的加入则是出于生活的窘迫。他是王猛小时候的玩伴，自从冯青支考上大专后，两人其实并无来往。大专毕业后，冯青支屡次创业败光了家底，甚至债台高筑，被债主逼得几欲轻生，走投无路之下偶遇王猛，见王猛不仅衣着光鲜，而且出手阔绰，在赌场里更是挥金如土，这让冯青支羡慕不已。王猛帮他还了债，还带他去高档场所潇洒，在莺歌燕舞中，冯青支有些飘飘然，以为自己转运碰到了人生的大贵人，本想着跟他一起去南方发财，没料到却是这般杀人的营生，可一旦上了贼船，就已是骑虎难下。

线索查到这里就断了，在柯伟的不懈努力下，东海警方向公安部申请，向全国发出了对王猛和冯青支的 A 级通缉令。

1995 年以后，这两个恶魔似乎再也没来过东海市，东海警方再也没有发现过如此手法的碎尸案件。而白小莲和张文晴两位东海本地女孩的失踪，也引起了警方的高度关注。经过金建民的调查，她们成了最后一对与"3·15 系列杀人分尸案"相关联的失踪人口，这种关联一是两人都与和分尸案凶手长相类似的人有过来往，二是两人互为好友，只是生不见人，死不见尸，令警方无从下手。

亲人的突然失踪，对每一个家庭都是沉重不堪的打击。白斌只要身体允许，隔三岔五都要换乘两趟公交车去刑侦总队询问情况，直到临终前还一直念叨着白小莲的名字。柯伟走访过多个与碎尸案有关的失踪人口家庭，让他最自责的还是白家。据说白小莲失踪前，将他警帽上的警徽随身携带着，可他当初既没有在这里将犯罪嫌疑人缉拿归案，也没能真正保护好白小莲。在白斌寒酸的葬礼上，柯伟替白小莲送上了花圈，他因为愧疚而没有走进告别厅，只是远远地看着白斌的遗像，深深地鞠了三个躬。

随着时间的流逝，长期失踪的人口，民事上被法院认定为死亡。她们就这样隐入了尘烟，似乎从没有来过这个世上。而近两年，退休的老田和姚支一个中风、一个病危，柯伟的身体也严重透支，高血压、冠心病、关节炎等各种慢性病找上门来，他再也经不起折腾了。

但柯伟并未就此死心，他还有自己的撒手锏！

这年清明，柯伟再次来到西郊区的福寿园。

雨丝缓缓地落下来，不大不小，夹杂着些微的凉意。

柯伟凝视着战友邱建华和高松墓碑前的白色花圈，心中涌起满满的悲痛。他静静地坐在那里，拿出了一瓶老酒，仔细地端详着墓碑上战友们的照片，仿佛此刻他们就在身边。

柯伟是老了，头发灰白、眼袋浮肿、身材走形，衣服也有些失修和邋遢，时间的流转让他脸上布满了皱纹，消不掉的疤痕让他看起来格外沧桑，他的眼神黯淡无光，带着忧伤和迷惘。岁月真是不饶人，现在他上几步楼梯都要喘粗气，喝多了酒第二天都醒不了，还经常断片儿，脾气也一点点地发生改变，很多事变得不重要了，他不再是柯大侠，不再热血澎湃，似乎活明白了。

但战友们依旧是意气风发的样子，两双神采奕奕的眼睛透过沧桑岁月注视着他。

"兄弟们，我尽力了。"柯伟将老酒倒在墓碑前，看着碑上的照片，声音低沉道，"你们还是那么年轻。"

不远处，柳霞一袭黑衣打着黑伞，与一名高大英俊的青年站在一起。

这些年，她从涉世未深的小姑娘变成了中年妇女，腰间的赘肉仿佛游泳圈，眼神中带着不甘和抱怨。青年正是张自立，嘴里叼着一根烟，透着叛逆和不羁，如今他早已走出了儿童福利院，是一名即将毕业的警校生。

他也正是柯伟的撒手锏和期盼。

只等他警校毕业，练就一身本事，磨砺好急躁的脾气，柯伟就会择机将他的身世和自己的重托和盘托出。因为，知子莫若父，以张自立现在的表现，告诉他这些无疑是引爆一颗核弹。

祭奠完了战友，张自立扶着柯伟上了一辆破旧的黑色普桑，柳霞坐在后排，车子一路向市区开去。三人好似一家人，但又有一种无形的障碍将三人隔开。

劫后余生的柯伟只有柳霞陪伴，更让他感动的是柳霞一直默默地支持他，他渐渐地对柳霞产生了依恋。柳霞是典型的东海女人，她不会一哭二闹三上吊，这种毫无技术含量的手段，她是不屑于用的，这只会让男人"发烧上火"针锋相对。她深谙有技术含量的抱怨，互不受伤又解决问题，让对方在不知不觉中认识到自己的错误，只是这绵里藏针的愧疚感，时常让柯伟抬不起头。

"爸，别去乍浦路了。"张自立一边哼着嘻哈音乐，一边嚼着口香糖道，"夏艳红也来。"

夏艳红是张自立的女朋友，号称东海警校的第一大美女，肤白貌美、端庄秀丽，追求者无数，其中不乏一些高干子弟和家境优渥之人，其中以区队长陈泽渊表现最为积极，有事没事就来大献殷勤，可她偏偏对痞帅的张自立情有独钟。也许正应了那句话，男人不坏女人不爱，或者是张自立率真的性格深深吸引了她。但真正打动她的是在第一次射击课上，陈泽渊作为安全员站在所有实弹打靶的同学身后，为了给夏艳红献殷勤，他特意拿着一把54式手枪，给夏艳红单独讲解，谁料此时，一名在前方打靶的女同学手枪卡壳，突然转身枪口指向陈泽渊和夏艳红，"报告，子弹卡住啦！"那女同学的食指还无意识地搭在扳机上，若此时惊扰了她，后果不堪设想。一时间，所有人都惊出一身冷汗，陈泽渊更是吓得呆住，立在当场，差点儿就尿出来了。

危急时刻，在后排的张自立迎着枪口而上，一把抓住了手枪的套筒，这样扳机就无法扣动。他这一招是跟柯伟学的，关键是动作一定要稳准快，否则必然会直接中枪。当张自立用身体挡住夏艳红和陈泽渊时，夏艳红就深深地被他吸引了，因为警校是最崇敬英雄的地方。然而，在同学和校花面前丢了面子的陈泽渊从此和张自立结下了解不开的梁子。

"开车别玩手机。"柯伟吞下一把药片，严厉道，"乍浦路怎么你啦？"

"现在谁还去那里吃饭啊？老土。"张自立喃喃自语道。

"瞎七搭八。"柳霞和风细雨地敲打道。

现在的乍浦路，已经褪去了"东海第一小吃街"的光环，随着都市发展的拆建，诸多知名店铺也陆续搬离，那里日渐冷清。现在的人们更习惯到综合性大商场里消费，那里停车方便，宽敞明亮，可以看电影、购物，拥有多元化的休闲娱乐配套设施。而乍浦路街面狭窄，杂乱无章，道路两旁全是非机动车道，根本无法停车。关键是地道的东海风味已经渐渐淡出人们的视野，就连香满楼也已经停业多年，这里早已被豫南好再来面馆、徽州菜饭骨头汤等一些外来的快餐小店所占据，一派凋敝的景象。

"别忘本啊。"柯伟摇头道，"鱼头佛跳墙，你可没少吃。"

"一码是一码，同学们都笑话我是乍浦路小霸王。"张自立不耐烦道，"还不如到兰兰的烤肉店。"

"又想白吃白喝？"

一提到兰兰，柯伟脸上不显山露水，但心里却乐开了花。

兰兰就是柯伟的亲生女儿柯兰，这些年一直很少联络，主要是卜玉颖从中作梗，父女之间基本没有什么感情，有的只是深深的误解。然而，亲情总会让血缘相连之人以一种奇妙的方式相遇，三年前，柯伟在辖区的商业综合体巡逻时，居然看到了女儿柯兰开的烤肉店。

柯伟终于有机会和女儿单独相处了。也许是女儿长大了，也许是血缘亲情，一来二往之间，原本紧张的父女关系有所缓解。柯兰请柯伟品尝了明星代言的时尚烤肉，柯伟也帮她做起了义务保安。在柯伟看来，自己人到中年虽然一败涂地，但是儿女双全，也是一种特有的幸福。

"先赊着还不成吗？"

"兰兰刚开始创业。"柳霞打圆场道，"还是去乍浦路吧，吴茂兴或者金米萝。"

"金米萝凑合吧，是网红餐厅，艳红肯定喜欢。"

"那就金米萝了，其实这地方也不便宜。"柳霞意味深长地看了一眼柯伟道，"钱是个好东西，可惜……算啦，我安排吧。"

儿子的女朋友第一次上门，不能搞得太寒酸，而柯伟这些年根本没存下钱，再加上最近打牌手气不好，面对柳霞的抱怨，只好装聋作哑。

"给你几个叔叔打电话。"

"啊？！"

张自立心里一惊，差点儿碰上前面的车。老爷子不出钱，还净出馊主意，真是熊猫点外卖——笋（损）到家了。

华灯初上，金米萝饭店。

在悠扬的音乐声中，顾客们围绕着餐桌欢声交谈，享受着创新又不失传统的佳肴。

人们喜欢来这里，这里不仅有亲民的价格和优质的服务，更重要的是还有对过去时光的追怀，在体味了人生的酸甜苦辣，经历了世事的浮浮沉沉之后，人们最难以割舍的依旧是那份浓浓的情义。

饭店大厅的一角，柯伟的老伙计们也悉数到场，都是当年在乍浦路上叱咤风云的人物：老妖、滚地龙、小叮当。可是，他们也都老了，没有了当年的锐气。

老妖一头稀疏的白发，嘴里的牙掉了个精光，瞪着圆圆的眼珠，活像《指环王》里的咕噜。滚地龙戴着腰托，背始终挺不直，像一只大虾米，脸上的白癜风斑连成了一片，彻底变成了"白种人"，让原本狰狞的脸更显恐怖。小叮当毕竟以前底子好，长相也相对稳重了许多，只是手臂、胸口上隐约可见长长的刀疤，暗示着难以启齿的故事和事故。

自从柯伟到了西门派出所，做了一名普普通通的片警后，阶层的滑落，使得许多人见到他都像躲瘟疫一般。他曾经最引以为傲的特情工作自然与他无缘，他的三个身份也全部被注销了。而这些他曾经一手培养的特情，没有那么势利，还都不离不弃，依旧拿他当好大哥，不惜成本出钱出力，帮他破案。

人关键活个心态，正如柳霞天天劝他的名言"再老句个人，也有老鬼失撇辰光（再厉害的人也有马失前蹄的时候）"，活在剃刀边缘的柯伟终于开窍了，他据此悟出了一条屡试不爽的咒语：上天给你什么，你就享受什么；上天拿走什么，你就接受什么；上天懒得理你，你也别去理他；如果注定要被上天戏弄一下，与其拼命反抗，不如配合他哈哈大笑。

这一桌唯一的亮色，恐怕就是张自立和夏艳红这两个年轻人。夏艳红哪见过这种阵势，真是河里没鱼市场见，和这些江湖大咖坐在一起，她显得有些"不自量力"。尽管张自立在来之前，已经给她打过了充分的预防针，但这些叔叔的奇葩程度还是出乎了她的意料。在这些怪胎面前，夏艳红有些僵硬，生怕一个不留神，便会惹他们笑话。

"今天阳光明媚，大侄子和媳妇，"滚地龙大言不惭道，"来，走一杯。"

"吓人倒怪。"老妖揶揄道，"小心大哥揍你。"

"嘿，自己一脑袋红毛，笑别人是妖怪。"

"好了，无要勿二勿三（不要开玩笑）。"柳霞向夏艳红举杯道，"不要介意啊。"

大家相视一笑，举杯一饮而尽。唯有夏艳红笑得格外尴尬，她小心翼翼地喝了一口饮料。

"快毕业了吧？"老妖夹起一块牛肉，殷勤地放到了张自立碗里。

"快了，妖叔，还有一个多月。"

"分配到哪里了？"滚地龙自顾自喝下一杯道，"都管啥？"

"还不知道呢。"张自立白了滚地龙一眼，急忙给夏艳红夹了一块肥美的红膏蟹道，"尝尝这个，金米萝的名菜。"

"谢谢。"夏艳红小声道，"初次见面，我敬各位叔叔阿姨。"

"好好好。"滚地龙人高手长，一下子把酒杯怼到了夏艳红面前，吓了她一跳，手中的杯子差点儿掉落在地。柯伟"啪"的一巴掌，扇到了滚地龙胳膊上。滚地龙傻笑着挠了挠头道："冲动了。"

夏艳红是大家闺秀，很有礼貌地起身走到柯伟面前，从他开始逐一给各位长辈敬酒，几个妖怪叔叔表现还算正常。张自立一直悬着的心，终于慢慢放了下来。

说到分配，张自立只能顺其自然，比不了警校其他有关系、有背景的同学，他大概率是去分局的派出所或看守所，运气好一点儿会留在市区，没有关系，基本上会在基层干一辈子，因为越是艰苦的地方越是缺人，柯伟已经没有能力再帮他了。夏艳红却截然不同，她不仅是警校的学生会文体委员，唱歌跳舞、当主持人样样精通，而且综合成绩在这一届警校生里排名前三，早就被市局政治部看中，已经找她单独谈过话，前途一片大好。

但张自立心中早已告诫过自己，他将要担负的使命，注定不会让自己成为一个碌碌无为的人。

"快点儿喝完，打上几圈。"柯伟迫不及待道，"小叮当一起。"

"你们打，我有事。"

"别扫兴。"滚地龙不屑一顾道，"硬货砸手里啦？"

自从被捉奸在床打成了重伤，小叮当不做车童已很多年了，他靠着虹镇老街"祖传的手艺"，做起了江湖上的硬货居间人，买卖的都是一些擦边的硬货，一般人很难涉足，但他们有原则，毒品坚决不碰。

"改天吧。"老妖一副神秘兮兮的样子。

"又冒泡，"柯伟拉下脸道，"打牌会死啊？！"

老妖一副生无可恋的样子，嘴巴张得奇大，长长地打了一个哈欠。

打牌，现在居然成了柯伟闲暇时的爱好，甚至可以说是瘾。

香满楼的招牌不见了踪迹，取而代之的是阿霞棋牌室。

自从柳霞的父亲去世后，香满楼的生意就随着乍浦路一起越来越萧条。贫贱夫妻百事哀，柳霞和她吃软饭的老公离婚了。不久，命运的齿轮开始转动，父亲留给她的祖宅动迁了，精明的柳霞瞅准了 2004 年房地产大爆发的契机，那时候买房还可以零首付，她左买右卖倒腾了二十几处房产，十几年间从郊区到市区，硬是撺掇出了三套市中心的学区房，从此成了名副其实的包租婆，身价也随着房价一路飙升。而父亲的徒弟楼头大师傅，带着技术在城南另起炉灶，将鱼头佛跳墙的手艺发扬光大，赚得盆满钵满，他也曾别有用心地建议柳霞跟他一起共建美好的未来，可倔强的柳霞舍不得离开乍浦路，更舍不得乍浦路上的人，这棋牌室一开就是十几年。

一间间包房里烟雾缭绕。

人生苦短，也许一天吃吃喝喝、打打麻将，也是一种生活的态度。唯一不变的是柯伟打麻将的地方，还是经理办公室。他从搞不清拿牌顺序到路路门儿清，牌瘾大到几乎天天打到半夜，尤其是喝高兴了，一定要打到天亮。

柯伟以前非常反感打牌，奈何英雄迟暮，戒不掉的牌瘾全拜柳霞所赐。柯伟下放到派出所不久，柳霞的前夫一直来棋牌室骚扰，她这个前夫不但好吃懒做，从不给儿子一分钱抚养费，而且是个无赖，非说柳霞的房产有他一半，经常为了要钱把柳霞打得鼻青脸肿。柯伟义不容辞地当起了护花使者，几次交手之后，前夫见了柯伟如同老鼠见了猫，只要有他在，棋牌室几乎没有人敢闹事，就连派出所也不太会来找麻烦。柳霞借机扩大经营，在棋牌室里偷偷摸摸卖起了香烟。渐渐地，柯伟也习惯了待在这里，他默默地守护着柳霞。柳霞也知恩图报，经常接济柯伟，还教会了他打牌的技巧。

柯伟、柳霞、滚地龙和老妖坐在一张油腻的麻将桌前，烟雾弥漫在周围，牌桌上堆积着油光锃亮的麻将牌和一堆堆筹码。柯伟收起了"平安无事"牌，将"长命富贵"锁摆在了牌桌上，据说可以锁定他要和的牌，非常灵验。

五六个小时一晃便过去了，即使身体的疲倦逐渐占据满是烟灰的房间，这个深夜的麻将局依旧会进行到底。坐在东方位的柯伟开始摇骰子，之所以会坐西朝东，是因为今天的财位在东边。这把轮到他坐庄，上一把柳霞连续坐了三庄，而他手气差到了极点，一直在点炮。不过，他越挫越勇，酒也清醒了许多，势必要赢回来。骰子转动后停了下来。

"一个二，一个六，八在后，留两垛。"

四人轮流从老妖面前的牌山开始拿起手牌。柯伟这一局的起手配牌非常不错，是经典的四四五牌型，只要盯住上家，看紧下家，防着对家，眼观六路耳听八方，拿下这把，再连坐几庄不是问题。

"大哥，上次给你说的股票大龙药业买了没有？"老妖摸进了一张五条，打出一张六筒，"十一个交易日累计十个涨停板！"

"嘴里没个准，上次说的那个，套着还没出来。"

"碰！"柳霞翻开了定缺的牌。

"饲养员吗？"柯伟嘟囔道，"还给她喂。"

"一万。"

"三条。"

"南风。"

"老妖，满嘴放炮，去年就说 ST 秀球借壳上市。"滚地龙不满道，"害得我把棺材本都押上了，到现在还没涨。"

"别急，ST 秀球不差。"老妖神秘道，"下半年，绝对翻倍。"

"吹牛。"

"吹牛让雷劈死。"老妖信誓旦旦，指着灯泡发誓道，"等我消息，牛市快来了。"

这些年，老妖包打听的功夫都用在了股市上，据说赚得盆满钵满，可谁也不知道他到底赚了多少钱。

"股票这点儿钱算啥？"滚地龙煞有介事地瞟了一眼柯伟道，

"有人抱着金饭碗讨饭。"

"打牌都堵不住你的嘴。"柯伟嗔怒道。

滚地龙自知说错了话，翻了个白眼继续打牌。对柯伟来说，那些快速致富的宝典都写在刑法里，他比任何人都了解里面的门道。据说接替他做特情工作的老吴，经不住金钱的诱惑，和几个特情一起做起了非法的生意，三五年就赚了几千万，可没过多久便东窗事发，被判了十年有期徒刑。

这世界永远是人为财死，鸟为食亡。柯伟看得很明白，但刑警的职业操守不允许他有任何非分之想，因而，炒股成了和打牌一样的精神寄托。他对 K 线图了如指掌，什么阴包阳、阳包阴、三红兵、锤子线等，均线及各种技术指标看得清清楚楚，又是金叉又是死叉，买卖口诀滚瓜烂熟，成交量、换手率看得头头是道，不断地分析买入时机、卖出时机，甚至连分时图都不放过，分析买入点卖出点，每天上班不管多忙，九点半准时盯着盘面，时刻都不放过，自以为是技术型高手，殊不知，里面门道深得很。这么多年下来，赚的没有赔的多。

老妖看大盘走势很准，至于个股就难说了，毕竟牛市里也有赔钱的人。时代在进步，如今柯伟有了自己的绝招，刚刚加入了一个股票投资群。群里西装革履的证券分析师们将国际、国内形势分析得头头是道，更有花钱以后就可以得到的内部消息，他小试牛刀，已经略有盈余。

不多时，柯伟第一个听牌了，还是筒字清一色，看来能和把大的，翻身的机会来了。他心里暗喜，表面上却装作风轻云淡。然而，他的手气却不太好，一直摸不到要和的牌，反而几圈下来，柳霞也听了牌。

牌山里的牌已经不多了，滚地龙已经没有了斗志，这把只要不点炮就好，而老妖却眼珠滴溜乱转，他现在既要避免点炮，也要想办法让自己暗中听牌。

此时，牌局上只剩柯伟和柳霞两个人在明着对抗，摸牌进度越来越快，牌山的牌跟着迅速减少。两人都猜出了对方大概要和的牌，宁可拆散自己的牌，都死盯着不出，这像极了两个人漫长的爱情长跑。都一把年纪了，柳霞只盼着老来夫妻做个伴，可柯伟还有很多事情放不下，也许是那个让他永远抬不起头的案子，也许是已故兄弟们的家人，也许是柳霞没完没了的抱怨，也许是自己仅存的一点儿自尊。

这形成了一个恶性循环，柳霞越是无私付出，柯伟越是觉得亏欠，就越不敢往前迈出一步。

鬼精的老妖，借机一步步壮大自己，退一万步讲，就算放和，他也不会选择庄家柯伟，那样损失只会更大，因此他摸到任何一张筒子牌都不会打，一直拆着打柯伟不要的条子牌。这让柯伟很恼火，明明早早就停了牌，怎么就硬生生地和不了，难道"长命富贵"锁不灵了？

其实，仔细分析一下也很正常，柯伟手牌是筒子清一色，老妖手牌里也有许多筒子牌，再加上牌池里也有不少之前出过的筒子牌，明眼人都看得出，筒子牌在牌山里已经所剩无几了。

摸牌出牌，气氛越来越紧张。

"九条。"

"二条。"

"七条。"

老妖一直拆拆换换，牌山已经快见底了，他仍然没有停牌。又轮到他摸牌了，牌山里只剩下最后三垛牌了。

老妖屏息凝神，伸手一摸，闭上双眼，用手指尖感受着麻将牌的纹路。滚地龙早已失去了耐心，搞不明白他葫芦里卖的什么药，骂骂咧咧地催促。

"快出牌啊，脑子坏了？"

"急啥，打牌跟炒股一样，你得分析，凡是禁止的都是有好处不想分给你，凡是提倡的都是有坑需要你去填。"

老妖念念叨叨，一阵反复摩挲后，双眼一亮，就是它了！

"杠！"

老妖推倒三张幺鸡，再加上手里刚摸起来的幺鸡，硬生生开了一个暗杠。摸牌牌序瞬间发生了变化。柯伟气得干瞪眼，而老妖似乎来了感觉，他再次伸手摸牌。

"牛！"

老妖将这张喜牌插入了手牌中，终于成功听牌了。他一脸坏笑地看着柯伟和柳霞，好似看透了他们的一生，慢慢悠悠地打出了一张熟牌五条。

柯伟脸色越来越难看，心中升起了一股不好的预感。出牌没人要，一圈下来，老妖心里乐开了花，挽起袖子继续摸牌。果不其然，当触到牌面的那一刻，他的手颤抖了，这是五筒，他成功自摸了！而且，他知道柯伟苦苦等待的，应该就是这张牌！

他再也掩饰不住内心的兴奋，脸上露出了耀眼而诡异的笑容。这一刻，他仿佛回到了年轻的时候，耳边响起了陈小春唱的《战无不胜》。老妖豪气冲天，直接推倒手牌，仿佛推倒了当年扭送他去派出所的纠察队员，眼神变得灼热而迷离，大喊一声："自摸！"

话音未落，老妖整个人瘫软下来，"咣当"一声倒在地上，双眼发直，嘴角歪斜，流着口水。

"救护车！"

当救护人员赶到时，老妖瞳孔已经放大，大小便失禁，彻底没有了生命体征，但手里却一直紧紧地攥着那张五筒。急救人员说，老妖是因为兴奋过度，刺激了脑血管，加上有长期吸毒史，结果脑血管爆裂而亡。

老妖就这么走了，他没有被雷劈死，而是倒在了五筒下。在收拾遗物时，柯伟发现了他的遗嘱。老妖说他这一辈子为情所困，要不是能为柯伟做点儿事情，他的人生毫无意义。他在世上早已了无牵挂，唯一的精神寄托就是柯伟这帮兄弟，他用炒股赚的钱给大家在福寿园都预订了最好的位置，这样即便到了九泉之下，也不会寂寞。

人之中年乃多事之秋，确实是这么回事，这让老哥几个很是沮丧。尤其是柯伟，老妖的意外身亡，让他又想起了探组的弟兄们，当年要不是自己一意孤行，他们也不会死得那么悲惨。深深的负罪感让他的情绪崩溃，他陷入了无尽的自责当中，拿着最好的青春，却换来了最深刻的教训。想到这里，他甚至想到去死。

夜幕下的寂静中，柯伟独自坐在房间的角落，倚靠着一堆发黄的相册，衰老的眼神透露着内心深处无尽的忧伤，他真想就这样跟着老妖去了。他闭上眼睛，深呼吸了一口气，决定以最粗暴直接的方式来面对自己，他迅速将瓶中的安眠药丸倒入手中，咽下了口中的苦涩。瞬间，一股无比的疲倦涌上他的身体，他感到眼皮沉重地关闭，仿佛在进入永久的黑暗。

"救救我！"

在他即将陷入死亡之际，突然，一个个女人的声音在他耳边响起，那些声音忽远忽近，颤抖着，带着无限的哀求和痛苦。女人们的声音越来越响，几乎充斥了天地，如锯齿般不断撕裂着柯伟的耳膜。

不知过了多久，柯伟用尽最后一丝力量，艰难地从昏迷中挣扎着坐起来。他环顾四周，神色复杂，他不能就这样死去，不能留下一生未了的遗憾和内疚，他只有将最后一个任务完成，才能在死去之前找到一丝安宁。泪水滑过柯伟的脸颊，他对着镜子里的自己，重新审视着那个曾经无畏的灵魂。

2

多日后。

没给老妖举办追悼会，在柯伟的安排下，他和探组兄弟们安葬在了一起。柯伟又喝得酩酊大醉，吐得一塌糊涂。柳霞怕再生意外，不敢明着抱怨，只是如话痨一般在闺蜜们面前数落着柯伟的种种不是。闺蜜们纷纷劝她离开这个又穷又危险的家伙，柳霞嘴上痛快地答应着，可还是将柯伟带回了自己的住处。孤男寡女共处一室，一住就是一周。在柳霞悉心的照料下，柯伟的情绪逐渐稳定下来，也许是最近太累了，他长期失眠的毛病好了很多，只吃两片安眠药，就能睡得特别安稳。

直到这天清晨。

柯伟发现自己一个人在大雨滂沱的山林里，四下里一片漆黑，怪鸟在一旁啸叫着，让人不寒而栗，只能看到远处的老山路上闪烁着微弱的车灯。他拼命地向那灯光跑去，呼喊着战友们的名字："老邱、小高……"他深一脚浅一脚，刚刚跑近，看到战友们亲切的笑容。

"轰隆！"

突如其来的一声巨响，整个天地都被震撼。

爆炸中的火焰射向四面八方，像一只巨大的凶兽张开血盆大口，把一切撕咬得支离破碎。黑色的浓烟随着风向不断地散发出去，遮挡住了他的视线，所及之处都难逃厄运。

柯伟又被同一个噩梦惊醒，他大口喘着粗气，胸膛剧烈起伏着，伸手抹去了额头上一层细细的汗珠。只是这次唯一的不同是，他在浓烟中看见了老妖，老妖对他诡异地笑着，嘴里反复念叨着"来了，快来了"。

老妖到底想说什么？柯伟迷迷糊糊地打开手机股票软件，看到自己曾经割肉抛掉的股票纷纷涨了起来，难道牛市真的快来了？老妖预判大盘走势很准，他犹豫着是否要大干一场，毕竟追凶到现在落下了不少饥荒，自己老了，而孩子们又初入社会，到处都是要花钱的地方。忽然他感觉胳膊越来越麻，但他不敢翻身，自己已然被挤到了床的边缘，几乎要掉下去。这张拼接起来的大床，旁边一大片空地方，柳霞穿着单薄的睡衣，紧紧地贴着他，他闻到了女性身上特有的体香，面对眼前的美色，他却有些无能为力。他努力回想着昨天晚上发生的事情，越想越迷糊，昏昏沉沉的，床头柜上的蓝色小药丸，似乎让他记起了什么，他赶紧将剩下的收了起来，努力地掩饰着昨晚一分钟的尴尬。

柳霞感觉到动静，迷迷糊糊地睁开眼，觉得灵魂背叛了理智。她心中积攒了一堆抱怨的话语，本想跟柯伟保持一定的距离，但灵魂却很诚实，睡着了都想靠近他。

"这么早。"

"上班。"柯伟含混道，"小管所盯着……"

柳霞睡在了柯伟的枕头上，突然感到下面有个硬硬的东西硌脑袋，摸出来一看，居然是一副亮闪闪的手铐，积攒在心中的怨气顿时爆发出来。

"阿无乱（胡闹），睡觉也带在身边，能赚钞票吗？"

"别碰！"柯伟瞬间翻脸，一把抢过手铐。手铐是唯一一直跟着他的东西，就像他的战友一样，他天天带在身上，没事就拿出来操练操练。

柳霞吓了一跳，憋了半天，委屈道："吃枪药了？下午没什么事，到棋牌室。"

柯伟收起了戾气，无精打采地答应着。其实，他除了棋牌室，也没有什么地方好去，那里已然成了他心灵的归宿。想来，生活就像一条河，再硬的石头沉入河底，长年累月地被河水冲刷，也就没有了棱角，变成了一块光滑的鹅卵石。

可是，总有些东西是磨不去的吧？

比如职责，比如坚守，比如情义和正义。

时光如梭，逝者如斯。晃眼之间，东海发生了翻天覆地的变化，旧貌换新颜，摩天大厦如雨后春笋般冒起。这座城市像一个巨大的磁场，不断吸引着人们的目光、激发着人们的欲望。曾经熟悉的老街巷逐渐消失，取而代之的是豪华购物中心、五星级酒店和单价超过三十万的豪华公寓。

而对柯伟来说，变化最大的，莫过于自己了，无论是情感、思想，还是现实和身体，但是，有一件事永远没有变、没有忘却和冲淡，那就是，对两个杀人恶魔的追踪。

而现在，两个恶魔，终于再次出现了。

瑞港小区分尸案现场。

闪烁的警灯将夜幕下的街道映得一片阴冷，警用隔离带仿佛是阴阳之间的一条界河。

尽管现场已经被清洗干净，但洗涤剂混合血液的味道依旧让人恶心胆寒。刑警们小心翼翼地绕开已经标识的微弱痕迹，仔细搜寻着现场的每一寸。场面阴沉而恐怖，仅有零落的话语声和不时传来的快门声，让气氛显得更加肃杀。

陈卫国盯着挖开的下水道，蛆虫在碎肉里翻滚，他面容消瘦，表情冷漠。

曾经的爆炸案，让柯伟探组烟消云散，只有陈卫国受了轻伤，而且立功受奖，接了探长之位，三年后，又立功被提拔为副支队长，然后一路青云直上，两年前晋升市局副局长，分管刑侦。这么多年的领导经历，让这位当年的小警察有了官员的气势，不怒自威。

金建民和陈强站在他身后，阴沉着脸，不敢轻易发言。

警戒线外，柯伟远远地看着——他还是跟来了。一只手扶在腰间的手铐上，只要王猛和冯青支一露脸，他会如天降神兵，使出一招移花接木，将两人死死地铐在一起。

死者是两名年轻的女性，初步判断生前受过长时间的虐待，肉身煮熟后已经被绞肉机搅得粉碎，因为头颅和能够证明身份的物证不知所终，不能确定死者具体的身份。虽然时隔二十多年，刑事科学技术已突飞猛进，特别是DNA技术得到了广泛的普及，可两名死者没有前科，因而没有留下可供比对的DNA，死者的身份暂时成谜。同时，犯罪嫌疑人依旧没有给刑警们留下任何有用的线索，甚至比以往更加小心翼翼。

因为分尸手法雷同，经过现场短暂讨论，陈卫国同意了金建民将该案与"3·15系列杀人分尸案"串并的提议。

警戒线外的柯伟松了口气的同时，再次背负上那种如山的沉重压力。

金建民指导刑警们马上开始命案侦查，柯伟没有资格参与案情分析会，也无从得知市局刑警的方向和动作，他只有按照自己的思路，独自行动。

柯伟找出了当年的侦查日志，发动所有的关系，拉着滚地龙和小叮当，在东海可疑的地点搜了一天，累得腰都直不起来，依然没有发现王猛和冯青支的踪迹。最后，柯伟也有些沮丧了，或许，并不是那两个恶魔吧，只是作案手段雷同罢了，就像当初的大明白他们，只是一种巧合。

他让滚地龙、小叮当回去休息，独自一人来到好再来拉面馆，一杯接一杯喝着闷酒，辛辣灼心的滋味弥漫在嘴唇之间，直到忘记所有烦恼。他感到气血似乎在沸腾，却很快又冷却下来。他依旧忘不了一些事情，只好无奈地吐出一口烟圈，望着眼前雨中的街景发呆。

雨确实不大，滴滴答答，不像是在下雨，倒像是在下雾，眼前的世界被封锁在密如蛛网的雨丝中。往远处看去，街道、楼房、行人，都只剩下模糊的轮廓。

柯伟看着酒杯中微微泛起的酒气，不堪回首的往事像一张网死死缠住了自己，他静静沉沦在孤独中，茫然成了一个陌生人。

一个女人擎着一把黑色的大伞，一袭白色长裙，漫步在雨中，她似乎在寻找着什么，走走停停，远眺着雨中的街景，沉浸在深思之中，雨丝打在她的裙摆上，让她的裙子湿了大半，但似乎并没有影响到她的专注。她身上散发出一种迷人的气息，让路上疾行的行人也不由自主地为之倾倒。

女人优雅地收起了雨伞，走进了一家名为味香斋的本地小吃店。店里老式白炽灯泡的灯光，洋溢着一种温暖和谐的气氛，小吃店即将打烊，店里空荡荡的，只剩下零零星星几个顾客。那女人靠窗坐下，点了蟹粉小笼、黄鱼面等几样本地特色小吃，配上店里特制的辣椒酱，她轻轻地叹了口气，打开了一瓶白酒，仿佛释放出了心事，静静地享受着自己的美食。

街对面，柯伟看见那女人的身影觉得异常眼熟，像极了分尸案后失踪的受害人白小莲。记得最后一次见她也是在初夏的乍浦路上，她穿着同一款白色的长裙，只是那时她的身边是几个小姐妹以及一个猥琐的糟老头子。仿佛穿越了时间一般，想起当时的情景，柯伟的心情瞬间变得复杂起来，他后悔自己没有把白小莲救出苦海……难道白小莲没有死？他揉了揉眼睛，一定是自己眼花了。白小莲失踪二十多年了，多半早已成为王猛和冯青支的刀下鬼，怎么可能还是眼前这副青春靓丽的模样？他喝下一大口闷酒，意识慢慢变得模糊。

柯伟醉了，他趴在桌子上，双眼迷离。那酷似白小莲的女人将面前的美食慢慢吃完。店里除了那女人和小伙计，已经空无一人，也许是在等雨停，她似乎并不急着走，目光幽怨地看着街景，仿佛一幅优美的油画。忽然，那女人注意到了街对面的柯伟，她有些错愕，也许是被一个醉鬼盯着让她觉得难堪，她迅速起身，如白色的幽灵一般消失在茫茫雨雾之中。柯伟看着眼前闪过的一道白光，慢慢闭上了眼睛。

柯伟看到的并不是幻象，那女人就是白小莲。

天生丽质的她并未显老，可二十多年的沧海桑田，足以让一个善良的人变得面目全非。

白小莲自从成了王猛的女人，两年后便怀上了他的孩子。也许是有了足够多的钱，也许是为了迎接这个小生命，王猛决定金盆洗手不再作恶，他们选择远离曾经作案的城市，以及自己的家乡，从此隐姓埋名过起了普通人的生活。

王猛虽然长得五大三粗，但是心思极为缜密，深知没有身份证，在社会上寸步难行。他利用各种机会和手段打探门路，几经周转来到大秦省兴国县的一个偏僻山村，利用这里人口管理混乱的空子，给自己和白小莲、冯青支重新办理了户口，并且在 2004 年拥有了全新的二代身份证，在办理二代身份证录入指纹时，花钱找人代打，而且一办就是三张。

经历了以往种种，尤其是作案逃亡之后，白小莲意识到在贪婪的人性面前，她曾经笃信的正义、道德不过是一把虚伪的枷锁，金钱、权力才是无往不利的通行证，人的命运要不择手段地攥在自己手里。自此，她把随身携带的警徽扔进了垃圾堆，对任何人不再抱有期待。

虽然王猛等人拥有了新的身份，但只要与亲属联系，就会带来危险。当年柯伟等人做了大量扎实的基础工作，辽东省的广大干警根据"3·15系列杀人分尸案"的模拟画像，早已经将王猛和冯青支作为重点人口来关注，只是由于当时办案条件有限，要关注的人也确实太多，再加上基层的民警长期联系不到他们，因此线索一直无法推进。派出所的管片民警只能机械地定期走访他们的家人和居委会干部，只要发现二人的行踪，便会立即上报。

所以，王猛坚决不和家人联系，这对任何一个有经验的逃犯来说都是最基本的生存法则。但抢劫了大量财富的王猛，又是一个极具孝心的人，他视父母为神明，他的一切都离不开父母的言传身教，把他们丢在老家，他会心神不宁，仿佛失去了精神支柱。他瞅准时机，一不做二不休，将家人们一夜之间全部接走，又用同样的手段，在豫南省拓中县给自己和冯青支的父母弟妹换了身份。他们一共十人，不但改了名字，连出生日期也改变了。这样一来，全国的警察即使通过各种侦查手段，在辽东省找到王猛及其家人的信息，也不会有任何结果。

就这样，两个穷凶极恶的歹徒和他们的家人一起隐身了。

但王猛还觉得不够稳妥，心里隐隐感觉有一个人如影随形，时时刻刻都可能将他缉拿归案。他非常清楚，像兴兴县、拓中县这样经济不发达、人口流动量小、比较闭塞的地方不适合隐藏，于是，他又疏通关系，把已经"漂白"身份的一干人全部迁往边疆省包克图市。

之所以会选择这里，是因为这里与M国相接，有着漫长的边境线，一旦感到风吹草动，便可以快速通关进入地广人稀的牧区，这里是与世隔绝的法外之地。M国虽然与中国有引渡条例，但这里腐败盛行，有钱能使鬼推磨，因而这里成了全世界很多十恶不赦的逃犯的天堂。王猛瞒天过海，完成了横穿东西、纵贯南北的秘密迁徙，终于让他有所心安，但这只是他隐身的开始。

王猛喜欢打台球，喜欢按摩，喜欢各种赌博机，他用抢来的钱，在包克图市繁华地带开了三家店铺，一个台球厅、一个足道馆、一个暗地里做赌博生意的游戏厅。王猛、白小莲、冯青支作为幕后的老板，他们的家人在外抛头露面，成了店里的主管和经理。三家店铺的生意都很火爆，每天都有不少钱财进账，王猛一手缔造了这个以他为中心的地下"王朝"。作为幕后的大老板，他看着日益积累起来的财富，心里乐开了花。

在这个"王朝"中，王猛有着绝对的权威，所有的人都必须看他的脸色行事，都必须对他言听计从。一切都必须严格按照他制订的计划和规定的流程进行，差一点儿都会让他暴跳如雷。因此"王朝"中的"臣民"对他都有深深的恐惧。

白小莲总会陷入巨大的不安之中，她害怕自己若是哪次不小心得罪了王猛，仍然难逃一死。哪怕冯青支口口声声叫她"嫂子"，但她心里非常清楚，只要王猛一个眼色，他转眼间就会像恶狼一样把她撕碎，而且她弟弟一家也会被杀掉，因为王猛要立规矩给所有人看。

她默默地用自己的力量和勇气，守护着弟弟一家的生命和成长。这份畸形的亲情和责任感，成了白小莲活下去的唯一价值和意义，而酗酒，变成了她麻醉自己的日常。

然而，施暴者也未必会有安全感。

冯青支也是如此。他与王猛相处时间越长，对王猛就越恐惧，他本希望有了钱后与过去告别，开始一种全新的生活，噩梦却如影随形。他从小就知道，这个把自己领上绝路的大哥，不是一般的心狠手辣。

"来，干一杯。"

这样的饭局平平常常，但只要王猛在场，冯青支每每拿起酒杯就会心惊肉跳。王猛每次召集大家吃饭，表面上看着热热闹闹，冯青支却禁不住在心里直打哆嗦。他有时甚至不敢喝王猛倒给他的酒，害怕酒中有毒，都是看着别人先喝，他才敢一饮而尽。

"大哥，这姑娘你看行吗？"

冯青支处了一个女朋友，带着她到王猛那里报到。王猛上下打量一番，随后下了结论，这个女人性格暴躁，难以控制，一旦产生矛盾就可能坏了大事。

虽然冯青支和自己的父母都很喜欢那个姑娘，但王猛责令他必须甩掉她，冯青支不敢不从，硬是跟女朋友分了手。结果，女朋友正如王猛所料，她一哭二闹三上吊，还要到当地的妇女协会去告冯青支要流氓。冯青支愁坏了，一夜之间白了半边头，生怕王猛知道后将他们一起灭口，只好拿出全部家底，赔了这姑娘一大笔钱才算了事。

就是这样，王猛控制的这个"王朝"阴森恐怖，每个成员时时刻刻都高度紧张，一切活动都必须在王猛的掌控之下。王猛确信，只要自己不失误，警察就不会有机会。

王猛还特别关心时事政治，尤其喜欢看法制类栏目，对常人来说是普法教育，对他这个富有的亡命之徒而言，无疑是恐怖片。对刺激的渴望源于忧患之心，他怕自己在稳定和安乐之中丧失对危险的感知力，他需要用恐惧来刺激自己日渐麻木的神经。因此，每次看到犯罪分子被绳之以法时，他都会魂不守舍，潜意识里那个一直追踪他的人影会折磨得他日夜难眠。

从2001年开始，国家开始了第三次严打，又被称为新世纪严打，而这次严打的重点之一就是网上追逃行动。各地的公安机关陆续开始普及互联网，二代身份证的管控越来越严格，近万名隐姓埋名的逃犯陆续被抓。

一次他看到央视一档法制栏目中描述，一起多年前的杀人分尸案被警方成功告破，隐姓埋名的在逃杀人犯被捕，王猛顿时浑身不自在起来，阵阵冷汗湿透衬衫。他点燃了一支烟，没多久就燃尽了，于是又点上一支。不知不觉中，一包烟没了。这时，他突然听到了敲门声，心脏猛地剧烈震动，双眼盯着那扇门。

"你在家，怎么不开门？"用钥匙开门的是白小莲。

王猛刹那间缓过神来，双手抱头，仰卧在沙发上，如释重负道："以后带钥匙自己开，不要敲门。"

"为啥？"

王猛默不作声，只投来了死神般的目光。

王猛是地下"王朝"的主宰，每个人心中的那份危机感，从根本上维护着这个"王朝"的秩序。同时，他也懂得恩威并施，给他们开着高工资和不菲的年底分成，还在同一个高档小区里给每一户都买了一套豪宅。当然，三家店的主要股份以及大额资金还是掌握在王猛的手中。

王猛还约法三章，一是规定冯青支和白小莲必须保存好已经"漂白"的居民身份证，即便丢失了也不能到派出所去补办，因为随着时间的推移，办理二代身份证要求越来越严格，需要按指纹，如果留下了指纹，也就等于留下了脑袋；二是每个人都必须谨小慎微，夹起尾巴做人，不管是店铺营业期间，还是下班回家后，都不许跟任何人发生争斗，甚至要避免发生任何交通事故，这表面上看着是和气生财，其实是不给当地警察一点儿机会，以免留下个人的相貌、指纹、DNA 等信息；三是不准再乱搞男女关系，他以身作则不越雷池半步，童年的阴影和身体的缺陷是他决定再也不乱搞的真正原因。

另外，他每周都会在自己的豪宅中举办家庭晚宴，所有的人必须全部到场，在饭局上给他汇报思想和近况，若有隐瞒，招来的必定是一阵毒打。个人重大事项也必须汇报，例如谈婚论嫁、买车买房等，如果要离开包克图市，必须说明行程和原因，需要他批准后才能离开……因为，只有这样才有可能躲过警方曾经布下的天罗地网，以及公安部定期开展的"清网行动"。

然而，重压之下，必有反抗。

在包克图市过久了安稳日子，白小莲开始红杏出墙了。她在自家的足道馆里，认识了做运输生意的巴特尔，两人很快坠入爱河，神不知鬼不觉地保持着地下情人关系。从表面看，她的生活很平静，儿子一天天地长大，她也在自家阳台上种了一盆洁白如雪的昙花，但在内心最深处，白小莲依然对王猛畏而远之。她心里非常清楚，王猛与她从根本上讲就是互相利用的关系，毫无夫妻之间的感情。趁着王猛在外面连夜赌博打麻将，白小莲就偷偷与巴特尔开房约会。

"我老公你怕不怕？"

"假如被他发现了，你怕不怕他杀了你？"

白小莲总是这样问巴特尔。

巴特尔不耐烦了，就会用浑厚的声音回答道："动起手来，还不知道谁杀谁呢。"

巴特尔的话让白小莲特别有安全感，只有躺在巴特尔宽阔的臂弯里，她才会感到片刻的欢愉与宁静。因为王猛那双手沾染的鲜血太多，他的抚摸会让白小莲感到毛骨悚然。白小莲一直在找干掉王猛的机会，下毒、车祸、用枕头将他捂死，白小莲只要一空下来，脑子里就会琢磨这些可怕的事情。然而心思缜密的王猛没有给过她一次机会。

时光如梭，岁月静好。

在王猛严防死守、算无遗策下，一切看似都在掌控中，只要严格执行约法三章，不敢说大富大贵、叱咤风云，起码衣食无虞、高枕无忧，不会生出什么大的差池。可谁知在三年前，飞鹿金融PTP广告铺天盖地席卷全国，石晓君穿着高档西装，戴着金丝边眼镜，一边秀着住豪宅、坐游艇的奢侈生活，一边在镜头前侃侃而谈，一个个即将载入史册的工程项目，一起起即将改变人类命运的技术革命等，都在飞鹿金融的掌控之中，更重要的是，优质的项目匹配诱人的高利率，这让很多投资者趋之若鹜，没过多久，这股歪风也吹到了包克图市。

王猛生性本就好赌，眼看地下"王朝"所有人的二代身份证即将到期，帮他们办假证的黄牛猜到他们身上一定背着大事，便肆无忌惮地狮子大开口。而出国避祸则可以一劳永逸，只是去的成本越来越高。由俭入奢易，由奢入俭难。还想要继续保持如今的生活水准，必将需要一大笔费用，这对于王猛现有的经济实力来说相当吃力。于是他开始尝试用资产赚钱，毕竟飞鹿金融有东海市这个金融中心背书，又有不少明星为之代言。刚开始他半信半疑，没想到小试牛刀，在半年内投入的资产竟然增值了百分之六十。他赌性很重，又极为自负，旁人的建议根本听不进去，索性一不做二不休，将所有的存款，以及大量资产抵押后，悉数投入到飞鹿金融。

王猛地下"王朝"的所有资产，陆续进入飞鹿金融后没多久，其在包克图市的分公司就出现了问题。临近年关，想取款的客户数量激增，钱却渐渐取不出了。不少客户特意跑来公司，恳求退还本金，哪怕不给利息也行。一份份到期合同摆在财务室的工作台上，财务也很无奈，只能劝客户再耐心等等："总裁石晓君实力很强，光豪宅就值几个亿，他肯定会打钱过来的，请大家不要担心。"

事实上，公司经营三年多来，投资者们都相信石晓君很有钱，只是年关将近，暂时周转困难而已。然而，变故却来得非常快，石晓君突然失联了，一夜之间，所有的宣传广告下架，在包克图市的分公司很快就因资金链断裂无法兑现而关门大吉。

这让王猛精神几乎崩溃，他谨小慎微地过了二十多年，全国的警察都拿他没办法，没料到竟栽在小"翻译官"手里，真是莫大的讽刺。他曾经发誓再也不踏足东海市的土地，可他不甘心就这样失去一切，为了给自己讨回公道，他带着白小莲和冯青支再次回来了。这次王猛有备而来，带了一把手枪和若干子弹，如若石晓君不肯还钱，王猛就用枪逼他就范。

然而，事情的发展比他想象的更为恶劣，也更为荒唐。石晓君早已将巨额资产通过地下钱庄转移到了国外，而他本人也已不知去向，留在东海市的飞鹿大厦成了是非之地，天天有人闹事打横幅，总公司会议室里乱成一团，面对激愤的人群，原本风光无限的经理们一个个不知所措地坐在椅子上，愁眉苦脸。属地派出所的民警为了维持秩序，干脆在这里设置了工作站，经侦总队的民警也会定期到这里来协调工作，不厌其烦地向投资客们宣讲非法集资的各种危害，并且苦口婆心地表示，会尽全力帮助大家追回钱款。可随着时间的流逝，每天向民警询问情况的人越来越少，同样的话听了太多遍，所有人好像都默认了最坏的结局。

飞鹿金融大厦大门紧闭，窗户被厚厚的帘子遮住，一把 U 型锁横在门前。直到某天夜里，一个胆大的客户为了弥补损失，连夜锯开了大厦门外的 U 型锁，将里面的桌椅、沙发、奇石等值钱的东西搬运一空。

一辆辆用于搬家的大型卡车，载着飞鹿金融所有的剩余价值，于夜幕中不知去向。至此，飞鹿金融大厦失去了作为"维权大本营"的功能，空荡荡的房间内扔满了杂物。

这真是强盗遇到拐子手，耍横的遇到了行骗的。

王猛本以为自己上了天下最大的当，但随着在东海市的所见所闻，才发现飞鹿金融的关停，在整个行业中并不稀奇。一个又一个的天文数字被抛上新闻头条，很多比飞鹿金融更大更强的金融公司也没能逃过关门的命运，只不过后来换了种说法，叫"爆雷"。

倒掉的金融公司像是大海中的一个个浪头，吞掉了许多投资者辛苦攒下的血汗钱。在一次次追讨无果后，王猛等人只得无奈地接受命运的潮水在脸上无声拍落。因为只要看到警察，王猛就会立刻心虚，他果断放弃了在经侦民警这里登记损失的权利。不过，即使登记了，像王猛这样的投资人顶多也只能分到一些残羹冷炙，根本解决不了实际问题。

让王猛心焦的还有两件事，一是他无意中在电视上看到一则新闻，豫南省生产的人工钻石即将代替天然钻石，他不由心里一紧，钻石价格的崩塌是迟早的事情，就像他的"王朝"也终将倒塌一样，他越来越跟不上这个时代的脚步；二是白小莲好几次背着他接陌生男人的电话，那是巴特尔偷偷给她打过来的，王猛抢过了她的手机，知道了大概，随着一声"贱货"，她被狠狠地抽了一巴掌，王猛的眼神中露出杀气。

经过一段时间的折腾，王猛、冯青支和白小莲身心俱疲，他们如丧家之犬，聚集在一家豪华酒店的客房里，幽暗的灯光下，透露出极度绝望的面容，气氛越来越诡异，只有低声交谈的声音在空中飘荡，他们沉溺在自己的阴影之中，露出了嗜血魔鬼的獠牙，一个更加周密严谨的计划逐渐浮出了水面，曾被压抑的魔鬼再次被放出潘多拉魔盒，祸害人间的罪犯又回来了，他们决定重操旧业，为了钱，什么都干得出来。

恶魔们故技重施，王猛指派白小莲去高档 KTV 应聘，以她这个年龄，已经做不了小姐，只能去做扫地阿姨。市侩的经理欺生，故意安排她在最忙碌的时间段工作，从此刻起，白小莲的生活变得极其辛苦，她将自己包裹得严严实实，只露出一双精灵般的眼睛。

她不但要清理各个包厢中留下的烟灰、果皮、酒杯，还要清理各种令人作呕到难以描述的污渍。白小莲没有畏难，当所有人都沉浸在欢乐和疯狂之中时，她默默地清理着每一个角落，使自己的责任区看起来焕然一新，连一贯苛刻的经理也禁不住夸奖"你做得很好"，而白小莲却默不作声，擦亮了一个又一个酒杯。

一次，白小莲推着清洁车，经过一个醉酒的小姐，污水不小心溅到了小姐身上，小姐立刻破口大骂她是只低贱的母狗，甚至嘲笑她土里土气的衣着，连给自己提鞋的资格都没有。白小莲忍受着一切，一边低头道歉，一边蹲下身子帮她擦拭，耳边依旧回荡着污言秽语和冷嘲热讽，她默默记住了小姐的名字。

樊嘉洋。

游走在各个高端夜场的头牌，天天开着租来的红色法拉利跑车上班，浑身上下珠光宝气，全是名牌。

这也使她成为恶魔们的第一个目标。

不久，王猛和冯青支衣冠楚楚地来到夜总会，不费吹灰之力，便用老手法将樊嘉洋约到滨海区瑞港小区的民房内。这世上一切都在变，唯一不变的是人性的贪婪和游戏的规则。王猛和冯青支再次在东海大开杀戒，一场血腥的屠戮拉开了帷幕，只是手法有些生疏了，淤塞的碎肉让警方发现了端倪。尘封多年的悬案被柯伟这些有心人第一时间就翻到桌面上，并且并了案，警方立刻锁定目标人物王猛和冯青支。

换到以前，王猛肯定会第一时间离开东海。但这次他不会轻易离开，不甘心就此放手。首先他以为警方不会这么快就锁定自己，更重要的是他没钱了，必须在二代身份证即将到期之前，搞到足以逃亡 M 国的钱。他发现在夜场老总办公室里存有大量现金，一场更大的阴谋正在酝酿。

第六章

消失的案发现场

1

骄阳似火，明媚耀眼。

柯伟快步走出鑫鑫典当行，心情烦躁不安，内心充满了赌徒般的紧张与期待。连续好几天搜索两个恶魔无果，刚刚注入强心剂的柯伟泄了气，不得不回过头先处理眼前的麻烦。为了救张自立，他倾其所有，把快要市政动迁的老房子以最低价当了出去，就连典当行的黄老板也为他感到不值，说只要再坚持半年，远远不是现在这个价格。

他打开手机，看见银行账户已经到款，深吸了口气，立刻点开同花顺股票账户，忐忑不安地将一百五十万资金转了进去，这是他此生经手的最大的一笔钱。其实柯伟心里清楚，股票这东西，小赌怡情，大赌伤身，如果真押上棺材本，即便有高人指点，也绝对不是一个正确的选择。

可是他无可奈何，无法选择。他希望押上这笔重注，能够尽快赚到足以赔偿陈保国的利润，再用本金赎回自己的老房子。

站在街头，柯伟颤抖的手指不断敲击着手机屏幕，眼神中透露出炙热与期待，整个人似乎陷入了一种无法控制的紧张状态，他紧盯着股市走势图表，时不时地点头摇头。

指数从998点开始，一路高歌猛进涨到6124点，再如过山车一般跌到如今的3000多点。股市势力错综复杂，万亿的资金在里面，而对于大多数小散户来说，别说是没有太多炒股心得，哪怕有无数炒股经验，也难免被坑。多少人都是奥迪进去奥拓出来，博士进去白痴出来，武松进去肉松出来……可是，柯伟没有选择的余地，安慰自己杨志当年也卖过刀，前面即便是万丈深渊，他也得往里跳。

为了增加胜算，他听了专家在股票投资群里的分析，不管是按前期走势，还是按现在的趋势，指数绝对要起飞了，个股走势更是缤纷多彩，你方唱罢我登场。柯伟经过反复观察论证，对此渐渐深信不疑。这些专家都是注册在案的证券分析师，具有硕士博士的高学历，谈起股票来可谓头头是道，特别提到了每年的大妖股，动不动就是翻十倍以上的走势，一夜暴富的美梦更是让人热血沸腾。

柯伟加入的这个群名义上是免费的，任何人都可以进入，但是只要咨询某一只股票的具体操作时，专家就会向你收费，而且费用还不低。当然，专家不仅提供技术服务，还传授秘籍。比方说，主力在买一到买五的价位分别挂出类似1111手的多档买单，表示

"要货"，在出货之前，以999手的相同卖单连续卖出。类似这样的暗语很多，都是股市高手用来逃避监管的暗号。还有尾盘收盘价格经过计算，第二天如果涨跌停价格有一个刚好为整数，则该股会向那个方向运行一个大波段等，老妖活着的时候就靠这一手绝活发了大财。当时柯伟只是听他唠叨过几句，自己的资金量也不太大，所以没太当回事，直到现在压力倍增，在群里向专家缴费学习了以后，才感悟到这里面的玄妙。真是应了那句老话：家人说话耳旁风，外人说话金字经。只不过，专家并不保证你是亏还是赢，用专家的话说，股市有风险，投资需谨慎。

专家给柯伟贴心地规划了长期、中期、短期三种投资方案，但急需用钱的他，选择了风险最大的短线，他必须抓住近期的妖股，加入涨停板敢死队，让资金快速增长。当然，他也不贪心，只要能够赔得起张自立捅出来的二百五十万的窟窿。

赔偿费用能从三百万降到二百五十万，金建民起了很大作用。柯伟本想利用工作的机会找陈卫国好好谈谈——虽然这么多年他们几乎没有往来，但他们还是有那么一段战友情。只是近期案件一直进展得不顺利，陈卫国作为分管刑侦的副局长，自然压力山大，天天黑着脸，他碰到过陈卫国两次，每次话到嘴边都咽了回去。眼看张自立的处分结果就要出来，柯伟只好一天一个电话催金建民，急得像热锅上的蚂蚁，金建民也只好厚着脸皮，以探望未来下属的名义来到医院，找到陈保国商谈，没聊两句，陈保国就气不打一处来，骂金建民是整个东海市唯一敢胳膊肘向外拐的人。但毕竟不看僧面看佛面，陈泽渊毕业后要分配到他的手下，经不住金建民软磨硬泡，陈保国口头答应只要近期柯伟拿得出二百五十万赔偿费，就放张自立一马。消息传到柯伟耳朵里，让他如释重负，金建民的努力起到了作用，不管怎么说，自立这孩子终于有希望了，能拿钱搞定的事情都不是事儿。

柯伟在下午收盘前，追涨买进了一只连续达到六个涨停板的热门龙头股——美鑫生物。专家表示，这种股票是被大资金看上的，资金一直在流入，没有撤出的迹象。柯伟全资买入后，该股就立刻出现涨停板，他的资产瞬间增长百分之三，仿佛一切都是为他设计好的，这让他很是欣慰。

接下来的三天更是让他欣喜若狂，该股每天只要一开盘，就立刻封至涨停板，还是无量涨停的那种最好形态。据专家的进一步分析，该股很可能就是今年最厉害的大妖股。股票投资群里炸开了锅，柯伟全仓追高买入的事迹，被人津津乐道，这无疑成了专家口中的经典案例。

美鑫生物股票一路飙升，柯伟的内心燃起了一把烈火，好多年来他从未如此高兴过。尽管左腿走不快，他依旧走路带风，开心得像个孩子，整天都充满了兴奋和期待，笑容从未离开过他沧桑的脸庞，就连和柳霞说话时的声音也不自觉提高了几分。他来到派出所，会情不自禁地说出股票价格以及预测收益，在同事们惊讶和羡慕的眼光中，他已是妥妥的人生赢家，就连一贯鄙视他的管所长也不再叫他"伟哥"，而是对他竖起了大拇指，还单独请他去办公室传授经验，埋怨他吃独食，希望他下次一定带着自己发财。

另一边，在金建民的积极运作下，警校那边的事情处理得异常顺利，柯伟与陈保国签订了赔款协议，柯伟答应三周后筹齐所有赔款，校方暂时决定给予张自立缓派的安排。所谓缓派，就是临时扣押学生的档案，等问题处理好了，以及最终的处理结果出来了，再与接收单位联系。说白了就是，钱赔到位，人就能去工作，否则机会渺茫。

另外，金建民还给张自立再次创造机会，让他报名参加中华骨髓库在警校开展的名为"点燃生命希望"的志愿捐助骨髓活动。如果不被学校关禁闭，张自立本来也是要去报名的，毕竟警察的使命就是守护人民，何况救人一命胜造七级浮屠。

该活动由东海市红十字会发起，目的在于传递爱心，挽救生命。东海市由于人口基数大，有不少白血病患者都希望能够配型成功，但是由于需要通过骨髓穿刺抽取骨髓液，很多符合条件的捐献者惧怕疼痛，都不敢轻易尝试。同时，大众常常认为捐献骨髓对身体不好，大部分人不愿意报名，还有一部分人在报名后临阵反悔。

之所以会选择警校，是因为主办方觉得警校的学生普遍比较勇敢，报名的人会比较多。校方也积极鼓励预备警官们参与活动，承诺如果配型成功，记大功一件，入党分配时也会优先考虑。很多勇敢无畏的预备警官都积极参与了活动，但遗憾的是，到目前为止没有一个配型成功。

就在柯伟的股票高歌猛进之时，他接到了另外一个天大的好消息，最后一个报名的张自立居然配型成功了！这样一来，功过相抵，张自立被开除的概率应该能大大降低了。

张自立要配型的病人已经危在旦夕，听说是一位美籍华人，已经患病多年，原本在美国找到了一位配型成功的捐献者，但在上手术台时，捐献者看到长长的穿刺针，立刻就反悔了，即使给再多的钱也不做了。

他在医生的建议下回到东海市，第一时间找到了前妻和女儿，希望亲生女儿能够提供帮助，但遗憾的是，她们第一时间也拒绝了。没料到在他准备放弃的最后一刻，竟然配型成功了。他已经不能再等了，在弥留之际，给自己的律师留下遗嘱，说如果自己能顺利康复，将会把大部分财产捐给东海市红十字会。

此事一出，受到了媒体的广泛关注。在媒体的聚光灯和镜头前，警校的雷校长和李教官等人严阵以待，全程陪同张自立捐献骨髓。面对记者的采访，雷校长更是一改往日冷峻的面孔，展现出和蔼体贴的一面。

"学校也是在张自立住院请假时，才得知他要捐献骨髓的义举，我们为预备警官的大爱精神所感动，也会全力做好后勤保障工作，让他家人放心……"

雷校长估计是在镜头前有些紧张，说话有些磕磕绊绊。张自立是孤儿，没有什么家人，唯一能称得上家人的只有柯伟，但校方根本没有通知他来，因为抛头露面的事情一是轮不到他这个最普通的派出所民警，二是他的形象也达不到上镜标准。其实柯伟也没有心情搞这些虚头巴脑的事情，更没时间去多看一眼，他要天天盯着大盘，毕竟这二百五十万是实打实要交给陈保国的。

到了手术那天，柯伟请假陪同张自立前往医院。

骨髓抽取手术是一次严峻且具有挑战性的考验，为了给张自立增加信心，夏艳红顶着压力，也特意请假陪他共同面对挑战。

到了医院，柯伟让夏艳红陪着张自立前往手术室，自己一个人坐在大厅里看着往来的人群，回想老妖托梦的话，思考那天在乍浦路上看见的是酒后的幻象还是真的白小莲。

突然间，张自立从后面急匆匆地跑过来，一脸怒气，远远地就冲他叫道："走，咱们不捐了！"

夏艳红一脸焦急地跟在后面，气喘吁吁。

柯伟急忙起身迎上去问怎么回事。张自立也不说，一把抓住他就往外面拉。柯伟一个趔趄，差点儿摔倒，喝道："啥事你得说清楚啊！"

张自立恨恨道："这个功我不立了，哪怕学校开除我，我也不捐。"

柯伟听了这话，转头去看夏艳红。夏艳红摇头道："兰兰来了。不知道是……他们。"

柯伟一时没有明白这话，又被张自立带了两步，突然之间反应过来，颤声问："你是说受捐人……"

张自立冷哼一声："对，你的老'朋友'，卢海民！"

柯伟头晕血涌，一下失神倒地。张自立大惊，赶紧蹲下扶他，夏艳红也过来帮忙。而从医院后面追出来的卜玉颖和柯兰，正好看见了这一幕。卜玉颖眼珠一转，对柯兰道："你去劝你爸。"

柯兰冷哼一声，还是走了过来。

张自立把柯伟抱在怀里，紧张得直叫。柯伟长吐一口气，悠悠一叹，看着站在那里，依然亭亭玉立的卜玉颖和不情不愿走过来的女儿，心潮翻滚，只觉得人世间的恶意和荒唐，莫过于此。

他万万没有想到，接受张自立骨髓捐赠的美籍华人，竟是当年抛妻弃子，带着卜玉颖去美国的卢海民。

而现在，却要他的养子来捐献骨髓，救这位害得他妻离女散的仇人。

可是紧接着，他就恍然：早该想到，骨髓配对不是轻而易举的事，那样小概率的事之所以会落到张自立身上，是因为张自立很可能就是卢海民的私生子！

当年张桂珍的恩客，可不只有一个江南化工厂的孔厂长。卢海民也是星辉的常客，他和孔宪德在星辉就曾为了争夺包厢和小姐而大打出手过。当年可能"冤枉"了孔宪德，张自立应该跟卢海民更有关系。

这世道……这真是什么狗屁人生啊！

柯伟无力地躺在张自立怀里，失魂落魄，了无生趣。

夏艳红担心地问："叫医生？"张自立抬头张望。柯伟摇头道："不用，我一会儿就好。"

柯兰走过来，表情复杂地看着他们，还未张嘴，柯伟已经挥手制止她："你不用说，我会让自立完成这个骨髓捐献的。"

张自立又惊又怒："你……都知道是他，还要……"

柯兰点点头，默默地转身，走回卜玉颖那里。然后，两人离开。

柯伟看着她们的背影消失在过道拐弯那里，收回目光看着张自立，认真道："做人要信守承诺，你马上要成为一名警察，就必须承担警察的职责，不能见死不救。至于……他，跟我的恩怨，那不关你的事，我自己会处理。再怎么……要了结，也要先把他救活。"

张自立摇头："这不是理由。他害得你……这是老天对他的惩罚，他自作自受，我不想救他。"

"那我给你一个足够的理由。"柯伟语气严肃起来，"你必须捐献立功，才能够顺利毕业，进入市局分配到刑侦上，只有这样，你才能够接我当年的班，把当年我没有完成的案子破了。那个案子一直压在我心上，如果不破，我就算死，也不会安宁。"

"你养我，让我读警校，所有的一切，都是为了破案吗？"张自立语气冷了下来，目光森寒地盯着怀中可以算是他养父的人。

"是的。你可以把这一切看成我的私心。"柯伟坦然地迎着张自立的目光，顿了一下，说道，"他们，那两个杀人碎尸的恶魔，又出现了。"

张自立心头一震，身体立刻绷紧："真……的？"

"前几天就发案了。我没跟你说，我跟你叔几个差不多找遍了东海。我本想等你顺利进了总队，让金支带你，自然就能参与破案。"柯伟平静道，"这次碎尸案的手法跟我们一直追查的案子完全相同，我有直觉，就是他们。你自己考虑，想不想抓住他们？"

"我要亲手抓住他们！"张自立怒气勃发，以手捶胸，嘭嘭作响，"我这就去捐！"

十分钟后，张自立躺在了冰冷的手术床上，身边弥漫着消毒水刺鼻的味道，看见医生拿起那根长长的穿刺针时，不可避免地感到紧张和恐惧，甚至有些喘不上气来。

尽管打了局部麻药，但他依旧能够感到冰冷的穿刺针，一点点往脊柱里扎入的酸痛，身体像被电击了一样，他咬牙坚持着，扭头看了一眼玻璃窗外神情紧张的夏艳红，挤出一丝微笑，便缓缓地闭上了眼睛。

从小经历的生活苦难让他变得格外坚韧，只是很多人被他有些痞的外表欺骗了。这点苦算什么！一想到母亲曾受过的凌辱和折磨，他的心里就充满愤怒，变得刚强，他要立功，要顺利毕业，要去刑侦总队，要当刑警，要亲手抓住那两个杀人恶魔——王猛、冯青支，为母亲报仇。

2

微风吹过，夜晚的乍浦路显得格外迷人，昏黄的灯光其实也可以照亮整条街道。道路两旁的小巷和弄堂历久弥新，散发着浓浓的人情味。阿霞棋牌室依旧满满当当，无所事事的人们尽情地挥霍着一天剩下的时间。

柯伟的电话铃声响起，接通后传来安琪尔焦急的声音，具体事情没有说，只是让他尽快赶到星辉总店。柯伟迟疑一下，想到自己从刁淑婷那里拿走的那笔钱，骑上自己专属的共享单车匆匆赶去。

刚到星辉大堂，就见很多老板纷纷悻悻离去。柯伟疑惑地看了看手表，现在是晚上十点，又是周末，正是 KTV 上客娱乐的高峰期，怎么会出现这种奇怪的情况？事出反常必有妖，还没有来得及打听询问一下，安琪尔和郑彪从电梯里快速走了出来，一脸神秘地将他带到了董事长办公室。

"柯大侠，救救我们。"安琪尔语气急切道。

"刁淑婷呢？"柯伟沉声问道。

"刁总……进去了。"安琪尔无法隐瞒，表情尴尬道，"就是刁总让我们找你的。"

柯伟皱眉，看看冷着脸站在一旁的郑彪，再看看满脸期待的安琪尔，他不会轻易相信他们的话，但是借钱心虚，只得道："先说说啥情况。"

其实，不用说柯伟也猜得到，肯定跟借钱时刁淑婷让他查的徐辉有关，更跟徐辉背后的黄四郎有关。毕竟，在东海能够动刁淑婷的，绝非等闲之辈。

黄四郎从京城到东海都有关系，人脉极广，这些年在东海呼风唤雨，借助家族势力，一步步做大做强，涉足许多行业，酒吧、KTV 等来钱快的娱乐业更是他的最爱，无形中与这个行业以前的领头羊星辉成了针锋相对的竞争对手，他的白手套小弟徐辉欺行霸市，围着星辉总店开了三家 KTV，名曰白金汉宫。

刁淑婷十分恼火，她深耕东海这么多年，也不是吃素的，让郑彪想办法处理。双方发生了不少摩擦，甚至差点儿搞出人命。不过这些打打杀杀的事情，算不到刁淑婷头上，她有多层缓冲带，具体办事的人根本不认识刁淑婷，除非左膀右臂将她彻底出卖。频繁的冲突严重扰乱了老城区的治安，让老城区分局非常头疼，人是抓了不少，但问题没有根本解决。

刁淑婷和黄四郎的争斗进入了相持阶段，再这样耗下去，对双方都没有好处。刁淑婷派人给黄四郎传话，希望能够和解，但骄横的黄四郎怎会把刁淑婷放在眼里，商场如战场，他憋着大招，一心要赶尽杀绝。刁淑婷苦心经营的上层关系，在黄四郎的人脉对冲下，都集体哑声了，还有一些人甚至装作诚挚地，劝她交出星辉的股权息事宁人。刁淑婷却也因此明白，如果不尽快使出雷霆手段，她这些年苦心经营的产业就会分崩离析，随后被黄四郎蚕食鲸吞。

三天前，不可一世的黄四郎被吓了个半死，他最爱的两只德国牧羊犬被人毒死后，扔到了别墅室内游泳池里。这是一次警告，就像电影《教父》中军师去好莱坞威胁那个制片人一样，意味着刁淑婷分分钟可以将他毒死于无形。与此同时，徐辉和司机突然失踪了，车上还有一笔三百多万的现金巨款。黄四郎大为震惊，吓得住到了军队招待所里，直接向刑侦总队报了案，一口咬定是刁淑婷为了泄愤杀害了徐辉。重案支队在一番调查取证后，以协助调查为名，将刁淑婷拘押在第一看守所。助理雪莉急哭了，不惜花重金找了东海最有名的刑辩律师宋铁嘴，可惜效果甚微，连取保候审也没有办成。

黄四郎不依不饶，为了出胸中这口恶气，也是为了生意竞争，乘胜追击，一方面动用上层关系给陈卫国施加压力，指责重案支队办事不力；另一方面天天安排人举报星辉 KTV 违规经营，一副要把星辉搅黄的架势。

今晚九点半，管所长又如期而至，他不辞辛苦亲自带队，一身警服勒着武装带，挺着浑圆的大肚子，颇为滑稽地露着半个肚脐眼，身后跟着一群手持胶皮棒的联防队员，对星辉所有的包间逐一开展临检，要求所有的客人和工作人员出示身份证并登记。

柯伟看着眼前的监控录像，表情逐渐变得僵硬，事情可能比他想象的还要复杂。但刁淑婷被抓了，安琪尔和郑彪却安然无恙，这有些说不过去。按照他们以前办案的手段，要拿下刁淑婷，很多时候都需要从手下找到突破口。

"管所长你熟悉，帮我们活动活动。"安琪尔恳求道。

柯伟冷哼一声，管所长这样的人岂是他能左右的，即便听了他的话，还有分局治安支队、市局治安总队，只要被上面盯住，哪一个都可以让星辉关门。

"把淑婷捞出来。"郑彪走过来一步，开口说话，"花多少钱都行。"

"徐辉这事到底是不是你们干的？"柯伟反问。

"怎么可能？"郑彪一脸惊愕地应道。

柯伟不置可否，问了一些情况，没有发现明显的破绽，只是安琪尔对待刁淑婷的态度有些冷漠。最后，他决定还是去找金建民聊一聊。

翌日上午，柯伟来到金建民的办公室。

金建民愁眉不展，双眼通红，看样子又是一夜未合眼。办公桌上堆着厚厚的案卷。柯伟把两条中华烟放在他的办公桌上。

"来就来呗，带什么东西！"

"自立的事，你操心啦。"柯伟认真道，"改天老哥几个好好摆一桌。"

"哪儿有心思喝酒！"金建民一脸苦恼之色，"不过就算你不来，我也正想找你。"

"关于刁淑婷。"

"学会抢答了。"金建民有些意外，说道，"你怎么看？"

"刁淑婷岂是任人摆布的主！"柯伟点起一根香烟道，"以她的风格，老早躲进安全的地方了，怎么可能会被轻易抓获？"

"支队是从黄四郎那里得到的情报。"金建民毫不避讳道，"在邻省山区一处隐蔽的别墅抓到她的，应该是被身边人出卖了。"

"安琪尔和郑彪？"

"更可疑的是，这两人在转移资产。"

在看押审查期间，刁淑婷一问三不知，"不清楚，不明白，不知道"是她的口头禅，重案支队无奈之下对她进行测谎，但只认定了毒死两只牧羊犬的可能，致使徐辉失踪的嫌疑却不能认定。经大情报系统分析，安琪儿和郑彪今年拿到了美国绿卡，这段时间将大几千万的资金，陆续通过南粤一家地下钱庄转移到了美国纽约和加拿大温哥华，而这只不过是被发现的冰山一角。一切线索都指向金钱，金建民没有将两人一起缉捕归案，只是简单做了询问笔录，就是想放长线钓大鱼。

"徐辉的失踪不简单。"

柯伟心里盘算，以金建民的做事风格，不可能让安琪儿和郑彪逍遥法外，放长线也许另有隐情。回想起安琪儿对刁淑婷不冷不热的态度，难道安琪儿和郑彪真的反水了，从而制造出徐辉失踪案，借黄四郎的刀嫁祸于刁淑婷？

"他们还有一个孩子。"

"啊？！"柯伟惊愕。

金建民通过缜密侦查，发现了安琪儿和郑彪最隐蔽的秘密：两人居然有一个私生子，化名鲁世忠，已经上小学五年级。他们平时不敢把孩子带在身边，而是将孩子隐姓埋名，偷偷寄养在北郊区一户姓邹的农民家里，就是怕被刁淑婷发现。

人为了钱什么事都做得出来，柯伟越想心越凉。

"知人知面不知心啊。"金建民感慨道，"这鬼案子，让人头疼。"

重案支队分析监控录像，看到徐辉的奔驰 S600 在凌晨到了北郊区的监控盲区后，就彻底没了踪迹。陈强等人把北郊区从里到外，甚至犄角旮旯都搜了个遍，就连所有的河流湖泊，也和东海打捞队搜了个底朝天，可连个鬼影子都没见到。

除了嫁祸于人，重案支队将谋财害命也作为重点侦查方向。由于近期 PTP 连续爆雷，恶性暴力案件陡然增加，高端夜总会存的现金比银行还多。柯伟也认同支队的判断，他深谙夜总会收钱的套路，二十多年前，夜场收不到这么多现金，那时候就算是老板也普遍没钱，很多人都是挂账，一个月或一个季度才结一次，再加上治安形势不好，存储现金时会格外小心。现在治安形势好了，反而让一些夜场老板放松了警惕，不仅店里存有大量现金，而且"显眼包"还会将现金随身携带，徐辉就是典型的例子。支队已经掌握了部分现金的编号，在全国各大银行做了布控，只要失踪的三百多万一存进去，立马就会报警。

"司机什么情况？"

"成臻，白金汉宫男招待，没什么异常。"

"奇怪了。"

"和安琪尔、郑彪多走动走动。"金建民感慨道，"大数据时代，有弊有利，跟以前不一样了。"

柯伟点点头，明白金建民的意思。虽然这么多年他没有踏进过重案支队的大门，但是他对刑侦破案手段的发展也有所耳闻。现在一些局领导都不是业务出身，但凭借着大数据的强力分析，一到案发现场，只要有 DNA、监控和手机，马上就心定了，这对处理一些简单的恶性案件非常有效。因此，原来扎实的走访、特情等传统侦查手段慢慢在消失，特别是在管理特情的民警连续出事以后，在政治处张萍的高压治理下，这个业务甚至断了香火。但是，碰到一些复杂的恶性案件，以上这些先进的侦破手段似乎就失灵了。不过，柯伟还是很兴奋，金建民一改往日的态度，居然让他参与侦破案件。

"瑞港小区的碎尸案，怎么样了？"

"一点方向也没有。"金建民懊悔道，"从手法上看，与王猛和冯青支很相似，如果他们又回来了，是不会善罢甘休的。"

柯伟一阵胸闷，感觉有些喘不过气来。

"被害人大概率是高档夜场的小姐。"金建民恳切道，"从现在已掌握的证据线索，以及谋财的动机来看，碎尸案和徐辉失踪案应该有某种关联，希望你发挥特长，把特情人脉都调动起来。"

"我一定不遗余力。"

听到徐辉失踪跟碎尸案可能有关，柯伟一下来了精神。

"老柯，我等的就是你这句话。"金建民从抽屉里掏出一份精致的皮质证件，看着这位老战友、老部下，点点头，"我已经打报告恢复了你的刑警身份，随时欢迎你归队。"

柯伟全身一震，猛地站起，双眼放光，双手颤抖着接过证件，缓慢打开，庄严的警徽下面，是他的照片和名字——虽然，只是借调的临时工作证。他深深地呼吸，感觉眼里开始有雾，好一会儿说不出话来。良久，他才轻轻道："证件我收下，在派出所更有利于开展工作，有机会还是让张自立来锻炼锻炼吧。"

"我考虑一下。"金建民知道柯伟的用意，也知道他心中的执念，只是张自立要过来实习，还有许多招呼要打。

3

夜色如水。

柯伟来到了星辉总店，安琪尔和郑彪格外殷勤，在办公室开了一瓶顶级的山崎威士忌，三人推杯换盏，尬聊了起来。

这是柯伟第一次在这样的场所接受"贿赂"，但是因为金建民交代了一句"多和安琪尔、郑彪走动走动"，这就算是工作，所以他坦然得很。他也向两人"透露"了刑侦支队的侦破方向，指出这事的关键是找到徐辉，要求两人有什么消息立刻报告，只要找到人，他这边就好运作把刁淑婷放出来。刚过十二点，管所长又带队风风火火地冲了进来。

"妈的，狗腿子。"安琪尔看着监控屏幕里的管所长，怒火中烧。

"喂不熟的狼。"郑彪攥紧了拳头，双眼流露出一丝狠厉之色。

"俗话说，民不和官斗……"

柯伟微笑着安抚两人。可是突然间他站了起来，盯着监视器面色铁青，怒气渐渐凝聚，像是一头暴走的野兽，然后猛然冲出办公室。安琪尔和郑彪急忙紧跟其后，不明所以。

柯伟三步并作两步奔到了二楼 V803 包间门口，包间内的客人和服务人员都在登记身份信息，管所长正气凛然，盘问着一名穿着洋气的少女，她身材修长婀娜，散发着青春的魅力。

"不是星辉的陪酒女？"管所长瞄了一眼几位与她年龄相仿的陪酒女，一脸狐疑道，"我看见你好几次了。"

"我是来消费的好吧。"少女不服气道，"今天宁总过生日，我们来这里开 party。"

"去量贩式的不行吗，非得到这里来？"管所长不依不饶道，"谁能证明你不是有偿异性陪侍？"

"别嘴硬，一会儿查出转账记录，你也逃不了。"一名协警一把夺过了一个肥头大耳的男青年的手机，交给管所长道。

"小兔崽子。"管所长翻看着转款记录道，"谁打招呼都没用。"

男青年就是宁总，全名宁方刚，他被吓得一激灵，豆大的汗珠从脖子上流了下来，他的父辈们都是用现金买单，而他读过几天书，觉得带现金太土，没想到却被抓了现行。

"啪"的一声脆响，柯伟冲进来狠狠地甩了那少女一耳光。

突如其来的一幕，将所有的人都惊呆了。柯伟眼睛瞪得像铜铃一般，他还要再抽第二下，却被随后赶到的郑彪抓住了手腕。

"不孝的东西！"柯伟怒不可遏道。

谁也没料到，这少女竟然是柯兰！

柯伟知道柯兰最近开店缺钱周转，误以为她走入歧途，干起了非法的勾当，一时急火攻心，不问青红皂白就动了手。

"你女儿？！"安琪尔惊讶道，"有话好好说。"

一阵尴尬的沉默后。

"伟哥，把女儿带回去，以后管严点儿。"管所长用手机敲着宁方刚的头道，"这小子因为嫖娼被处理过。"

柯伟羞愧得无地自容，转而双眼怒火熊熊，仿佛要将宁方刚燃成灰烬，接着又看向柯兰道："别在这儿丢人现眼，跟我回去。"

"不要你管。"柯兰抬起头，泪水滑下她红肿的脸颊。

柯伟这一耳光把她打蒙了，也把她的心打碎了。

"说什么？！"柯伟声音颤抖道。

"这么多年，你管过我吗？"柯兰不甘示弱道，"一天天就知道打牌混日子，我没有你这个无能的爸。"

柯兰捂着脸冲出了人群，失望、恐惧一下涌上心头，但更多的是耻辱。

柯伟只觉得胸口一紧，瘫坐在了沙发上。

柯兰的童年并不完美，她在美国仅仅待了八年就回到了东海市。母亲卜玉颖和卢海民离异的原因不为外人所知，但足以让柯兰的童年变得不同寻常。

长大后，她始终都无法理解父亲柯伟和母亲卜玉颖为何要放弃他们的家庭，让她尝到了生命中的第一个失败。在不断变换的陌生环境下，弱小的柯兰经常感到失落和无助，语言文化的障碍、身份认同的困扰、情感支持的缺乏等这些移民家庭会遇到的麻烦，柯兰一个都没落下，甚至由于缺乏父爱，麻烦更甚。

因此，她总是四处寻找爱和关爱的感觉。卜玉颖尽力给了她关爱呵护，却无法弥补她内心的缺失。这让柯兰从小就在精神上异常敏感，她总是不断怀疑自己的能力和价值，缺乏自信和勇气。

卜玉颖自尊心特别强，她不能接受自己的失败，尤其是两次失败的婚姻，更让她感到刻骨的羞耻。尽管她极力遮掩自己内心的伤痕，却始终无法摆脱这种痛苦的刻印。回到东海之后，她尽量让自己越来越忙碌，让柯兰上全封闭的贵族学校，防止女儿与柯伟接触，甚至连亲朋好友也甚少来往。

渐渐地，柯兰习惯了这种孤独的生活，将自己封闭在固定思维模式中，生活就像一潭死水，只维持着最基本的需要。柯兰就是在这样的环境中长大，父亲的缺失严重影响了她，她对柯伟的印象就是天天混在棋牌室不求上进的片警。尤其是青春期时，她越来越叛逆，开始热衷于早恋、逃课上网，甚至跟一些社会青年学会了抽烟喝酒。那段时间，卜玉颖吃尽了苦头。每一次柯兰的深夜不归，都像是一把锋利的刀片，切割着她早已疲惫的心。她焦急地在街头徘徊，从熟悉的巷弄到陌生的街区，一遍又一遍地拨打着柯兰的号码，电话那头的忙音，成了她夜夜的噩梦。

好在卜玉颖的苦口婆心甚至声泪俱下，让柯兰的心中涌起了一股前所未有的愧疚，她终于迷途知返。随着年龄的增长，柯兰大学毕业了，和许多普通年轻人一样，她没有找到合适的工作，可她不想再考研或是出国留学，主要是不想再依赖母亲，和母亲一样过着毫无生气的生活。她渴望独立，渴望靠自己的能力过上全新的生活。同时她也了解到了当年是母亲对婚姻不忠，才导致和生父柯伟离婚，她慢慢放下了母亲给她从小灌输的成见。柯兰决定创业改变自己的命运，她用母亲准备给她留学的钱，加盟了一家明星代言的韩国烤肉料理店，把店开在了老城区的日月光商业综合体的五楼。

日月光人流量很大，也不缺有消费能力的顾客，不少商家在此赚得盆满钵满，因而租金也是水涨船高。可奇怪的是，她店里生意一直不景气，不要讲发财了，就连回本都显得遥遥无期。柯兰也曾怀疑是不是自己店的楼层太高位置不佳，可商场的物业经理总是一副居高临下的样子，大言不惭道："这里的风水宝地培养出了多少百万富翁、千万富翁，不想干，有的是人削尖脑袋想进来。"三年过去了，为了坚持自己的梦想，她花光了母亲所有的积蓄，本想问父亲柯伟借点钱，但看着他骑共享单车的沧桑背影，却没了开口的勇气，她只好办了十几张信用卡，靠着拆东墙补西墙付房租发工资，无法自拔地陷入了恶性循环的怪圈，成了一名入不敷出的"负翁"。

柯兰不甘心被围困在这样的绝境里，企图摆脱这个旋涡。她想起了以前贵族学校里的那帮富二代，可一圈关系走下来，没人愿意借钱给她，唯有当时班里最被人瞧不起的宁方刚没有拒绝。

宁方刚家里条件优渥，父亲是砂石料码头的大老板，不仅有上百条船，而且在邻省有砂石矿山，大学一毕业他就到家里的码头当经理，天天和做工程的老板们吃喝玩乐，什么星辉、白金汉宫，他都是常客。柯兰原本对这种声色场所很是拒绝，她也从没有去过，但为了借钱，只好投其所好。今天宁方刚过生日，柯兰更是一掷千金，叫了不少小姐来助兴。二人的关系越走越近，趁着他开心，眼看今晚就要答应给她打一笔钱周转生意，谁料碰上管所长查房，更倒霉的是还碰上了脾气火暴的亲生父亲，当着众人的面上演了一场"三娘教子"，柯兰心有不甘。也许人的命在一出生时就已经定了，再多的挣扎也只不过是显得人在命运面前，有多卑微渺小而已。

柯伟不断地给女儿打电话，但电话一直处于关机状态。他开始四处寻找，可她仿佛人间蒸发一般。

柯伟紧张起来。

虽然柯兰出现在高档夜场的次数不多，被分尸案凶手盯上的概率也小，可即使他们相遇只有百分之一的可能性，在柯伟看来那也就是百分百的危险。他担心柯兰会因为逆反心理不听劝告，对自己鲁莽的行为感到懊悔，更后悔自己多年未尽到父亲的责任。他打电话给金建民，希望能够通过手机定位找到女儿的具体位置，但要上技侦手段，必须得总队长签字才行，最近技侦一直很忙，全部扑在领导重视的大案要案上，根本无暇顾及其他。

天刚蒙蒙亮，柯伟敲开了卜玉颖的家门。

他一夜未眠，顶着浓重的黑眼圈。卜玉颖身材依然纤巧，皮肤却无可遮掩地松弛，眼角出现皱纹。两个许久未谋面的冤家，看着因经历沧桑而生疏的彼此，竟不知该如何开口。

柯伟打破了沉默，道："好久不见。"

听到柯伟嘶哑的声音，卜玉颖也难免泛起一丝情绪，她微微撇了撇嘴，没有说话，只是转身让柯伟进屋。

"还好吗？"

这一开口，柯伟的心里顿时有了一些慰藉。

"老样子，还行吧。"

"那天，谢谢你了。"

"那也是因果吧，要谢你去谢自立。"

卜玉颖看着柯伟木然的表情，感受得到他心里那种厌恶和愤怒，迟疑一下道："其实我也很多年没有见过……卢海民了。那天知道他动手术，所以去看看他，毕竟……他得了重病，说不定……"

柯伟不说话。

卜玉颖叹了口气："其实，我主要是可怜他。他也是咎由自取。到了美国，他那方面一直不行，可依然……恶习不改，我们很快就分开了……我这么多年，都是一个人打拼，真的很难……兰兰也需要钱……我想兰兰不会告诉你这些，有些事她根本就不知道，就不明白……"

"你别说了。"柯伟打断道，"我来，不是想听你解释什么。"

"那……"

"柯兰回来过吗？"

"有半年不在这里住了。"卜玉颖惴惴不安道，"出什么事儿了？"

柯伟将经过复述了一遍，他害怕柯兰走上邪路。卜玉颖急得泪如雨下，柯兰的脾气像柯伟一样倔得要命，这一时半会儿是不会回家了。而柯兰是她唯一的精神寄托，如果出了什么事，她也没有活下去的勇气了，她想狠狠地大骂柯伟，可是，她又如何骂得出口？

柯伟明白她的心情，叹着气说，这事交给他，他来处理，哪怕是把东海翻个遍，也会找回女儿。

他决定还是先去刑侦总队。毕竟他一个人力有不逮，金建民那边人多设备多手段多，再说，他现在也算是刑侦总队的人。

路上，柯伟一边打电话联系金建民，一边看着股市行情，集合竞价时，美鑫生物居然有大笔的封单往下砸盘，他察觉出异样，果不其然，九点半一到，美鑫生物就牢牢地封在了跌停板上。柯伟一下蒙了，心里慌得没了主心骨，他赶紧咨询专家，可得到的回复却是该股票业绩造假，周末被证监会盯上了，正在立案调查，建议目前只能观望，持股等反弹。柯伟急着用钱办事，怎么可能允许有半点差池？

柯伟心里叫苦，真是祸不单行。

他走进金建民办公室，等了好一会儿，金建民才拖着一身疲惫回来，看见他，脸上露出复杂的表情。

柯伟站起身，金建民示意他坐下。柯伟还未说柯兰的事，金建民认真看着他，道："老柯，我们是老战友，我就直说了，你要做好心理准备。"

柯伟心里"咯噔"一下，强自镇定道："你说。"

"是个很不好的消息，坏消息。"金建民一脸沉重，"警校那边打了电话过来，说他们马上宣布对自立的处分。"

柯伟腾地再次站起："怎么……"

金建民冷冷地打断他："第一，你现在还没有给人家钱；第二，被救治的美籍华人手术失败，人已经陷入重度昏迷。自立立功不了，还害得学校闹了笑话，学校费了好大劲才压住了媒体。"

柯伟呆在那里，不太明白张自立为什么没有救下卢海民，他们不是配型成功了吗？他们……不是很可能有某种特殊的关系吗？失败了又跟媒体有什么关系？怪得着自立吗？

"陈局长，雷校长……"柯伟喃喃道。

"他们能听我的话吗？"金建民再次叹气，打断了柯伟，"先等处分出来，再想办法吧。"

柯伟颓然坐下，不知所措。

金建民看着他一脸灰败的表情，心有不忍，安抚道："先回去吧。我这边事也很多，下午还要去市局。我再跟陈局和雷校长沟通一下，至少要保证自立顺利毕业，不影响分配。"

金建民这段时间的确忙得一塌糊涂，手里压了一堆令人头疼的案子，马上还要准备材料，下午一上班就要去市局汇报案情。柯伟也知道金建民肯定不会哄他，他们交情特殊，哪怕是再久不联系，也不影响他们对彼此的信任。

可是，金建民有什么办法？

他也说了，他影响不了陈卫国和雷校长。

柯伟无力地站起身，默默离开，没有告别。

金建民的沟通果然无效。

一个星期过去了，柯兰依旧没有任何消息，她开的烧烤店也打烊关门；美鑫生物连续跌停，根本就没有逃跑的机会；张自立开除学籍的处分即将公布；分厂案依旧毫无进展；安琪尔和郑彪不知所终……

一下子，柯伟失去了支撑他生活的重心，他的世界崩塌了。无助和沮丧让他只能借酒消愁，借酒消愁愁更愁，柯伟坐在乍浦路的小酒馆里，无精打采地看着酒杯里的烈酒，眼神呆滞，整个人好像失去了生气。

又喝了几杯，酒入愁肠，柯伟微醺起来。然而这次似乎不同，有点天旋地转的感觉——或许，那只是短暂的，也许再来几杯就能忘记这所有的痛苦。他再次举杯，人声嘈杂的小酒馆里，柯伟渐渐迷糊了起来，对身体也逐渐失去了控制力。然后，他眼前一黑，便倒在了桌子上。等柳霞和救护车赶到时，柯伟已经陷入昏迷。

市中心医院的医生对柯伟进行了详细的检查后，给出的诊断结果是他中风了，脑部出现了大面积脑疝，鉴于情况非常危急，医生决定进行紧急治疗，否则会有生命危险。

滚地龙、张自立也陆续赶到，大家都焦急万分，坐在重症监护室外，默默地祈祷着，希望神明能够眷顾柯伟，让他尽快苏醒过来。

而此时，躺在重症室病床上的柯伟，却感到自己无比轻盈，似乎正在沿着一条漆黑的隧道前行，前面没有尽头，只有眼前点点的灯光引导他一步步向前。然后，似乎又回到了乍浦路最热闹的时光，人们穿着二十年前的衣服，只有他显得格格不入。灯光忽明忽暗，在摊位周围疯狂跳跃着，年轻的人们围坐在烧烤摊前大声谈笑，炉子里的火烧得正旺，琉璃蓝的火苗照亮了摊主忙碌的身影，摊主手里快速翻转着一把把肉串，热情洋溢地招呼着来来往往的客人。

"大哥。"

柯伟感觉有人在身后轻拍他的肩膀，这声音异常熟悉亲切。他回头看去，眼前竟是高松，他还是那么年轻，独有的笑容，憨厚里带着小心思。

"这是？！"

"古塔夜市啊。"

高松说着，将呆若木鸡的柯伟拉到了一旁的小桌边。陈卫国、邱建华起身迎接，笑容灿烂。

"怎么才来？"陈卫国拿来一把小凳子道，"罚三杯。"

"三杯怎么够？三瓶！"邱建华起哄道。

许久未见的四人又坐在了一起，似乎有说不完的话，然而柯伟却异常平静，他拿起酒瓶咕咚咕咚一饮而尽，那冰爽的感觉让这个梦变得真实可信。

"你们藏到哪里去了？"柯伟饥饿难耐，拿起一把烤肉，边吃边埋怨。

"一直在寻找凶手啊。"

"有好几次差点儿抓住了，可惜让他们跑了。"

"不抓住凶手，没脸离开辽奚。"

"你发现了什么线索？"

柯伟脸红到了脖子根，他放下了烤肉，长长地叹了一口气。

"男子汉大丈夫，叹什么气啊？"

"你还要带着我们抓凶手呢。"高松幸福满满道，"案子破了，大家都来喝喜酒。"

柯伟正要说话，耳边有人在轻轻呼叫："老柯，老柯……"

柯伟一惊，突然间醒了过来。睁眼一看，柳霞正俯身凝视着他。过了好一会儿，柯伟才回过神来，记起自己似乎是喝多了，环视四周，发现自己躺在医院的病床上，周围高科技的医疗设备嘀嘀作响，伴随着医生护士的忙碌身影。

"柯兰呢？找到她了吗？"柯伟问。他记起了这个一直梗在他心中的任务。

"你先休息，等病好了再说……柯兰肯定没事，她应该是心情不好，到哪儿去散心了。"柳霞安慰道，"说不定你还没有好，她就回来了。"

"我病了？我不是喝多了吗？"柯伟疑惑道。

"你是喝多了，引起了……中风。"柳霞不想骗他，继续安慰，"你已经被抢救了一天一夜，不过现在醒了就好。"

"中风？"

柯伟在床上慢慢感觉自己的身体，慢慢动作，似乎并无异样。

只是在梦中和战友们聊了好久好久，疲惫极了，身体虚弱到几乎无法动弹。

"是的，"柳霞给他解释，"过度饮酒引发的。你运气好，不会影响到行动，医生说只是控制情感方面的脑部区域受到了损毁，失去了表现情绪波动的能力，简单说，就是面瘫。"

"这不是很好吗？"柯伟咧开嘴，似乎想笑，脸上却毫无表情。"我现在不是很开心吗？正好不让人看出，很好。"

柳霞不再理他，调了水喂他。张自立过来抓住他的手，父子对望，心中都充满复杂的情感。

过了一会儿，柯伟恢复了一些体力，慢慢回忆起更多的人和事来，回忆起在金建民办公室听到的关于张自立的处分，想起这几天收到的拒绝、无望的奔走，还有柯兰的下落不明。他叹了口气，道："我没事了，给我办出院手续吧。"

柳霞和张自立吓了一跳。柳霞问："干吗？"

"找兰兰，办案。"

张自立抢着道："我去找，案子我也去查。"

"你不……你还是学生。"柯伟摇头。

张自立生气道："你养我不就是为了让我办案吗？现在怎么又黄了？！"

柯伟摇头，说他想到了新的办法。柳霞和张自立一再相劝，让他多休养几天，可是想到柯兰，柯伟态度坚决起来。柳霞和张自立无奈，只得叫来医生和护士，好说歹说，才将柯伟劝住。

张自立深知柯伟的脾气，为了防止再发生意外，偷偷将他的衣服、鞋子藏了起来。

当柳霞打了个盹，发现柯伟从医院逃跑时，柯伟已经到了虹镇老街。

夜风轻拂，喧闹的城市正在沉睡，夜空由黑色变为浅灰色，渐渐明亮起来。

一处破旧的民房，外墙上有着斑驳的泥灰，木窗和木门也都是很久以前的样式。房间内只有一些简单的家具，地板磨损得很厉害，墙上挂着一些老照片，记录着往昔时光，充满了厚重的时代气息。昏黄的灯光下，小叮当和柯伟面对面，坐在一张老旧的红木八仙桌旁。

正是梦中跟战友的聊天给了柯伟提示，地雷爆炸肢解了汽车，让柯伟想到了徐辉奔驰车的另外一种可能，而小叮当，毫无疑问在这方面是个行家。

"回医院吧。"小叮当面露难色道，"小兰我来找。"

"那车呢？"柯伟面无表情地问。

小叮当当年是夜场的车童，这么多年混下来，现在是夜场车童们的师傅，他已经逐个打了电话，可没有人看到过柯兰。现在听柯伟又问车，知道是问徐辉，赶紧说他前几天就问了，说徐辉之前，先说一个怪事，也跟奔驰车有关。

有个车童反映，徐辉失踪后不久，有两男一女操东北口音，开着大奔来过星辉在东城区的分店，出手特别阔绰，而且从不走正门。随着监控的普及，如今的夜场都有一个方便特殊顾客出入的小门，不像正门有很多监控探头，这些小门非常隐蔽，一般人根本无法发现。只要多给车童一些小费，就会带你走这里。说来也奇怪，这两天，这三人突然就消失了。

"你是说……"柯伟抬起头，看不出一丝喜怒哀乐。

"领头的大个儿，另外一个瘦子，对得上号。只是女的不知道是谁。"小叮当表情笃定。

"你为什么不早告诉我？"柯伟似乎在发怒，可是他的脸上，还是那种平静的表情——或许，他真的失去了表现情绪波动的能力。至少，表面上是这样。

"你天天喝酒，我问过霞姐。不过你也别急，我叫他们盯着，再出现就马上通知我。"小叮当苦笑，"说车吧。道上刚刚转手了一批奔驰配件，见钱就卖。"

这些配件大都来源于被盗被抢车辆，而今年东海各大汽配城经过一阵打击整治，查得越来越严，即使价格再低，也没有商家敢收赃，因此，这些烫手货只能由硬货居间人按道上的规矩出售。

"急于出手，肯定穷疯了。"柯伟斟酌道，"有没有奔驰 S600 的配件？"

"还没仔细打听，货就出手了。徐辉的车应该是被拆了。"

"怪不得警方找不到。"

"配件查得到吗？"

"东海五百多万辆机动车，不知多少辆奔驰，大海捞针啊。"

"想知道是谁，其实也不难。"小叮当笑道。

配件要想装到车上使用，必须通过奔驰总部的网络密码激活，通过这道手续，就知道配件是在哪辆车上了。因此，只要找到徐辉购买奔驰车的 4S 店，得到他车子配件的所有信息，就能顺藤摸瓜找到是谁在激活密码，从而就能找到购买者和贩卖者。也许通过这个关键的突破口，不仅能找到徐辉失踪的真相，还能追查到王猛和冯青支的轨迹，若能就此将两人抓获，柯兰的危险也会被解除。正当两人密谋之时，房门突然被拍得震天响。

"小叮当，快开门。"

小叮当一听声音，苦着脸起身，门一打开，滚地龙、柳霞和张自立鱼贯而入。张自立大叫，说了案子他可以帮忙，柯伟不可以一个人行动，何况还带着病。几人不由分说便将柯伟架起来要往医院送。柯伟以死相逼，就是不肯离开。想到医生交代过不能让他再受刺激，众人犯了难。为了不再刺激柯伟，众人终于妥协，可以暂时不送他去医院，但每天必须保证回去打点滴，接受高压氧舱治疗。

"一套房子抵出去了，昨天钱刚到账，这是卡。"柳霞噘着嘴，将一张银行卡塞到了柯伟手里。

这无疑是雪中送炭，让柯伟一时不知道说什么才好。毕竟柳霞还有一个儿子，这是她能拿出来的全部了。

"钱不能要。"柯伟怔了怔，不容置疑道。

"别愣着了，给陈保国送去。"滚地龙转身就要走。

"算了。"柯伟拦住滚地龙道，"我自有办法。"

"还找金建民？"

"自立跟我一起去。"

4

金建民接到柯伟的电话，在办公室等他们。

柯伟心里充满屈辱，这也是一次尴尬的见面，不仅因为柯伟不喜欢这样三番两次地厚着脸皮求人，还因为金建民上一周的努力没能够帮上张自立，金建民为了自己去求陈卫国和雷校长，肯定跟自己一样心里不好受。

但是为了张自立，同时也为了把小叮当提供的线索汇报给金建民，柯伟还是木着脸走进金建民的办公室。

——这一刻，他心里非常感谢自己的面瘫。

两人都不废话，柯伟先将王猛三人可能在星辉出现过，以及徐辉的奔驰车可能被肢解了的情报说了，然后再次诚恳地请求金建民能够让张自立参与侦破命案，只要破了案，那么将功抵过，就有了保住学籍的希望。尽管希望渺茫，但也是唯一的办法。

"自立可以来。不过丑话说在前头，还是要注意回避政策。"金建民一板一眼道，"陈泽渊前天来上班了，别再搞出乱子来。"

"放心。"柯伟拍了拍站在一旁的桀骜不驯的张自立的头，说道，"偏着干什么？说谢谢呀！"

"大恩不言谢。"

"你和陈泽渊不一样。不给你排班，晚上不用住宿。"金建民看着年轻人，笑了笑，翻开一本案卷道，"汽车是重点之一，你能想得到，说明你素质还在。但是东海各大汽配城已经走了个遍，没有发现异常。"

"可小叮当……"

"这都不重要。"金建民认真地坚持道，"东海十家奔驰4S店，早就走访过了。"

小叮当说得没错，配件是需要德国奔驰总部通过网络密码远程激活才能使用。能够启动激活程序的账号每个4S店不超过三个，重案支队对每一笔奔驰 S600 的配件更换记录都进行了比对分析，没有发现异常。

"怎么可能？"

柯伟心里一黯，重案支队有智慧刑侦赋能，做的工作远比自己精细得多，相比之下，他的手段显得有些野，但他不甘心，还是记录下了徐辉奔驰车主要配件的编码。

"柯兰有消息吗？"

"审批流程太烦琐。"金建民淡淡道，却将打开的刑侦日志推给柯伟。

柯伟从金建民手中拿过了侦查日志——那是两天前处理其他案子的时候，金建民偷偷帮他定位的，时间正是自己住院的时候，而地点就是自己的住处附近。

柯兰是不是来找过自己？

柯伟对金建民叹了口气，道："我也只有用刚才自立说的那句话——大恩不言谢。"

柯伟立刻联系了柳霞，让她现在就去家附近找，说不定会有意外发现。

打完电话，柯伟看着身旁的张自立，手心是肉，手背也是肉，忍不住再次向金建民唠叨："自立受了不少苦，雷校长那边……"

他眼露期待地看着老领导。

"难办啊。"金建民浓眉紧锁道，"听说那华侨还在昏迷当中。"

柯伟的心情再次变得沉重。其实，他们心知肚明，张自立的处分跟救治华侨没关系，主要还是钱没赔上，是陈保国等人在背后作乱。可是，柯伟的股票……他真的能够用柳霞的钱去填这个窟窿？

"申诉材料上交了。"张自立铁拳紧握，愤愤道，"不信没公道。"

"傻孩子，申诉处理委员会也要听雷校长的。"金建民看着涉世未深的张自立，摇头道。

张自立倔道："雷校长也要讲公道啊。"

"很多事情不是非黑即白的，你马上要进入社会，要明白，很多时候要学会妥协和等待。"金建民坦诚道，"就像'3·15系列杀人分尸案'，只能尽人事听天命。"

"金支，是您给我讲的要永不放弃，一定要给被害人和家属一个说法。"张自立眼含泪花道，"如果不能为母亲报仇，还当什么警察？"

金建民和柯伟面面相觑，不禁愧疚地低下了头。

一道闪电在窗外划出了一道耀眼的曲线，天空炸裂出无数细密的雨点，像一面墨色的帘子，不断地落下。

"再争取一下！"

"先回去吧。"金建民看了一下手表道，"我马上要给陈局汇报工作了。"

"带我见一下陈局。"

被张自立所激，柯伟终于提出这个一直压在他心中的念头。他不想见，可是现在，必须亲自去见陈卫国——这个曾经的搭档，现在的领导，所有问题的核心。

"回去！"

"你去哪儿，我去哪儿。"

"胡闹！"

"怕丢了乌纱帽？"

"你！"

金建民怒不可遏，一拳狠狠地砸在办公桌上，玻璃板应声炸裂，鲜血从他的指缝间流出。天空变得漆黑，远处隆隆的雷声开始响起，仿佛是在宣泄着什么。

柯伟虽然亦是满腔愤怒，却无法生出气来，这种窝囊憋屈的感觉，几乎无法形容。这是金建民第三次赶他走了，有再一再二没再三再四，他是个要脸的人，没有想到老领导居然如此绝情。他不再多言，带着张自立默然离开。

刚刚走到楼下，一群工人吃力地抬着一组老式档案柜从他们面前经过。

柯伟一眼就认出了，那是他曾经最引以为傲的特情档案柜。下雨地滑，一名工人一不留神脚下打绊，柜子的抽屉冲出，一排排档案滑出，散落一地，后面的工人脚下连泥带水，直接一脚踩了上去。柯伟再也控制不住，上前一把揪住了带头工人的衣领。

"小心点儿！"

工人们疑惑地看着柯伟，就像是看着一个外星人。一名年轻的后保干部闻声奔了过来，将柯伟和工人分开，说明情况。柯伟这才明白，特情档案室早已废弃，这些柜子连同里面的档案今天会一起被销毁。

柯伟呆住！

眼看着自己多年的心血就这么被人无情地践踏，任人废弃，他心疼得厉害，像被利刃刺入。雨下得越来越大，柯伟浑身湿透，任凭雨水打在脸上，他死死地抓住档案柜不肯松手。后保干部劝说无果，一脸着急，工人们无奈地躲到了雨棚下。

"搬回去！"柯伟声音嘶哑道，"没死绝呢……"

可谁又会听一个失败者的话，刑侦总队大院怎容得下有人胡闹？很快一群保安就将柯伟和张自立团团围住，企图强行将他们带离。僵持了没多久，柯伟就体力不支了，张自立以一当十和保安们撕扯起来。

柯伟立住身，痛苦而无奈地看着混乱的人影，耳边隐约又响起急促的声音："救救我，救救我""不抓住凶手，我们怎么有脸离开辽奚""案子破了，我还等着结婚呢"……他闭着眼睛站了许久，眼泪和雨水混作一团，猛然间睁开了双眼，深吸一口气，表情木然，眼神却已变得坚定。

——当年的"案痴柯"又回来了！

有一些人，被卷进暴风中心，反而能够激发他身体的潜能；有一些人，掉入谷底遭受剧痛时，反而会面对内心的真实，爆发无比的力量。

他本以为自己这一生就将这样无望地走向终点，退休，凋零，然后默然离世。可是两个恶魔的再次出现，让他身体和精神复苏，重整旗鼓。而现在，案情在紧要关头陷入困境，孩子在命运关口遭遇挫折，再加上现实生活的各种麻烦，反倒刺激得他再次焕发"青春"，心里燃起熊熊的斗志。

他一把拉住忍耐到了极限，即将大开杀戒的张自立。靠山山会倒，靠人人会跑，只有自己最可靠。无数个念头在他心头交织碰撞，柯伟努力克制自己的情绪，向保安道歉，说明情况，然后离开。

妥善处理好眼前的麻烦后，他拨通了小叮当的电话。

事到难处，柯伟反倒定下心来。身体是革命的本钱，这句老话俗话，自然有它的道理。柯伟老老实实地回到医院，高压氧舱治疗完毕，再躺在床上打点滴，先得把病情稳定下来，身体康复，才是侦查破案的基础。

　　张自立见他"听话"，放心不少，坐在一旁帮他削苹果。柯伟躺在床上，放松心情，也许是高浓度的氧气吸多了，感觉昏昏欲睡，眼皮重得无法抬起，眼前的世界渐渐变得模糊。

　　夜已深，连绵不绝的暴雨声夹杂着呼啸的狂风，整个城市笼罩在一片古怪、凄凉的氛围中。柯伟感觉自己一个人走在幽暗的深巷中，雨水肆意地打在他的身上，啪啪作响——他想起那次意外的偶遇。之后再也没有见到过那个女人，她究竟是人是鬼，又为何会在那种天气和场合下出现？关于这诡异一幕的疑问始终无法得到解答。他想一探究竟。

　　在记忆已经模糊的雨夜中，柯伟感觉自己迷失了方向，周围的建筑越来越陌生且高大，灯红酒绿的夜场在眼前飞速地旋转着，强烈的压迫感让他不知所措。

　　恍惚间，一丝异香飘来，柯伟猛地扭头，却只见到一道白色的身影和一瓶烈酒。他要找的那个女人，竟奇迹般地出现在自己身后。他一步步向女人走去，却似乎永远无法接近。

　　他不由警觉起来，呼吸变得急促，这条深巷到底有多少不为人知的秘密？突然，猛兽从黑暗中蹿出，将柯伟扑倒，一口咬住了他的脖子……

　　"爸，醒醒！"张自立焦急地呼喊着。

柯伟长出一口气，从噩梦中惊醒。

"喝口水。"

柯伟接过水杯，一口气喝了个精光，心神这才稳定下来。

"白小莲，谁呀？"张自立疑惑道，"你一直在喊这个人的名字。"

"一个老朋友，她……"

柯伟欲言又止，他低下头沉默了很久，然后，看向张自立。

"让叮当叔给你安排个工作。"

"他能安排啥？再说了，我还要实习呢。"张自立不屑道，"违法乱纪的勾当我不干。"

"臭小子，别挑三拣四的，不耽误你白天的工作。"柯伟抢过张自立手中的苹果，狠狠地咬了一口道，"做车童。"

"让艳红知道，就完蛋了。"张自立脸上挂着一丝无奈和戏谑的笑容道。

"记住，收收你的臭脾气。"

张自立一脸懵懂，表情变得有些复杂，不知道老爷子这是受了什么刺激，还是中风后遗症发作了，反正脑子肯定出了什么问题。尽管心里抱怨，但他没有多说什么，这不是因为他对柯伟言听计从，而是因为顾念到柯伟的病情，不想顶撞他。

5

翌日。

湿热的空气让人烦躁不堪，夜幕将整个东海市笼罩，霓虹灯光闪烁着，将城市装点得更加绚烂奇幻。

黄四郎的目的基本达到了，星辉除了总店还在坚持营业，分店全部停业整顿，其中一些经理和妈咪还被治安部门关了起来，黄四郎的夜场则是车水马龙，人潮熙攘。

——留下这个总店是另有他图，毕竟，他不是想让星辉垮掉，而是想霸占星辉，这些店将来可以为他赚钱。如今他是猫，刁淑婷只是被他玩弄于股掌之间的老鼠。

在小叮当的引荐下，张自立成了星辉总店门口的车童，他在这里的花名叫"Steven"，虽着一身服务生的制服，人却是英挺威武。从小受几个叔叔的影响，他对这里的氛围一点儿都不陌生，虽是头一次上班，却很快就和保安们打成一片，交了一帮朋友。

这是他人生的第一份工作，时薪五十块钱，从晚上八点到第二天凌晨三点，七个小时可以赚三百五十块钱，再加上给的小费，除去给保安经理的孝敬钱，一晚上轻轻松松收入上千，说实话，比干警察挣得多多了。

上班第一天，大堂经理付强见张自立长相英俊，头脑灵活，又一身腱子肉，意味深长地笑笑。在晚上十点以后，说是人手忙，特地安排他去一些私密的 VIP 包厢服务。

开始的时候，张自立并不知道这意味着什么，只当是正常的工作安排，还暗道自己运气好，光是送送酒水进去，便可拿到一些阿姨的小费。可是那些光怪陆离的东西看多了，慢慢就发现这里面暗藏玄机，这才明白过来。

那些有钱阿姨的小费不是白拿的，她们特别喜欢和张自立闹着玩，故意捏捏他的脸蛋，趁他不注意拍一下屁股……换在以前，张自立早就发作，摔东西走人了。可是现在，经历了警校的处分，看到了柯伟为他艰难奔波的身影，再想到压了柯伟多年的命案、母亲未报的大仇……他无时无刻不在提醒着自己：既然来到这里，就不是挥斥方遒的警校生，更不是任意使性子的少年了，而是一个身负血海深仇的卧底。他收起了臭脾气，装作看在钱的分上，很开心地跟客人们敷衍应酬。

这段时间，张自立忙得脚不沾地，恨不得一天有四十八小时，自然对夏艳红有些冷落怠慢。当然，他也是心存愧疚，故意回避。

功夫不负有心人，张自立很快就有了收获。首先在重案支队，金建民费了不少周折，终于把张自立安排在了侦办积案的"利剑"工作专班。

与他同时被分进这个小组的还有死对头陈泽渊。那天金建民带他过去介绍，两人见面，陈泽渊非常惊讶，万万没想到已经被他父亲宣判了"死刑"的张自立，居然也到了市局，而且跟他同在一组，就像一只打不死的小强一样——虽然张自立只是实习。陈泽渊心里恼怒非常，明里暗里都找张自立的麻烦，恨不能马上把张自立赶走。

他父亲可是跟他多次说过，当年要不是柯伟自己逞英雄出事，肯定会一直压在他伯伯陈卫国头上，陈卫国现在也不可能当上副局长。所以要永远把同事当成对手甚至敌人来看，更何况是张自立这种已经显现出才能和个性的"同事"。

两人唯一的共同点是，在众多积案里都瞄定了最具挑战性的"3·15系列杀人分尸案"。侦破该案对张自立而言意味着为母报仇，对陈泽渊则意味着前途光明。陈泽渊讥笑张自立不自量力，打赌若是张自立破了此案，他陈字倒着写。陈泽渊这样嚣张自然有他的底气，家庭背景让陈泽渊占尽了先机，重案支队的刑警们明显对他偏爱有加，不仅给他朝南的办公桌椅和全套的案卷资料，而且争着抢着带他跑外线查线索，对他所有的问题都尽心解答。

有多少偏爱，就有多少偏见，人世间向来是这道理。张自立不仅没人搭理，而且要啥没啥，毕竟有回避政策。但是塞翁失马，焉知非福，正是在这样被冷落排斥的环境中，张自立意外地有了一位盟军。

他叫万子良，中等身材，面白如玉，跟张自立一样不受待见，是外来户，原本是刑技中心的一名技术员，因为开创性地利用大数据和人工智能系统来破积案，被慧眼识珠的金建民临时借调过来。只是该系统还有很多不完善的地方，支队大部分刑警只当这是博眼球的样子货。张自立却和万子良一见如故，一拍即合，两人天天窝在朝北的接待室里潜心研究，尤其是张自立，不仅很快上手吃透工作原理，而且提出了很有建设性的见解。

他认为王猛和冯青支之所以未被抓捕，与他们精心选择分尸地点有关，这些地点一是人员复杂，可以做掩护；二是交通方便，便于逃遁；三是管理落后，缺乏监控等安全设备。而这次他们如果来到东海，不变的除了对在顶级娱乐场所工作的妙龄女郎下手，还有一点，就是他们藏匿的地方需要满足这三个条件。金建民对他的分析很是赞赏，让他和万子良一起再细化模型细节，从而对整个东海市潜在的作案地点进行摸排，但也仅此而已。只是，每次张自立欣喜地向柯伟提起金支的秘密武器时，柯伟跟许多爱子心切却缺少沟通的父亲一样，总是凭着自己的人生经验粗暴地打断他，教育他要踏踏实实学些走访、审讯等技能，不要有任何投机取巧的想法。

张自立心里不服——他其实在传统侦查手段方面也很有天赋。柯伟压根瞧不上 AI 系统，反而激发了他的偏脾气，下定决心非要做个样子出来给他瞧瞧。

跟着，他在星辉卧底也有了重大发现。

那天星辉生意火爆，张自立送酒时经过走廊，包间内形形色色的妙龄女郎随着震耳的音乐疯狂地晃动，白皙的躯体在摇曳的灯光下格外引人注目，长长的头发左右上下来回摆动，他走过一个偏僻包间时，听见里面有女人大喊着："不要，求求你们了，放开我！"

张自立二话不说冲进房去，只见付经理和保安队长赤裸着上身，拉扯着一个年轻的女人，他大喝一声："住手！"

趁机逃脱的女人立刻躲在了他的身后。

"浑蛋！"

保安队长如暴走的野兽一般，冲到张自立面前抬手就是一巴掌。张自立眼疾手快，只一脚便将保安队长踹翻。付经理见状大惊，扶起保安队长仓皇逃走。

奇怪的是，事后两人就像什么也没发生过一样，并没有找张自立的麻烦。

那女人名叫赵燕菁，是星辉的服务员，因为搭救之恩，与张自立以姐弟相称，成了无话不说的好朋友。张自立得知这是星辉逼迫女服务员下水的惯用伎俩，还从她口中得知最近有一个保洁员，行为非常奇怪，天天戴着口罩，把面部裹得严严实实，经常打听头牌小姐的情况——他们还怀疑她是对手派来挖角的。那个做保洁的女人这两天一直没有来上班，留下的联系电话也是假的，而她打听的最后一个人就是柯兰。

张自立警觉起来，追问赵燕菁有谁见过那保洁员的长相。说来也巧，赵燕菁的表姐是星辉的保洁领班，两人的更衣柜连在一起，她曾好奇过这个怪人的长相，看她天天上班戴着口罩，以为是脸上有疤，没想到换衣服时发现这人长得异常标致，除了年龄大点儿，姿色一点不输包间里坐台的小姐。张自立找来赵燕菁的表姐，经过一番详细核实后，发现怪人的相貌和失踪的白小莲颇为相似，他不敢怠慢，立刻打通了柯伟的电话。柯伟在震惊之余，让张自立先不要声张，继续观察，以免打草惊蛇，失去最佳时机。

柯伟自己也开始行动。

为了让张自立独占头功，他暂时隐瞒了白小莲这条线索，在派出所的人口信息里，查到了白小莲弟弟白桦的住处，北城区花园小区 7 号楼 301 室。为了避免误会，他让同来的滚地龙在楼下等着。

柯伟敲开了白桦的家门，亮出了刑警证件。白桦戴着碳纤维眼镜，长得白白净净，衣着干净整洁，他开门的一瞬间很是诡异，虽然多年未见面，但还是认出了当年的救命恩人。但是白桦脸上的表情除了故意装出来的惊喜和感激，还有一闪而过的惊慌。

柯伟也不说话，就站在那里，给对方无形的威压。白桦翻着眼睛，不得不将柯伟请进了房间。

"最近一次，你姐给你寄了多少钱？"柯伟突兀地问。

这是精心准备的袭击。但是白桦没有惊动，反是一脸疑惑的表情，反问："什么……我姐？我姐寄什么钱？她……可是多年前就被害了。柯警官，你当时亲自办的这个案子。"

"你姐没死。"柯伟笃定道。

白桦不再跟柯伟争辩和纠缠，而是从书柜里找出一套白小莲的死亡证明材料，递给柯伟："2008年奥运会的时候，法院已经认定姐姐死亡了。"

"我在乍浦路夜市碰到她了。"柯伟不接话茬，一字一句道，犀利的目光紧紧盯着白桦。

白桦不敢与其对视，尴尬地看向一边。

"她最近没有联系你？"

柯伟看着对方的反应，心里有了底，继续追问，表情更加威严。

"怎么可能！"白桦努力装出一副难以置信的表情，"父亲生前一直在找她，千禧年临终时，一直念叨着她的名字，这情况你们是知道的。"

"办丧事的费用和你上大学的钱是哪里来的？"柯伟一语点到要害。

"都是借的。"

"借急不借穷。"柯伟冷冷道，"除了高利贷，谁会借给你？你告诉我名字，我看谁会借钱给你。"

白桦噎住，支支吾吾说不出话来。

"白小莲是怎么把钱给你的？"

柯伟目光如炬，白桦不敢直视，低头不语，在心里盘算着。

"你姐姐跟系列杀人分尸案有关。"柯伟诚恳道，"你如果知情不报，也得承担法律责任，以窝藏罪论处，你要考虑清楚，想想你的妻子儿女。"

"别，我说。拿到钱是在父亲去世以后。"白桦冷汗直冒，"刚开始直接转入我在东海的账户，后来就是给现金了。"

"为什么不来告诉我们？"柯伟轻叹一声，"生活有困难，我们会帮你想办法。"

"我那时还小，不懂事。"白桦喝下一大口茶水，极力掩饰着心虚，一口气没喘上来，呛得直咳嗽。

"她亲自送过来？"

"不是，来的总是一些奇奇怪怪的人。"白桦警觉道，"姐姐回来……不是来要钱的吧？我现在背着车贷、房贷，还有孩子……"

"你姐白疼你了。"柯伟脸上闪过轻蔑之色，打断道。

"她给老白家带来了不少非议，我都没脸在厂区住了。"白桦争辩道。

若是以前，面对像白桦这样的精致利己主义者，柯伟早就怒不可遏了，如今他中风后想生气，却怎么也表现不出来，思路反而越来越清晰。

"厂区的老房子卖掉了？"

"那小破房，没卖几个钱，都付了这里的首付。"

"再小再破，也有你姐的份儿啊。"

白桦默不作声。柯伟打量了一下他的住宅，房子虽然老了一点，但面积却不小，足有三室两厅，家里面有不同款式和材质的高档家具，看得出他的日子是越过越好。

"你姐姐不知道你住在这里吧？"

"应该不知道。"白桦眉头紧皱，不安的情绪在他心中迅速蔓延。

"小孩满月，有没有请过你姐姐？"

"我想她应该不会来，那么多亲朋好友都在。"白桦回忆道，"哦，十年前，姐姐托人送来了红包，说是给侄子的。"

"红包多少钱？"

"这是我的隐私。"

"不方便？那到刑侦总队聊。"

"我可是清白的。"白桦紧张道，"就八万块，大不了退给你们。"

"是谁送来的？"

"一个高高壮壮的汉子，听口音是北方人，好像是搞物流的。"

"长什么样？"

"时间太久了，记不清。"

"你怎么知道他是搞物流的？"

"见面的地方是批发市场……"

——十年前，北郊区江阳农副产品批发市场，牛羊肉批发区热闹非凡，工人们身穿蓝色大褂，搬运、称重和包装来自全世界各地的牛羊肉产品。脚下的污水带着血渍，浓烈的生肉味充斥在空气中，让白桦不禁捂住了鼻子，踮着脚尖穿梭在忙碌的工人之中。不远处，一个身材高大、充满异域风情的北方汉子，向他热情地招手。

"哎，白桦吧？"

"对。"白桦满脸不悦道，"我姐来了吗？"

"她有事来不了，委托我把一包东西送给你。"

北方汉子说着，转身跳上身后的卡车车头，在驾驶座旁边的铁柜子里，翻出一个层层密封的包裹，交到白桦手里。

"什么东西？"

"给侄子的礼物。"

白桦莫名其妙，看了一眼这位憨态可掬的北方汉子，拆开包裹，里面是一对印有蒙古文的大号黑檀茶叶罐，将近一尺半长。与其说是茶叶罐，不如说是茶臼，那是巴特尔所在的公司周年庆时定制的礼品。茶叶罐里并没有一片茶叶，取而代之的是满满的零散钞票，那是白小莲一张一张偷偷攒下来的。

"茶叶罐在哪里？"

"要不是你来，我才懒得找呢。"

半小时后，白桦终于在床底下找出了这对茶叶罐。柯伟一边擦拭着茶叶罐上的灰尘，一边看着如蝌蚪一般的蒙古文发愁。

"包克图市，布日古德物流公司。"白桦骄傲道。

"蒙文你也认识？"柯伟半信半疑道。

"自学了一些。"白桦低声道。

"为了看懂这个学的？"柯伟追问道。

"早就学了。"白桦似被戳中了心事，拔高嗓门道，"布日古德是雄鹰的意思。"

柯伟将这些关键信息记录在工作本上，心里无比懊悔，这应该是白小莲留下的线索，当初怎么就轻信了那个死亡证明呢？忽然，他的手机铃声响起，来电的正是在楼下等待多时的滚地龙。

"上活啦。"

6

白小莲的情报对分尸案至关重要，柯伟通过老关系，联系到了包克图市的刑警朋友，初步调查下来，虽然暂时没有发现白小莲的踪迹，但布日古德物流公司确实存在，而且生意越做越大，甚至做到了国外。

一个女人能让一个男人来做这样重要的事，两人之间的关系肯定不一般，而包克图市的位置也格外特殊——距离边境很近。柯伟判断，白小莲也许是在某种特殊的机缘下，加入了王猛和冯青支的犯罪团伙。

即使一切推论正确，白小莲现在跟王猛冯青支重新杀回东海，要找到他们，还是一个巨大的难题，尤其现在经济大发展，整个东海市的流动人口以千万计，真的要捞这三人，无异于大海捞针。张自立按照自己的思路，联合万子良继续捣鼓 AI 大数据，一步步收缩可能的作案现场范围。柯伟则还是按照自己的老办法，盯紧夜场，尤其是白小莲可能出现过的星辉。

柯伟分析，王猛和冯青支既然准备再次杀人抢劫，目标肯定会继续锁定夜场女子，这是大多数罪犯都会产生的路径依赖——虽然他这种守株待兔的笨办法，也是路径依赖。

这天晚上，张自立在柯伟运筹帷幄的安排中，继续在星辉上班，当他端着一套"皇家礼炮"走进 VIP 总统包房时，遇见了足以改变他一生的女人。

张自立看其他服务员和付经理都对她毕恭毕敬，知道眼前的这个女人一定不一般，这样的人往往出手都比较阔绰，小费自然也不会少，更重要的是她掌握的信息和资源，一定是常人所不能及的。

只是他没有想到的是，这个女人竟是星辉现在的老板刁淑婷——她刚刚从看守所出来。

在看守所里，刁淑婷受尽了皮肉之苦，天天被黄四郎买通的几个牢头上路子。苦苦等待的救援又毫无声息，那些在她面前曾经拍着胸脯夸口的大人物，似乎根本不知道她的情况，也根本没有收到她的求救。最后，陷入绝境的她只能先服软，好汉不吃眼前亏，口头答应了黄四郎的条件，才被宋铁嘴取保候审出来。

宋铁嘴狠狠坑了她一笔钱，还四处宣扬自己的能力有多强，关系有多硬多广，刁淑婷只能暂时憋屈地忍耐。她意识到被人设局坑了，只能先出来再想办法报复。结果出来才发现，安琪尔和郑彪居然不辞而别。盛怒之下，刁淑婷用榔头把安琪尔的办公室砸了个粉碎，要不是助理雪莉拦着，飞出去的榔头差点儿砸在付经理的脑袋上。

这一场夜场大战，在旁人眼中，刁淑婷彻底失败，甚至众叛亲离，苦心经营的一切即将付诸东流。黄四郎要求交出星辉股权的期限日益临近，刁淑婷似乎已经自暴自弃，几乎每天晚上都要叫一帮朋友放纵买醉，可来的人却寥寥无几，她的心情差到了极点，让雪莉帮她买了不少抗抑郁药。在员工们眼中，他们的老板老弱昏庸，没有一点儿以前的锐气精明，仿佛变了一个人。

但无论如何，她还是他们的老板，在黄四郎没有拿下星辉之前，这里的一切，还是刁淑婷说了算。

包间空调温度打得格外低，阴冷如冬。

张自立有条不紊地把酒水摆好，试探性地在刁淑婷面前站了一会儿，这是夜总会的潜规则，服务生摆好酒水不愿意离开，那就是在跟客人主动地讨要小费。这些小把戏，从小便在几个叔叔那里耳濡目染的张自立自然知道，小叮当更是将自己的毕生所学毫无保留地教给了他，如今他实践起来便游刃有余。

站了一会儿，见刁淑婷没什么反应，张自立正要离开，突然醒悟，换在以前，这样的女人他连看都不愿意多看一眼，可是现在，他竟然有些希望得到她的欣赏，拿到小费。他不由心里一凛，果然是近墨者黑，自己才在这里多久，竟然已被这种风气侵蚀，于是赶紧振作精神。

旁边的助理雪莉想要掏钱缓解尴尬，刁淑婷扫她一眼制止了，然后用轻蔑的目光看着张自立，冷冷命令道："给姐点根烟。"

张自立一愣，掏出打火机凑了上去，虽然摄住了心魔，但既然在这里做卧底，该做的本职工作，还是应该做得像样。

"啪嗒"一声，火苗蹿起。

借着这火光，张自立才真正看清了刁淑婷的模样，精致的脸蛋，雪白的皮肤，凹凸有致的魔鬼身材……迷人的香水味袭来，让人情不自禁地血脉偾张。

刁淑婷朝张自立的脸吐出一口烟圈，呛得他一咳嗽，她却微微一笑，挑逗性地把手搭在他的肩膀上，红唇凑到他耳后根，吹着热气，一副空虚寂寞的轻浮样。

"陪姐玩骰子怎么样？我输了给你小费，你输了喝酒。"

张自立没有拒绝的理由，毕竟任何服务生也不可能放弃这样一个捞钱的绝佳机会。他现在既然是服务生，就得做服务生应该做的事，何况他从小就跟着柯伟一起喝酒，酒量不差，玩骰子更是一绝，乍浦路小霸王不是浪得虚名。

张自立坐在刁淑婷身边，陪她摇晃骰盅。不得不说，刁淑婷的确是个夜场老手，从摇骰子的手势就能看得出，如果不是她故意放水让张自立猜中，他可能一把都赢不了。

就这样，一杯接一杯的"皇家礼炮"干下肚，张自立空腹喝酒，醉得天旋地转，浑身上下燥热难耐。然而，借着点儿酒劲，从不轻易认输的张自立叫嚷着要和她一战到底，毕竟她唯一输的那两把，第一次给了两千多，另一次给了三千多。刁淑婷给小费从来不点数也不看，而是很随性地把玉手伸进身边的爱马仕包里，随便一捏，捏多少就算多少。

"再玩两把，一把一万。"刁淑婷色眯眯地看着张自立道，"你输了的话，得接受喝酒以外的惩罚，怎么样？"

她从包里掏出两万块钱，摞到旁边。

"刁总，明天还有正事要办。"雪莉善意提醒道。

"什么正事儿？"刁淑婷瞪雪莉一眼，"人生苦短，及时行乐。"

"什么惩罚？"张自立昂着头问。

见张自立就范入坑，刁淑婷捂着嘴轻笑两声，饶有兴致地从上到下打量着他，那种目光像极了一个猎人在审视着可口的猎物。

点点头，刁淑婷悠悠问道："还没想好。你就百分之百知道自己得输？"

酒精的辛辣在喉咙中燃烧，却也点燃了张自立心中的火焰。

面前的这个女人，神秘莫测，她的葫芦里不知装着什么药，可能是通往真相的关键，也可能是引他走向深渊的陷阱。但他没有选择，为了母亲的血海深仇，为了人间的公平正义，他必须铤而走险。

另外，桌上放着的那两万块钱，说他没动心，那是假话，要知道，那是他在警校一整年的学费和生活费，而夏艳红的生日马上就到了，要是能送给她一部心仪的手机，也许能让自己心里好受一些。

他不再犹豫，抄起骰盅。

"来呗，谁怕谁！"

第一把玩的是吹牛，你来我往之间，张自立猜中了六个三。刁淑婷抿嘴笑着叫他坐得近一点儿，拿起一万块钱，拉开了他的白衬衣，很自然地把一摞钞票塞进他的胸口，还趁机用手狠狠捏了一把，拿腔拿调地调戏道："哎哟，胸肌还挺大。"

一瞬间，张自立的脑袋"嗡"地炸了一下，吓得他赶紧往后挪了下身子，逃出了她的魔爪。然而令他极其尴尬的是，他竟然有了反应，也许是酒后乱性，各种影片中曾看到过的翻云覆雨的画面，抑制不住地浮现出来。那种从嗓子眼焚烧到小腹的感觉，就像是上万只蚂蚁在心头爬呀爬。

见张自立如此窘迫，周围的人笑得前仰后合，纷纷笑话他还是个雏。刁淑婷笑得更是开心，继续拿起骰盅摇晃起来，雪莉偷偷用手机拍下了这一切。

"来，还有一把。"

张自立有点儿不敢玩了。

他也见过些世面，但毕竟自己还是有底线的人，现在又身份特殊，一种莫名的慌张让他觉得这似乎是一个坑。

看出了张自立的犹豫和忸怩，刁淑婷又从包里扔出了一万块钱。

"这回够吗？"

张自立听得出她语气里的不悦，尤其是看到她身后不远处坐着的两个保镖，阴冷的眼神中露出对他的恨意，他知道恐怕这一局是不得不玩。不过，若是真打起来，张自立也不惧怕，鹿死谁手还不一定，只是他还有更重要的任务，不能因小失大。

张自立稳住心神，朝刁淑婷笑道："敢不敢玩梭哈？"

"玩什么都行。"

张自立身子挺直，屏气凝神，目光炯炯如同赌神附体，拿起骰盅一把收进五个骰子，边晃边听，片刻后，"啪"的一声扣到桌子上。他微微一笑，轻缓地打开盖子，五个六，豹子。

"抽老千！"

刁淑婷还没反应，身后两个保镖怒目而视并呵斥，仿佛两只猖猖狂吠的猎犬，只等主人一个手势，便会扑上去将眼前的猎物撕得粉碎。

张自立微笑不语，这是他从小练就的一手绝活，身体暗侧，肌肉绷紧，眼角余光盯着两个保镖的一举一动。

剑拔弩张之时，付经理正好进来敬酒，看到眼前的一幕，顿时怂了下来，使劲地擂了张自立两拳，觍着大脸冲着刁淑婷赔笑。

"新来的不懂事，大姐头别往心里去。"

付经理平时耀武扬威，吹牛说自己在道上有半壁江山，这一刻却低三下四，动作滑稽得像个鳖孙。张自立心里发笑，或许这就是社会人的本领吧，自己是学不来的。

刁淑婷淡淡一笑，举手示意身后两个保镖闭嘴，含情脉脉地看向张自立。

"愿赌服输，钱你都拿去。"

"太多了吧。"

"付强，你应该庆幸公司有这样优秀的员工。"刁淑婷斥责道，

"吃里扒外，踩着别人肩膀登不了天，永远都是做狗的命。"

"教训的是。"付强一脸谄媚道，"多少人想当条狗都没机会。"

刁淑婷不耐烦地朝付强摆了摆手，付强知趣地喝下一大杯洋酒，弯着腰慢慢退到了包间门口，眼睛直勾勾地盯着那几摞钞票。

刁淑婷把面前的钞票归拢在一起，让雪莉拿给张自立。张自立坚决不收，毕竟他真不是为了钱，而且刁淑婷还没有出手，赌局并未分出胜负。推搡之间，一张张钞票散落一地。

"千万别让我失望哦。"

刁淑婷说完，带着雪莉和保镖扬长而去。付强和其他陪客还没等刁淑婷等人完全退出，便迫不及待地跪在地板上疯狂捡钱。

柯伟那边终于有了突破。

夜色如水，淅淅沥沥下起了小雨。

小叮当开着一辆四手的破朗逸，带着柯伟和滚地龙疾驰在通往东郊区的高速公路上。根据小叮当的情报，购买奔驰配件的是一家名为"亮亮汽车修理厂"的厂子。老板二亮子早年在乍浦路跟着滚地龙混，是他众多小弟里最不起眼的一个，如今却在东郊一带混得风生水起。

二亮子浑身酒气，坐在接待室的茶台旁，一边剔牙，一边泡茶。古语说"有朋自远方来，不亦乐乎"，而他却看人下菜碟，拿出来的是最低档的散装茶叶，自己则喝着另泡的高档茶。身后的小跟班一脸横肉，身上描龙画虎，一副七个不服八个不忿的样子。

"乖乖隆地咚！"滚地龙羡慕道，"十几年不见，汽修厂都搞起来了。"

滚地龙自从腰不好以后，失去了大半战斗力，再加上没有了柯伟的庇护，许多跟他混饭吃的小弟纷纷弃他而去，很多老乡也不再视他为英雄。因为市场经济时代，游戏规则变了，收小弟光靠勇狠讲义气没什么用，搞钱才是王道。

"怎么跟亮总说话的！"小跟班把手指关节掰得"啪啪"响。

滚地龙收起了笑容，恶狠狠地盯着小跟班。柯伟把手搭在了滚地龙的肩上，不想纠缠于这些无聊的枝节。

"打打杀杀，赚不到钱的。"二亮子冷嘲热讽道。

"辣你妈妈，乍浦路上谁不给我面子？"

"虾米腰，花花脸，"小跟班耻笑道，"有啥面子？"

"乍浦路不行了。"二亮子鄙夷道，"跟着大哥混，三天饿九顿，没事也要挨钢棍。"

"二亮子，别闲扯了。"小叮当插话道，"装奔驰配件的车主是谁？"

"一辆黑车，谁他妈知道！"二亮子不耐烦道，"配件是车主自己带来的，我这里只管安装。"

"车主能不能联系上？"

"人我不认识，车牌照上贴着喜字。"

"跑婚庆的？"柯伟浓眉紧锁，问道，"你怎么有激活账号？"

"没两下子敢开店？"二亮子慢悠悠地喝下一口茶道，"商业机密，无可奉告。"

"欠揍！"

滚地龙不由分说，一把锁住了二亮子的脖子，他的脸开始变得通红，眼珠子都要被挤出来了，口中发出嘶哑的呻吟声。二亮子企图挣扎，茶台上的碗碟碎了一地，但滚地龙的手锁得更紧了，他呼吸越来越困难，甚至有了窒息濒死的感觉。

小跟班没想到滚地龙下手这么狠，更可怕的是，滚地龙煞白的脸上一条条青筋暴起，这狰狞的表情，像一只从地狱里逃出来的恶鬼，他被吓破了胆，脚下抹油转身要跑，被柯伟一拳打到面门，蹲在地上嗷嗷乱叫，鼻血直流。

柯伟不想动粗，可是这些混混吃这套，你不来狠的，他就不怕你，更别想问出话来。也许是因为年龄大了骨质疏松，柯伟伤敌一千自损八百，打人的右手慢慢肿了起来。

时间一秒一秒地过去，滚地龙丝毫没有松开的意思，还在不断加强勒颈的力度，这是他现在唯一的必杀技了。二亮子感觉脖子快要断了，也许下一秒就要升天，他已经没有力气来挣脱，只能绝望地看着地面。就在二亮子已经翻白眼，括约肌即将彻底松弛的时候，滚地龙猛地松开了手臂。二亮子如获重生，趴在茶台上猛烈地咳嗽着，吐出一口血水，大口地喘着粗气。

柯伟："到底咋回事？"

二亮子："技术员小黄……以前在奔驰 4S 店……他用黑客技术……偷的账号……"

柯伟："人在哪儿？"

二亮子："二楼宿舍。"

不多时，二亮子缓了过来，刚才有多嚣张，现在就有多狼狈，灰溜溜地把小黄从二楼叫了下来。

小黄从未见过如此阵仗，吓得腿直哆嗦，赶紧乖乖打开了电脑。资料显示，换配件的这辆奔驰 S600，很多配件都是东拼西凑来的，这次在亮亮修车厂换的配件是主控液晶屏，而该配件的出厂编码，经过柯伟的比对，正是徐辉那辆丢失的奔驰车上的原装配件。配件的编码如同人的指纹，铁证如山，不会有假。

柯伟的预判被证实，徐辉之所以人车皆失踪，大概率是人和车一样被分解了，而且犯罪分子作案手法极为隐秘，他的心像战鼓一样敲了起来，可谓喜忧参半。喜的是案子终于有了眉目，张自立有希望了；可是想到柯兰，又不由得忧心忡忡。

目前最棘手的问题，是如何让这辆奔驰车现身。

柯伟和滚地龙一个白脸，一个红脸，对小黄恩威并施，终于套出一条重要的信息：小黄可以通过黑客技术，侵入德国奔驰总部，远程操控该配件让它失效，即让主控面板黑屏。

这样的话，一旦车主启动车子，就会发现问题，大概率还会来到修车厂检查，这样顺藤摸瓜，就会找到幕后的凶手。柯伟等人决定暂住修车厂，来一个守株待兔。二亮子迫于滚地龙的淫威，只好腾出一间单独的宿舍，好烟好茶地招待着，不敢怠慢。

说干就干，在柯伟的逼迫下，小黄全神贯注地盯着电脑屏幕，手指飞快地在键盘上跳舞，利用出色的黑客技术，一步步侵入德国总部的网络。他心跳逐渐加速，汗水从额头上滴落，眼睛紧紧盯着屏幕上的每一个代码，不敢有半点懈怠。直到天色微亮，他终于微笑地注视着电脑屏幕，吐了一口长气道：

"成了。能不能找到人，那就只有看缘分了。"

第七章

真相大白

1

亮亮修车厂。

柯伟在这里一住就是三天，可一点儿没见奔驰车的影子。长时间待在环境嘈杂的厂房车间，让人感到疲惫和无聊，喷漆的刺鼻气味让人难以忍受。尤其是打了小跟班那一拳后，柯伟受伤的右手肿得像馒头一样，再加上以前的旧伤，几乎失去了抓握能力。滚地龙的腰也越来越弯，消极懈怠的情绪逐渐滋长。小叮当最先失去耐心，第三天一大早便借口要照顾体弱多病的老娘，溜之大吉。

夜色深沉，就在滚地龙也嘟嘟囔囔发着牢骚的时候，一辆奔驰S600悄悄开进了修车厂。柯伟心跳开始加速，他又找回了年轻时破案的兴奋感，他带着滚地龙慢慢靠近奔驰车，盘算着下一步的计划。

车门打开，一个身材精瘦的黑衣男子走了出来。不久，二亮子和小黄急忙迎了上去。

"什么破零件，便宜没好货。"黑衣男骂骂咧咧道。

"兄弟，零件是你带来的。"二亮子递上一支烟道。

"不像质量问题。"黑衣男接过香烟道，"肯定是没有安装好。"

"应该不会。"二亮子看了一眼不远处的柯伟和滚地龙，打马虎眼道，"小黄，快检查一下。"

小黄心领神会，装模作样地拿出一套设备在车上检测起来。二亮子请黑衣男移步去接待室喝茶。柯伟和滚地龙见机行事，偷偷围着车子检查起来，车上并无他人，也没有凶器、异味和血迹，车牌照还是被红色喜字盖住，车牌号为徽 N16878。两人默契地对视一眼，走进了接待室。

"哟，两位稀客。"二亮子起身相迎道，"来喝茶。"

"谁呀？"黑衣男警觉道。

"牌友。"二亮子随手拿出两副牌，打圆场道，"闲着也是闲着，一起掼把蛋。"

滚地龙咧着大嘴嘿嘿一笑，变形的脸像崎岖的山脉，刺耳的声音似鬼哭狼嚎，狰狞的凶相让人背后冒凉气。黑衣人眼皮一跳，不管不顾拔腿就要逃跑，守在门口的柯伟岂会这么容易让他逃脱，滚地龙人高腿长一步跨上去，再次使出了夺命锁喉的必杀技。

一番挣扎，黑衣人被滚地龙折腾得差点送了命，像走了一趟鬼门关，魂飞魄散地瘫坐在地板上，大口喘着粗气。

"配件哪里来的？"柯伟揪着黑衣人的头发，扬起他的脑袋，

"看着我，老实说。"

"小宝手里买的。"

黑衣人名叫李正中，皖南人，在东海以开黑车为生，随着这行当越来越内卷，他琢磨出一条生财之道，买来一辆快报废的奔驰S600，重新整备以后，接起了婚庆生意。他口中的小宝，是他开黑车时认识的陕北小兄弟，学过汽车修理，因为吃不下苦不干了，从此每天混东混西，和小叮当差不多，是道上的硬货居间人。李正中并不知道这配件的来历，只是恰好近期车子的大屏坏了，图便宜从小宝这里买的，而小宝这两天不知道是在躲什么事情，不知行踪。

柯伟赶紧给小叮当去了一个电话，让他务必找到小宝。小叮当不敢怠慢，发动身边一切资源去寻找小宝。正当此时，柯伟接到了柳霞的电话，说在他家附近，张萍发现了柯兰的踪迹。

清晨。

老城区平安里，张萍沉静地坐在轮椅上，金色的阳光温暖地洒满全身，微风徐徐吹拂，她的眼眸透着些许宁静。尽管阿兹海默症侵袭了她的大脑，但这些天她却过得格外开心。小巷里，柯伟拉着睡眼惺忪的柳霞，后面跟着步履蹒跚的滚地龙，快步向张萍走去。

"在哪里见到了柯兰？"柯伟急切地抓住了张萍的手道，"现在人在哪里？"

一连串的问题让张萍应接不暇，本就痴呆的她面带困惑，似乎在努力回忆着什么。

"别着急，问问保姆，应该就在附近。"

柯伟环顾四周，并没有看见保姆的影子，正当他准备呼叫保姆之时，张萍却翻开随身的小黑本，似乎认出了柯伟。

"你是……"

"柯伟。"

"瞎说。"张萍一脸茫然道，"龚四妹老公吧？"

柯伟一口老血差点儿喷出来，埋怨地看了一眼身边的柳霞，情报一定是出了问题。

"阎王打瞌睡，点错名了。"滚地龙扶着老腰，笑出了声。

"你不是说看到了吗？"柳霞用手机调出柯兰的照片，不甘道，"还在你家里住了几天。"

"珈珈啊，宝贝孙女。"张萍看着柯兰的照片，眼里满是疼爱，说道，"珈珈订婚了，请你们喝喜酒。"

正当柯伟一头雾水之时，保姆也嗑着瓜子，悠闲地从小巷子里钻了出来。柯伟急忙拉住她，终于理出了事情真相：柯兰在星辉被柯伟发现后，不敢再回原来的住处，闺蜜又恰巧不在东海，于是独自徘徊街头，谁知被早晨出来晒太阳的张萍误认成了其孙女姜米珈。

由于儿媳妇从中作梗，儿子姜忠良又是妻管严，张萍已经多年没有见过孙女姜米珈了。姜米珈也非常想念奶奶，一次，她带着礼物偷偷来看奶奶，谁知在下公交车的时候，不慎被一辆飞驰而来的电瓶车撞倒，头磕在了马路牙子上，缝了四十多针，毁了容。这让原本就紧张的婆媳关系雪上加霜，儿媳妇天天骂张萍是个扫把星，彻底断绝了和她的来往，就连姜米珈的订婚宴也没通知她，据说男友姓王，在林区开宠物狗场，订婚宴当天，大半个东海的宠物店老板都来了。

每当想起这件事，张萍都会偷偷落泪。然而，这次的偶遇，却是姜大爷讨豇豆——将将合适。柯兰顺势就在张萍这里临时住了起来，可就在柳霞找过来的当天，柯兰却又失踪了。据保姆回忆，她的作息很不规律，经常昼伏夜出，离开时眉飞色舞，手上还戴着一枚硕大的钻石戒指。

柯伟呆住，刚刚的惊喜期盼顿时化作惶恐焦虑！

那枚传说中闪烁的钻戒，如同一把锋利的刀子，深深地刺入了柯伟的心。根据以往的经验，如果被王猛和冯青支盯上，相当于半只脚踏入了鬼门关。留给他的时间不多了，柯伟胸口仿佛被千斤重的巨石压着。

东海市警校，阳光明媚。

校园里的花草树木都散发着清新的气息。预备警官们穿着藏蓝色警服，在教学楼前来回穿梭，时不时地响起欢笑声和讨论声。考试已经结束，同学们开始放松心情，规划着即将到来的假期，憧憬着各自的见习岗位。

张自立灰头土脸地走在校园里，今天来学校是因为大队李教官让他来办理相关结业手续。申诉结果还未出来，然而留给他的时间已经不多了，也许这是他此生最后一次穿警服。唯一能让他提得起精神的事，便是他用自己这两天辛苦赚来的钱，给夏艳红买了一部最新款的手机，准备今天送给她。

然而，张自立越走越觉得奇怪，发现他走过后同学们都似乎在悄悄议论什么，更有甚者还拿起手机偷偷拍他。不就是打架被处分了嘛，至于吗？谁知冤家路窄，陈泽渊和小跟班迎面走来，他们似乎早有准备，外号"鸡窝头"的小跟班，拿出手机对着张自立一阵猛拍。张自立终于忍无可忍，一把揪住鸡窝头的衣领。

"你没毛病吧！"

鸡窝头听了非但没停手，反而变本加厉地打开了手机的录像功能，大吵大嚷起来。

"大家快看哪，乍浦路小霸王，东海最出名的鸭子，一晚上收入几万块。"

听到"鸭子"这俩字，张自立顿时就急了，双手死死揪住鸡窝头，顶着下巴将他举了起来。一旁的陈泽渊等人早已对他心生畏惧，都不敢上前来劝架。

"诽谤！"

张自立话音未落，鸡窝头却笑得更加肆无忌惮，大笑声引来了同学们的围观。

"真不要脸。"

"贴吧都置顶了。"

听着同学们露骨的嘲讽，张自立意识到去夜总会打工的事情败露了。他一把推开鸡窝头，逃也似的赶紧躲到清静处，拿出手机，登入贴吧，一个醒目的红色标题映入他的眼帘——"揭秘性感鸭子夜生活"，随后便是一些不堪入目的图片和文字，显然这是有人故意在搞他，一定要置他于死地。

与此同时，雷校长在办公室中狠狠地拍着桌子，他看着置顶的帖子，以及无数跟帖，盛怒之下竟将白瓷杯子砸得粉碎。他浑身颤抖地拿起桌上的电话，打给了金建民。

"张自立伤风败俗！"雷校长怒斥道，"不仅毁了学校的名声，还毁了全市警察的声誉，绝对不能容忍！"

申诉期一过，张自立被开除肯定是铁板钉钉的事了。

天色渐暗，梅雨不期而至。

张自立与李教官交接完宿舍的钥匙，背着沉重的行囊，在全校师生的责骂和侮辱声中，踏出了警校大门。

如同丧家之犬，雨水把他淋得浑身湿透，让他意想不到的是，夏艳红擎着把伞出现在他身后。张自立回头怔怔地看着她，心里五味杂陈。

"来看我笑话吗？"

夏艳红欲言又止，默默地把那把伞递给了他，转身淋着雨离开。

张自立看着她瘦弱的背影，再看看曾经进出过无数次、如今却再也无法踏入的警校大门。或许，这次无声的告别后，这个女孩，他也再无法接近了！

深深的绝望占据了整个心田，雨水混合着泪水，他撕心裂肺地咆哮一声，将送给夏艳红的手机远远地扔了出去，瞬间便被一辆疾驰而过的汽车碾碎，他不知道自己的下一步该朝着哪个方向而去。

就在此时，付经理火急火燎地打来了电话。

"大姐头找你！"

"我也正在找她！"

张自立对着电话咬牙切齿地吼道。

这个时候，柯伟怒气冲冲地闯进了陈卫国的办公室。

市局领导办公室在前两年新修的办公大楼七层，取"七上八下"之意，电梯门口有一位身佩武装带和警棍的民警负责来客登记，其实也暗中兼有保卫职责。柯伟一下电梯，早已练就察言观色本领的民警，一看柯伟表情，就知道来者不善，赶紧起身迎上去堵住柯伟。柯伟哪里管他，说要找领导，民警问柯伟找哪位领导、有何事，请柯伟先在这里等一下，他去报告。柯伟大怒，推开民警就闯，民警急忙制止，两人推搡着，柯伟大叫"陈卫国"，声震层楼。

陈卫国立刻出现在办公室门口——他很在乎形象和名声，这种事情影响不好，他哪里坐得住？一看是柯伟，他不禁苦笑，赶紧招呼："柯……老柯，请。"

陈卫国示意民警放行。

柯伟愤愤地走到陈卫国面前，怒目而视。陈卫国平静地问："老柯，什么事？"

"你不让我进你的办公室？"柯伟反问。

陈卫国让开，伸手邀请。

柯伟进门，迟疑一下，没有坐，转身看着轻轻关门的陈卫国，怒喝："你做的好事！"

"老柯，有什么事你慢慢说。这么多年……不见，你还是那脾气。"陈卫国镇定地看着激动的柯伟。

"什么事……不对自立赶尽杀绝，你就不舒心是吧？你害他被开除还不够，还要坏他名声？"柯伟怒问。

陈卫国皱眉，反应也不慢："张自立？警校那孩子？我跟他没有关系，我知道你培养他上了警校，我替他高兴，我害他干吗？"

这些年，两个老战友虽然不往来，但陈卫国并没有忽略柯伟，因为碎尸案同样是他心中过不去的坎。

"你没害他？你弟弟不是你指使的？你弟弟的儿子，你的亲侄子跟自立打架，年轻人这点儿破事，你……和你弟弟就要断绝他的活路？自立这么好的一棵苗子，你为了你的面子……对，你就是好面子，所以你就要下死手？"柯伟连声质问。

陈卫国沉下脸来，却还是不动怒，静静地站在柯伟面前，缓缓道："老柯，你稍等一下，我了解一下情况，再给你答复。"

他走到办公桌前，也不坐，站着拨号，接通，然后道："是我。雷校长，你给我说说陈泽渊和张自立打架的事，前因后果都说……你先不要带上你的个人情绪，尽量客观地告诉我真实情况……好的，还有现在的处理结果。"

五分钟后，陈卫国挂了电话，走回到柯伟面前，平静道："老柯，电话你也听见了。现在，我给你说几点。第一，整个事情我不知情，我是现在才知道；第二，打架的事，陈泽渊有不对，张自立也有不对，我还要进一步了解，但肯定，对他们两人都要进行批评；第三，前面的处理结果，或者说我弟弟跟你达成的协议，我肯定不支持，真要赔偿，也就是几千、万把块钱的医疗费，泽渊现在已经生龙活虎，伤并不重；第四，张自立的处分已经出来了，这个我现在不好表态，我要再了解一下再来权衡，但是学校正准备开除张自立，这个我挡下来了。我要他们进一步了解事实真相，再做决定，这个必须慎重，关系着一个年轻人一生的命运。这一点，我会亲自关注并且发表意见。你放心，作为警察，必须公平执法。我还是从你身上学到的这一点。"

柯伟愣住了，脸上表情虽然没有变化，可是谁都看得出他的尴尴尬和不知所措。

陈卫国叹了口气："这些年，我知道保国打着我的旗号在外面招摇，我批评过他很多次，可是他不听，我也不能直接给他上手铐关禁闭吧？这件事，老柯，柯大哥，保国做得真过分了，伤害了你和自立，我先代他向你们赔个不是。对不起，柯大哥。"

陈卫国微微低头，像是在鞠躬。

他的表情沉重，态度诚恳，眼里饱含情感，多年前的战友兄弟情谊，这一刻似乎重新回到了他们之间。

柯伟嗫嚅着，不知道该说什么做什么，满腔的怒火消失，有些愧疚和不安。

陈卫国再次叹了口气，似乎完全理解柯伟此刻的心情，缓慢道："有些话在我心里搁了二十多年了，趁着现在，我也跟你一吐为快。当初我们四人一个探组，邱哥和小高牺牲，你受伤，并且承担了任务失败的领导责任，只有我一个人立了功，现在还当了副局长。别人不说，我心中知道——柯大哥你心里是不是也……埋怨我？尤其这么多年，你不跟我往来，我想你也许有一些想法吧，这很正常。但是我该怎么做呢？我来主动找你，别人……也包括柯大哥你，会不会认为我是假惺惺？柯大哥，我也有自尊啊，碎尸案也是我心中的一根刺啊！当年你躺在医院，我重建探组，就憋着一口气，一定要把这碎尸案破了再来见你，扬眉吐气地站在你面前。可是……你也知道，这个案子的嫌疑人实在太狡猾了，这么多年，我们都没有抓住他们。所以现在，我向柯大哥你解释这么多年我们没有交往的原因，不是我忘本，而是我从来没有忘记柯大哥你，没有忘记当年我们探组的四人。破不了案，我也没脸面对你。"

柯伟想说话，陈卫国抢着继续道："柯大哥，这些年来，你执着，一直在追查碎尸案，我全都知道。你知道我的心情吗？我总在想，柯大哥这不是在打我的脸，而是在提醒我，这个案子是我们一生的职责所在，是一个警察的坚守和信仰。只要有跟这个案子相关的线索，我都会搜集整理，并入案卷，所以我一直也没有放弃这个案件。碎尸案重现，我让金支把你重新召回专案组，就是想有一天让柯大哥你亲手抓住罪犯，了结这个困住我们这么多年的梦魇，让柯大哥你的人生，画上一个圆满的句号！"

柯伟不知道该感动还是感激，好半天，才梗着脖子道："卫国，你放心，这个案子，我一定破！"

2

雨势渐渐加大，密集的雨滴像针尖般刺痛着肌肤，行走在街头的人们不禁收缩了肩膀，脚步匆忙起来，生怕淋湿了衣裳。

张自立根据付经理给他的地址，来到了东郊区君庭别墅。住在这里的人非富即贵，在保镖的指引下，他像刘姥姥进大观园一般，穿过了草坪和奢华的厅堂，来到了地下一层的酒吧。推开大门的瞬间，他不由得一震：梦幻般的灯光营造出暧昧的氛围，晃动的霓虹灯映照着细致的雕花墙壁，美轮美奂，令人如入仙境，红酒和洋酒与满屋子的百合花一起，发出诱人的香气。

刁淑婷居中而坐，优雅地点起一支香烟，一副指点江山的大姐头风范，只是雪莉不见了人影，身后两个保镖依旧西装革履，戴着墨镜，脸上一副"生人勿近"的表情。

张自立稳定下情绪，过去坐下，开门见山地问："是不是你在搞鬼？"

他来，就是想向刁淑婷讨个说法，到底是谁泄露了他在这里上班的消息。

刁淑婷指了指面前的红酒："先看看你的表现。"

张自立冷笑一下，既来之，则安之，你要玩，就奉陪。

他倒上酒，一把抓起骰盅，问："怎么玩？"

刁淑婷微微一笑："今天不玩钱，玩人。你赢了，你问，我答；我赢了，你听我的。"

张自立一挥手，骰盅在手中优美地摇晃，今天，他要让她见识他的真本事，他必须赢。

可惜天不从人愿，几轮下来，都是刁淑婷赢。

刁淑婷看着大口大口往嘴里灌酒的年轻人，笑道："我不心疼酒，心疼人。年轻人，总是心太急。你要知道，人生就像摇骰子，摇出的骰子如果不合你意愿，那你就只能凭借技巧，去改变命运所摊派的骰子。"

张自立不服气地叫道："再来。"

刁淑婷却不再玩，问："知道姐为什么喜欢你吗？"

张自立摇摇头。

"你长得很像我的一位老朋友，丹凤眼，头发也是卷卷的，不过，你比他长得帅气很多。"

"在东海吗？"

"现在，在。得了一种重病，在医院躺着，先前还说有机会治好，结果……却还是没有机会了。"

"谁？"

"你知道的。"刁淑婷看着张自立的眼睛，"卢海民。"

张自立一愣，不太明白刁淑婷突然在这时说这些话干吗。

刁淑婷把年轻人的表情捕捉在眼里，继续微笑道："卢大老板，缺点是好色，优点是大方，在星辉，除了一些大佬，他是为数不多的一次充几十万会费的大客户。"

"你说他干什么？"

张自立听得云里雾里，刁淑婷则不紧不慢，似有什么重大的事情宣布，她倒了满满一杯红酒，一饮而尽。

"卢老板包养了星辉的头牌小姐张桂珍。"刁淑婷意味深长道，"我一直替他保守着这个秘密。"

张自立呆住！

他端着酒杯的手停在半空，看着刁淑婷，似乎没有听清楚她说的话，有些茫然，可是他的心里如有万顷波涛，汹涌翻滚。

原来是这样！

"嗡"的一声，张自立脑袋有些眩晕，可是又似乎异常地清醒，一瞬间，很多事情真相大白。

怪不得他和卢海民的骨髓能够配型成功。

移植骨髓不是换件衣服穿，不合身也没有关系，骨髓配对成功的概率是几十万分之一，当时他还以为是自己幸运，谁知道，老天早就把一切都安排好了。

原来，卢海民竟是他……

可是，还是没能救得了卢海民。

或许，这就是报应，老天爷没有饶过谁。

此刻张自立心里却并不愤怒，只感到无比地悲凉。

"所以，这就是命吧。"

刁淑婷淡淡地继续往张自立心里捅刀子："张桂珍有了你，却并没有想用你来诈别人的钱，她只想一个人拥有你，保护你。她为了养活孩子，一年四季无休，钱是挣到了不少，可惜有命挣没命花，也害了你。"

刁淑婷的话句句扎在他的心上，仇恨、委屈、对现实的愤怒……张自立心里慢慢充满了各种情绪，恨不得咬碎口中牙。他起身，走进卫生间，胸口原本温润的长命锁瞬间变得硌得慌，他趴在洗手池旁，缓慢地用冷水洗面，直到慢慢恢复平静，才缓缓走了出来。

"你为什么要给我说这些？"他再次问。

可是这一次，问话的意思完全不同了，任何人都看得出他眼里在燃烧着怒火。

"我希望你加入我们。"刁淑婷没被他吓住，今晚本就是她特意安排的，选择了她认为的最好时机，"你适合这里。这是命，你从这里开始，也应该在这里成长，成为这里的王。你不应该仅仅是乍浦路的小霸王，而应该是整个东海的王。"

张自立再次震惊，涩声问："为什么要找上我？"

"因为你母亲，因为柯伟，因为你是警校蝉联三年的散打冠军，因为你被陈保国一家欺负。你要跟那些有权势的人物斗，就必须自己也成为有权势的人物。你要获得事业、尊严、女友，就必须依靠我的支持！"刁淑婷也提高了声音。

张自立沉默。

"我再给你一个理由。"刁淑婷微微一笑，"你不是问是不是我搞的鬼吗？"

她扬了扬手。

酒吧间的门被推开，郑彪和安琪尔拖着奄奄一息的雪莉走了进来，将她丢在地上。雪莉抬头，看见了屋中情景，浑身颤抖地努力爬起来，跪在地上向着刁淑婷磕头。

刁淑婷将几瓶抗抑郁药扔在了地上，冷冷道："攀高枝不是你的错，但没有气节就是你的不对了。"

郑彪看着刁淑婷，眼神复杂而深邃，一种无法言说的心痛，让他捡起一瓶抗抑郁药，一股脑地倒进雪莉的嘴里。

"你的事儿就是她抖搂出去的。"刁淑婷递给张自立一把水果刀，道，"怎么处置随你。"

——原来，刁淑婷一直在演一场大戏。

她早就知道了张自立的真实身份和目的，这才让付经理把他从底层一步一步提了上来，否则上次打了保安队长怎可能轻易了事，只是没想到，张自立还是一块可遇不可求的璞玉。

刁淑婷先前装疯卖傻，砸掉安琪尔的办公室，天天买醉到深夜，都是为了麻痹黄四郎。郑彪和安琪尔虽然有男女之事，也偷偷养了一个儿子，但在事业上对刁淑婷却一直忠心耿耿，三人的关系非常人所能理解。黄四郎曾开出丰厚的回报利诱两人反水，两人对刁淑婷汇报后，干脆将计就计，在刁淑婷的安排下，一方面留条后路，秘密转移公司的资产，另一方面打进黄四郎内部协助刁淑婷锄奸。为了确保万无一失，他们只与刁淑婷单线联系。

雪莉的暴露正是因为中了刁淑婷设的局。张自立的真实身份和处境只有刁淑婷、郑彪、安琪尔和雪莉四个人知道，雪莉在偷偷将刁淑婷颓废买醉的情报拍照发给黄四郎的同时，也将张自立的秘密告诉了他。黄四郎和陈保国走得很近，陈保国是做工程的老板，打着哥哥的旗号骗吃骗喝，黄四郎为了结交陈保国，专门在白金汉宫给他充了一百万元的消费卡。得知张自立在夜总会上班后，为了报那一脚之仇，彻底断绝张自立翻盘的机会，陈保国立刻找到一家公关公司，不惜重金组织网络水军，把张自立在包间的照片发到了各大网络论坛。但同时，雪莉叛徒的身份也因此暴露了。

"没规矩。"张自立手握水果刀，恶向胆边生。

"规矩，呵呵。你有权，规矩可以为你变通；你有钱，规矩可以为你服务；你有钱有权，你就是规矩。"刁淑婷冷笑道，"既没有权又没有钱，那规矩就是给你量身定制的枷锁，你身边全是小人。"

"小人多可恨啊，在她眼里，你命如草芥。"安琪尔补刀道，"她和陈泽渊、陈保国，以及害你母亲的凶手有什么区别？"

"挖眼睛，割耳朵，剁手指……"郑彪蛊惑道，"杀！杀呀！杀了她！"

一刹那，张自立的怒火被点燃，他高高地举起水果刀，猛地向雪莉的眼睛刺去，就在刀尖碰到睫毛的一刹那，却猛地停住了手，就像这把匕首突然撞在了一堵铁墙上。

也正是这一刹那，张自立突然醒悟，差一点儿就上了刁淑婷的当。那些看似正确的道理都是歪理邪说，目的是教唆他立投名状，但他不能将自己的灵魂交给魔鬼！

他喘着粗气将水果刀狠狠地扔在了地上，最后的理智告诉他，自己是一名实习刑警，即便会被学校开除，即便会被人瞧不起，他也不能就这样堕落，他有自己的使命，他有深爱的女朋友夏艳红，更有敬爱的父亲柯伟。

"怕了？"刁淑婷冷笑一声道。

"我和你们不一样。"

"不勉强，人生何处不相逢！"

张自立正要反驳，他的手机响了。

听见电话铃声，刁淑婷心里有种强烈的预感，她可能将永远失去这个优秀的年轻人了。

她摆了摆手，郑彪和安琪尔将失魂落魄的雪莉拖了出去。

电话是柯伟打来的。

他离开陈卫国办公室，走出市局后，在墙边靠了好一会儿。

柯伟的思绪无法从刚才的情景中马上退出来，完全没有想到陈卫国会是这么一个态度，难道他弟弟陈保国的事他就真的一点儿都不知道？这么多年，他真的把碎尸案一直记在心上？陈卫国今天这番话，是出于他的真实想法吗？

柯伟不敢相信。

当年遇上地雷爆炸后，市局对现场以及整个案情做了详细的调查，张萍一直不满柯伟探组，力主严惩，其中有一条罪状就是将高松买的那些长命福牌，作为他们游山玩水的证据，在问询到陈卫国时，陈卫国说他不知道。

柯伟当时气炸了，要不是躺在床上无法起身，只怕马上就要提枪去找陈卫国理论。柯伟出院，已经是一年后，心里依然有气，情绪却已平静，理解陈卫国可能为了上进，要跟他们切割。他去找陈卫国理论，只怕要被大部分同事认为是心理不平衡，故意找事，他只好把这事一直憋在心里。

刚才听了陈卫国一番义正词严的话，他反觉得自己气量狭小。现在歇了会儿，才回过神来，自己几十岁了，还是那个性情，容易被人忽悠。只怕陈卫国这番话，早就为自己准备了好久好久，自己就像是头公牛，别人红布一挥，他就乖乖地冲过去了。

叹了口气，柯伟转念又想，无论如何，陈卫国持这种态度，还是好事，至少把张自立被开除的事挡住了，只要抓住王猛、冯青支，破了案立了功，张自立就有救。有些人一辈子做伪君子，也挺好的，再说刑警办案讲证据，做事看行动，论迹不论心。

柯伟摸出手机给张自立打电话，要把这个好消息告诉他，一听他跟刁淑婷在别墅的酒吧，心里立刻慌乱起来。这个女人不寻常，被黄四郎送进去还能够靠自己全身而退，她对张自立难道有什么想法？来不及细问。他赶紧吩咐张自立无论如何都要保护好自己，守住底线，他马上就过去。

刚要叫车过去，小叮当的电话就打了进来。

小叮当不负所望，在滨海区的一家黑旅馆内找到了小宝，小宝的腿被人打断了，不敢去正规的医院治疗，躲在这里养伤。小叮当正准备施展浑身解数，威逼利诱，还未开口，小宝已经竹筒倒豆子，一吐为快。

半个月前，小宝穷得已经吃不起饭了。凌晨三点，他流窜到北郊区世成汽车修理厂，准备偷点东西卖钱果腹。厂房内灯火通明，厂长叼着烟卷焦急地走来走去，不断催促着两个工人。趴在墙上的小宝只看了一眼便兴奋起来，那是一辆崭新的奔驰S600，车门打开着，车座上血迹斑斑，奇怪的是两位工人不但没修车，反而将车大卸八块，配件拆下来摆了一地。胆大心细的小宝知道这里面一定有猫腻，心一横，决定来个黑吃黑。

待到天快亮时，车子已被拆得七零八落，厂长用一块大帆布将残骸盖住，便带着两名工人锁好大门休息去了。小宝看时机已到，翻窗进入厂房，将他们拆下的车载大屏偷了出来，第二天便卖给了李正中。谁知没多久，厂长王世成竟突然找上门来，在他常去的拉面店里堵住了他，气势汹汹地要灭了小宝，要不是他跑得快，小命早已不保。

小宝是"三进宫"的滚刀肉，自然知道事情非同小可，自己摊上了大事儿，此时小叮当找上门来，他一听背后还有柯伟，当年的柯大侠，也不管这尊泥菩萨现在还管用不，能不能救得了自己，反正先把祸水旁引肯定不坏，立刻供出世成汽修厂，告诉小叮当最好立刻灭了这帮畜生。

小叮当也不拖，立刻给柯伟打了电话。随后，滚地龙开了柳霞的车去接了柯伟，再来接上小叮当和小宝，这时不管小宝愿不愿意，他都必须跟着柯伟走这一趟。

车子直接开到世成汽修厂，四人下车，走进还亮着灯的厂长办公室。

厂长王世成正在玩手机，小宝笑道："真是辛苦，这么晚还想着挣钱不睡觉。"

他这种混混，既然来了，就是豁出去了，那声势上必然要压住对方，何况还有柯伟几人在一旁。

王世成站起身，看见小宝，知道来者不善，却不理他，一眼看向四人当中明显是头儿的柯伟，问道："什么事？"

柯伟也不废话，直接亮出金建民给他发的刑警证件："警察，办案。"

王世成呆住，问："警察，办什么案啊？"

滚地龙哈哈大笑："都这种时候了，你还装什么装啊？告诉你，他叫柯伟，当年那是跺跺脚都要地震的柯大侠，我呢，我叫滚地龙，也小有名气，你可以打听一下。咱们既然把小宝带来了，你先考虑一下，你这个破厂还想不想要，再决定如何回答问题。"

王世成再次发呆，脑中念头转了几转，大声叫道："柯警官，车是我收的，但我是清白的！"

原来，王世成因滥赌欠下高利贷，正想着找机会发点横财，这赃车他本不想收，但奈何这价钱实在诱人，原本价值三百多万的整车，只要两万块钱就给他，况且他有渠道，可以将车上的所有零件卖到国外，车架再当废钢压扁了卖掉，神不知鬼不觉地就能挣到一百万元以上，这样一来赌债就能还上，只是这零件不能在国内流通，否则就容易被警方查到，但百密一疏，还是让小宝将零件偷了卖去，这才将柯伟等人引来。

一个小时后，柯伟三人走进星辉董事长办公室。

在路上，柯伟给刁淑婷打了电话，说要送她一个大礼。到了人多的地方，滚地龙给了小宝一把钱，让他自己先安顿好，等着做污点证人。

刁淑婷带着张自立，和郑彪、安琪尔早就等候着，只少了那两个最近寸步不离的保镖。

"说吧，你要送给我什么大礼？"刁淑婷笑笑，"看你这个架势，还以为要来我这里打架呢。"

"徐辉的车找到了。"柯伟开门见山，"在北郊区世成汽修厂，车被肢解了。徐辉本人，也可能被肢解了。"

刁淑婷怔了一下，冷笑："凶手呢？"

虽然早就猜测徐辉可能遇害了，但现在真正可以确定了，她还是有些激动，如果能够找到凶手，证明她的清白，那就再好不过了。

柯伟打开手机，递给她："应该是这三个人。"

手机里是三个人的背影，一高个，一瘦子，还有一位身姿袅娜的女子。

刁淑婷摇了摇头："这仨是？"

柯伟却不急于回答："这是汽修厂厂长王世成在他们离开的时候偷拍的。他们开了徐辉的车去卖，只要了很少的钱，而且车里有血，说明他们的目的并不是卖车换钱，而是急于处理徐辉的车，所以他们很可能是凶手。"

"然后呢？"

"你再好好看看那两个男的。"柯伟道。

刁淑婷再次把手机举到眼前，几秒钟后，身子一震，涩声问："就是他们？"

这句话很古怪，柯伟却已经明白。他早就等着她这句话，叹了口气道："我认为就是他们。真是……冤孽！你让我帮你查徐辉，想不到竟然查到了他们。真是……天注定。"

"他们怎么去……杀徐辉？难道是黄四郎……还是他们……"

刁淑婷皱眉问。

"我先告诉你另外一个情况。奔驰车里血迹斑斑，前座后座都有，不仅有喷溅血，还有几处血泊，所以车里应该死了两个人，一个在前座，一个在后座。"柯伟示意刁淑婷道，"今晚来，一是要告诉你徐辉的车找到了，二是让你知道这两个男的凶手可能是谁，但更重要的是，我想让你再仔细看看那个女的。"

"我看了。漂亮女人的背影都差不多。"刁淑婷哼了一声。

她又一次举起手机，仔细端详，然后再次皱眉、沉思，表情慢慢阴沉下来，良久，才缓缓道："柯大侠，我也送你一个大礼吧。"

柯伟点点头，看着她。

刁淑婷深吸一口气："前段时间，一个女人来星辉应聘保洁员，总是戴着口罩把自己遮得严严实实。你让自立来查探，我这次出来后，也问过另外一个保洁员，根据她的描述，我基本上可以确定，这人就是——白小莲。"

刁淑婷表情笃定。

她跟白小莲见面次数不多，但白小莲给她留下过深刻的印象。那时候卢海民和孔宪德争风吃醋，为了白小莲大打出手，砸了两个包厢，她勒令白小莲赔偿，还打了白小莲一个耳光，白小莲柔弱而倔强的表情，仿佛让她看到了年轻时的自己，所以她一直不曾忘记白小莲的形象。

柯伟点点头："那么，你也认为，相片上那个女的是白小莲了？"

这一次，刁淑婷没有回答，而是淡淡道："能够跟这两个杀人狂魔走在一起的女人，一定是一个特别的女人，我也很难再想到别人。"

顿了一下，她失声叫道："我想通了。"

柯伟没问，自顾自地往下说道："其实我已经查证了，白小莲并没有死。当年，王猛和冯青支绑架了白小莲和张文晴后，只杀害了另外一个女孩张文晴，留下了白小莲。从目前的情况来看，白小莲成了他们的帮凶。"

"白小莲到我们星辉来做保洁，自然是不安好心，两个杀人狂魔不方便频繁出现在星辉这样的地方，所以他们就让白小莲先来踩点。"

说到这里，刁淑婷命令安琪尔，马上在星辉进行排查，再次询问那位了解情况的保洁员，只要是白小莲打听过的小姐，都要及时告知，让她们小心，同时还要查看她们这些天有没有一直没来星辉上班的，有什么线索，马上报告。

然后，她叹了口气，表情严肃道："还有一点，柯大侠你不了解情况，你想不到，但我能想到。就是你说徐辉的奔驰车上死了两个人，我猜另外一个被害的可能就是小 K。"

她转头看向郑彪："不介意再做一次线人吧？"

郑彪生硬地挤出一丝笑："柯大侠，我尊敬，不掉份。"

跟着他就向柯伟提供了小 K 的信息。

——小 K 是成臻的外号，他原是星辉有名的男模，后被徐辉重金挖走，成了白金汉宫的一张招牌，为他们迅速培养起来一批新人，专门为一些高端女性服务。

当时听说徐辉和司机一起失踪，刁淑婷并没有想到这个司机是成臻，这次从牢里出来后，她制订了一个打击黄四郎的计划，计划中自然包括要挖回摇钱树成臻。可是得到的消息是成臻也消失一段时间了，原以为他是怕事远走高飞，暂时逃避，可是白小莲的出现，让刁淑婷醒悟过来，那个跟徐辉一起失踪的司机，很可能就是成臻。

这段时间白小莲没来星辉，自然是因为去了白金汉宫。毕竟，在东海，就是这两个夜场有钱人最多，白小莲盯上白金汉宫的头牌鸭子成臻也不意外。

所以，可以推论王猛、冯青支锁定目标后，极有可能是让白小莲扮演富婆出面，就像当初他们扮演大款一样，先用小钱诱惑着成臻，然后准备故技重施。可能中间出了一些问题，或者说成臻也是老江湖，比较谨慎，向徐辉做了汇报，或者直接叫上徐辉做接应。最后王猛和冯青支一不做二不休，把徐辉和成臻一起杀害，然后把奔驰车处理掉。结果这事跟刁淑婷毒死狼犬恐吓黄四郎撞上了，让黄四郎误以为是刁淑婷所为，于是勃然大怒，展开反击。

"所以，我们现在同仇敌忾，是战友。"

郑彪说完，刁淑婷殷切地看着柯伟，然后转头对张自立道："最终，我们还是一伙了。"

张自立无语。

柯伟也有些无语。

自己追凶半辈子，想不到最后会跟一个夜场女老板一起开案情分析会，而且是最有价值的一场。

刁淑婷说得也不错，这伙杀人狂魔以夜场人士为目标，直接就是她的敌人。同时，抓住王猛他们，还可以向警方证明徐辉的死跟她无关。因此刁淑婷不光只这样说，肯定还要积极参与缉凶。

对此，柯伟尽管多不情愿，也要表示欢迎。

无论如何，他和刁淑婷的目的一致，而且，越早抓住凶手，柯兰就越早安全。

"那么刁总，我们来想想，如何尽快找到他们。"柯伟瓮声瓮气地询问道，"刁总有什么想法？"

"要抓住他们，首先就得找到他们的住处。"刁淑婷沉吟，"他们肯定还是以出租屋为据点，这样才好藏匿，并且方便再次作案。"

张自立嗤之以鼻："这还用你来分析？秃子头上的虱子——明摆着！"

柯伟道："东海实在太大了，要慢慢排查，无异于大海捞针。我们只能先进行重点排查，看看他们有可能待在哪些区域。"

滚地龙道："乍浦路一带我熟，不用排查我都能够清楚有几只蚊子飞进来了，他们肯定不在。"

张自立问："要排查，总得有一些线索和依据吧？"

柯伟道："世成汽修厂厂长知道这辆带血的奔驰不是那么好吃的，依道上的规矩他又不好问，只能偷偷拍了一张他们的背影，又看着他们出厂，往北而去。汽修厂的位置有些偏，不好叫车，现在不比以前，到处是监控。以王猛他们的身份，又不敢使用网约车，只能在路上随机拦出租车，所以我认为当时的情况是，他们丢下奔驰车，急于离开汽修厂，又是步行，不可能像有自驾车那样，随时可以做假动作、假方向欺骗，因此，从汽修厂往北应该是他们真实住处的方向。"

"这也相当于无用。世成汽修厂往北的范围那么大，也算半个东海了。"

"有东海地图没有？拿一张来。"

"白小莲上班，是坐73路公交车来的，走几步就到星辉了。这趟公交车是从北郊开过来的，可以在北郊的起始站附近找找。"刁淑婷建议道。

张自立突然大叫起来：："你们等着！我叫万子良来。"

此时已是深夜，万子良早已就寝，被张自立电话叫醒的时候，出于警务纪律方面的考虑，他有点儿犹豫，但思量再三，他还是背着笔记本电脑，不到半个小时便赶到了星辉。

张自立介绍后，让他打开电脑，展示他们最近做的数据模型和排查的结果。万子良为难道："目前的模型虽然可以根据数据条件，排查出所有符合要求的地点，但有效数据不足导致范围过大，第一档目标就有好几百处，更不要说第二档、第三档，因此无法为办案提供有效帮助。"

张自立得意地笑："现有模型数据不够，我们还有人脑做补充呢。刚才我们讨论了一会儿，有很多线索，现在把这些线索加进去，看看能不能缩小范围。"

柯伟点头道："自立说得不错。破案就是这样，单打独斗很多时候都解决不了问题，还是需要群策群力。"

刁淑婷也来了兴趣，指着电脑上密密麻麻的亮点道："考虑到换乘因素，可以试一下，以73路终点站为中心，十公里内为重点排查区域。"

安琪尔插话："有名保洁员反映，她不喜欢白小莲，所以有一天下雨，她看白小莲鞋上很多泥，借机骂过白小莲，让其清洁后才能进门。所以从白小莲住处到星辉，应该有一个泥泞的地段，很可能她住的环境不太好。"

柯伟道:"白小莲喜欢整洁,以前家贫,也努力把自己收拾得干干净净,人的习惯是改变不了的,所以一定是她住的地方环境差,甚至周边有可能在施工。"

郑彪道:"如果我来选择藏匿点,我喜欢人多人杂、管理混乱、视野不错的地方,这样便于逃跑。"

万子良兴奋道:"啊,自立你厉害,加入更多设定,效率更高啊。"

隐藏了多年的真相,他们正在步步逼近。

3

夜深,一片破败的家属楼。

与东海市许多老破小一样,这里似乎永远沉浸在荒凉与绝望之中。老一辈的人大多已经离世,年轻人早已远走高飞,这里已经成为群租者的乐园,搬进来的人大多是来东海市务工的农民工,以及刚刚毕业的大学生。近年来,这里的环境变得越来越破烂不堪,逐渐成了一个被遗忘的角落。

王猛和冯青支正是因此而选择在这里藏匿。

这里根本收不上物业管理费,没有几个能用的监控摄像头,破旧的房屋,昏暗的街灯,以及流荡的影子,构成了作案的完美背景。对于白小莲来说,这里则成了她的避风港,因为只有在这里,她才可以放下戒备,仿佛又隐隐闻到了昙花的幽香。

周围一片黑暗，头牌小姐不知道自己到底被困了多久，只知道每当自己睁眼时，就会遭到炼狱般的折磨，连续的毒打让她奄奄一息，没有任何反抗之力，雪白的肌肤上有不同程度的瘀青，下身更是血流不止。因为随身的卡里没有什么钱，她暂时保住了一条性命，而倔强的性格，让她不肯轻易屈服，去祸害自己的好姐妹。因此，她成了块烫手的山芋，王猛更是对她失去了耐心。若是再不就范，必是死路一条。

　　虽然被关在一个暗无天日的小房间，意识也渐渐模糊，但小姐心里清楚，导致自己变成这般模样的，是去她工作的那个KTV消费的两个男子，其中一个就是给她送钻戒的大老板，而她每次在遭受殴打而失去意识之前，都能看到这两人不耐烦的表情。但不知什么时候，记忆中又出现了一个女子的模样，而她的狠毒远远超过这两个恶魔。为了一点点击垮她的心理防线，白小莲用火烧饮料管，熔化后滴在她的身上，将已经结痂的伤口再次揭开，用辣椒油涂满她全身，强迫她吃下排泄物……

　　这次来东海市，王猛、冯青支没有要到钱，三思之后本来决定回去从长计议，但白小莲却撺掇他们重操旧业。因为白小莲早已见惯不惊，她还记得自己第一次杀人时，有些手软，冷汗浸透了她的全身。但是在王猛的逼迫下，白小莲迅速蜕变成了一个嗜血恶魔，时时需要鲜血的刺激，才能让她安然入睡。她在那些小姐身上看到了当初的自己，她觉得自己不人不鬼，活着比死了还恶心，还不如一开始就被王猛掐死。她将自己看作堕落女孩们的救世主，自己的所作所为是为了"救"她们，是为了让她们不要像自己这样苟且地活着。因而她入戏的过程是那样自然，随着古典音乐的响起，剪碎被害者的骨头，她干得格外认真，像艺术家在完成一件艺术品。掌握了生死的权力，会获得最大的快感，在鲜血的浸泡下，她的灵魂深深地堕入了地狱。

而那些死去的女子，很多都是白小莲亲自选定的，她们的生命如昙花一现，白小莲成了她们的勾魂鬼。暗夜里，睡梦中，那些面孔经常与她不期而遇，她们在空中飘浮着，面目狰狞可怖，她们没有身体，灵魂无所归依。

"骨头真是硬啊。"

白小莲狞笑着，将钢针刺进小姐的指缝。小姐已经没有惨叫的力气，剧烈的疼痛让她的眼睛变得猩红，脸上的表情变得异常痛苦，鲜血顺着雪白的手臂淋漓而下。

"快打电话。"

"拿到钱就放了你。"

小姐冷峻的脸紧紧皱在一起，她心里跟明镜一样，才不会相信他们的鬼话。只要他们一拿到钱，自己必然是死路一条。然而，她已经到达了生理和心理的极限，天知道还能再忍多久。白小莲恼羞成怒，再次将钢针刺进小姐的指缝，小姐无力地哀号一声，痛得昏厥过去。

也许是因为干完这一票，王猛决定回去——他们已经从徐辉和成臻那里拿到了一大笔钱——白小莲彻底失去理智，不依不饶地咒骂着，疯狂地用钢针刺向小姐的身体。在一旁清点现金的王猛和冯青支放下手中的百元大钞，赶紧奔过来将她拉住，两人并不是出于对小姐的同情，而是怕刺破大动脉导致血流成河，污损了身边一摞摆的钱，而且浓重的血腥味会暴露他们的行踪。但此时，白小莲的杀欲越来越重，她红着眼睛企图挣脱出来继续行凶，王猛抽了她一巴掌，她才暂时冷静下来，任凭鲜血从口鼻中溢出。她恶狠狠地看了王猛一眼，竟有一丝想杀了他的冲动。

小姐身体越来越虚弱，如同房间里忽明忽暗的灯光，命若悬丝。

星辉董事长办公室。

万子良快速地操作电脑，随着一个个线索被补充进去，罪犯藏匿地点范围不断缩小，但是到最后，没有人能够再提出更多的有效线索了，而屏幕上的亮点，还在闪烁的起码还有二三十处。

案情再次陷入僵局。

张自立和万子良还守在电脑边，柯伟与刁淑婷、郑彪等人围坐在一起，个个面色沉重，长时间不眠使得众人乏力，他们注视着彼此，凝结在空气中的沉默传达出无限的死寂。

"自立，是难得的人才。"刁淑婷惋惜道，"当不当警察无所谓，我的大门随时向他敞开。还有这个小万，随时来我这里，当个主管，薪水绝对是你现在的五倍起。"

"别想毒害孩子。"柯伟义正词严道，"警察这条道再难，他们也要走下去，这是正道。"

"够硬。二十多年了，老柯，我就服你这点。"刁淑婷慢悠悠地点起一根烟，看着柯伟道，"还记得我说过，要还你一个人情，借钱不算，这个承诺永远有效，任何时候，只要你开口，我就照办。"

柯伟欲言又止，他的身体已经严重透支，在崩溃的边缘，昏昏沉沉中，张桂珍、季子越、白小莲……这些人的相貌和名字，如电影般在脑中快速闪过。

恍惚间，他又回到了 1995 年正月的那个下午，那时他带领探组的兄弟们荷枪实弹，在工人新村挨家挨户地搜捕。他一脚踹开 303 室的房门，只见年轻的白小莲一身孝服，跪在母亲的遗体旁，哭得泣不成声。突然，她起身放肆地哈哈大笑，仿佛在耻笑柯伟的软弱无能。

柯伟心里五味杂陈，眼前一黑，倒在了沙发上。

众人一惊，赶紧围过来查看情况。柯伟躺在沙发上一动不动，面色苍白，额头上渗出细微的汗珠，他试图睁开眼睛，耳边传来的呼唤声却越来越模糊。

漫无边际的深巷里，柯伟迷失了方向，黑洞洞的天空中，猛兽的一双猩红巨眼在盯着他，他显得那样渺小而无助。忽然，一身洁白的白小莲站在一片血泊之中，她深邃的眼神中透露出一种神秘的光芒，仿佛能洞察一切。她手中抓着一朵神秘的昙花，花瓣上滴滴坠落的血液在她手心凝聚成小血珠……

"有了！"

柯伟睁开眼睛，喘着粗气，从昏厥中惊醒。他带着滚地龙几乎走遍了东海市的大街小巷，却唯独忘了这个地方。

他推开扶着他的张自立，看着远处的郑彪："你刚才说，你如果要找藏匿地方……还记得我们的第一次见面吗？"

郑彪没有回答，沉吟着若有所思，若有所悟。

柯伟站起身，走到万子良的电脑前，指着其中一个还在闪烁的红点："这里。"

"工人新村？"

"工人新村！"

张自立点点头："有可能。"

滚地龙也反应过来："对，绝对是这儿。"

柯伟吐口气，低喝："走。"

"现在？"张自立问。

"当然。"柯伟心里焦急。"爸爸救救我，救救我……"呼救声如鼓点般在他耳边响起，他如坐针毡，心烦意乱。柯兰若是落在这群人手里，他们早一分钟找到，就多一分生存的希望。

"你身体……"

刁淑婷插话道："我给你派几个人去吧。"

郑彪也走过来："我去。"

"人多了会打草惊蛇。"柯伟看着他们，摇头，"这是我的事。自立跟着我就行了。你们的心意领了……"

毕竟情况紧急，让一群咋咋呼呼的保安找人肯定不是上策，柯伟将张自立拉到一边，让他给金建民打了增援电话。

一个小时后，柯伟带着张自立、滚地龙和小叮当到达北郊区的工人新村小区。

今天一天经历的人和事太多，太折腾了，柯伟已近虚脱，下车的时候步履蹒跚，他努力咬牙坚持着。

他打量着夜色下的工人新村小区，格局几乎没有变化，时间仿佛回到了二十多年前，他整理好唯一的装备——手铐，目光变得越来越锐利，扫视着一栋栋历尽沧桑的楼房，寻找着可疑的蛛丝马迹。

"咋想的？这么晚怎么找人？"滚地龙扶着腰道，"也就是你，大哥，不然换谁我也不会陪。"

"老妖说的。"柯伟瓮声瓮气地回答。

"老妖……大哥，你这是日有所思，夜有所梦，天天琢磨这事，老妖自然会出现，就跟他联系上了。"滚地龙哭笑不得。

"最危险的地方往往最安全。"张自立道，"狗贼狡猾。他们很可能就是利用了这一点，藏在这里。"

"先查亮灯的？"小叮当建议。

柯伟不理他们，借着夏夜的星光仔细端详，突然眼前一亮，7号楼1单元4楼403室窗户紧闭，就连卫生间也拉下了百叶窗，遮得严严实实。

"滚地龙和我、自立上去，小叮当你在楼下接应。"柯伟攥了攥红肿的右手道，"万一我们没下来，赶紧给金建民打电话。"

"明白。"小叮当喏嚅着。这一刻，这个在道上混了半辈子的混混，觉得刑警太不容易了，对方可是杀人如麻的狠角色。

柯伟安排完毕，带着张自立和滚地龙无声地上到了四楼。柯伟将耳朵贴在403室门上倾听，里面没有一点儿动静。滚地龙也屏住呼吸，龇牙咧嘴地扭着腰。

柯伟给滚地龙使了一个眼色，滚地龙从怀里取出一套自制的溜门撬锁工具，拿着一根波浪形的探棒和一块转动锁芯的铁片，几下就打开了房门，迎面就是一股发霉的味道。

柯伟心里一凉，这是很久没住人了。张自立也明白，"啪"地按亮灯，房间里空无一人。三人仔细搜了一遍，除了灰尘和霉斑，并没有其他特别的东西，应该是长期没人住才会拉下窗帘，三人只好失望地回到楼下。

滚地龙刚要满嘴放炮，却被柯伟的眼神逼了回去。这一次虽然扑了空，但不知怎的，柯伟的心开始"怦怦"乱跳，一种不祥的预感袭上心头，他感觉所有被残害的女人都在附近，他耳边甚至能听到一阵阵喃喃的呼救声。柯伟眉头紧锁，每一秒钟都让他倍感压力沉重。

"有没有听到呼救的声音？"

柯伟只感到天旋地转，缓缓地闭上了眼睛。

"没有啊。"

张自立和滚地龙竖起耳朵四下张望，除了夜深时分轻微的风声，这里寂静得可怕，可柯伟却听得清清楚楚，那喃喃声中分明还混着老妖的声音："来了，快来了……"

柯伟的大脑飞速运转，结合侦查日志中的信息，一个个念头在他脑中显现：这里的环境非常适合犯罪嫌疑人作案；犯罪嫌疑人是东北的，他们怕热，尤其是湿热，应该不会在一楼或顶楼；他们以前就选择在三楼作案，成功的犯罪经验会让他们这次大概率还选择三楼；为了防止被害人逃跑，应该会选择窗户带铁栅栏的房子。

柯伟猛然间睁开了双眼，他似乎想明白了一切，快步向前走去，按照自己的直觉寻找着目标。张自立、滚地龙和小叮当不明所以地跟在后面，问柯伟什么，他都不予回答。

半个小时过去，柯伟在 24 号楼 3 单元前止住了脚步，他的目光聚焦在三楼 301 室，这里的一切都符合他的判断，尤其是窗台上摆着的那一盆昙花。白小莲毕生最爱昙花，那盆昙花像极了她的青春和生命，大大的花朵已经开败，斑斑点点仿佛一颗凋零的心。

"就是这里。"

各种复杂的情绪交织在一起，柯伟胸腔中充满了激情的火焰，他脉搏加快，呼吸急促，一股奇异的能量在他体内融化，像飞蹿的电流一样冲击着他的神经。

忽然，301室内透出微弱的光！

柯伟心里一紧，难道打草惊蛇了？他赶紧指挥所有人暂时躲进了楼洞内。

"金支快到了。"张自立收到了金建民的短信。

"来不及了。"柯伟耳边似乎又响起了柯兰的呼救声，"走，先上去！"

楼梯上，柯伟只能听到心跳声在耳边回响，张自立和滚地龙也感受到了紧张的气氛，提起精神紧跟在后。谁知在走到二楼和三楼之间时，滚地龙的老腰不争气，右边腿一软，居然摔倒了，他的门牙被磕掉了半颗，一阵强烈的疼痛袭来，滚地龙面部表情扭曲着，满嘴鲜血瞬间涌了出来，他强忍住没有发声，双手扒在楼梯上，勉强支撑着身体。

关键的时候掉链子，柯伟又焦急又心疼。张自立也眉头紧锁，他蹲下身子，双手紧紧扣住滚地龙的臂膀，牙齿咬着下唇，使出了吃奶的力气，尝试着将身躯庞大的滚地龙从地面上拉起。几番努力后，他的额头上渐渐渗出了汗珠，然而，收效甚微。

"爸，得换个法子。"张自立喘着粗气道。

"找根棍，试试看。"柯伟低声道。

张自立点了点头，在楼道里找来一根拖把，将其塞入滚地龙的身下，与柯伟一起用力，试图用杠杆原理将滚地龙撬起。

经过一番努力，滚地龙终于被扶正，张自立脸上露出了一丝微笑。

待滚地龙恢复一些后，柯伟这才将耳朵贴在 301 室门上，倾听里面的动静，然而里面却安静得出奇。

三人对视一眼，也许前方就是万丈深渊，但，别无选择，也不用选择，这就是选择。

"开好锁，就下去。"柯伟轻声道，"再别上来。"

"啥意思？"滚地龙面目古怪，说道，"死也死一起啊。"

"听我的，就这一次。你在下面等待支援，别让他们跑了。"

柯伟紧紧抓住滚地龙的手，眼神清澈而坚定。

死亡是拷问人性的炼狱，这次他不能再让兄弟跟他一起冒险送死。之前发生的悲剧，他不想重演一次。他从来不甘心于自己的失败，奈何命运弄人，不得不向现实低头。直到今天，他拼尽全力，跌跌撞撞又一次来到了这个绕不过去的坎。在他心里这是一个真正的刑警必须要过的坎。

滚地龙尽管眼眶含着泪水，但还是点点头，弓着腰窸窸窣窣地开锁，柯伟则抄起了拖把，只等门开的一瞬间，便会义无反顾地冲进去。

"咔嗒"一声，门锁开了，"吱嘎"一声，房门开了一条缝。

滚地龙慢慢后退，退下楼梯——他真不是畏缩，而是不想添乱，让柯伟他们分心。

柯伟和张自立已经注意不到滚地龙，只是全神贯注地盯着屋里，他们眼睛已经适应了黑暗，可是此时还是看不清屋里，眼前只有暗黑一片，一股难以形容的刺鼻味道弥散开来，是死神散发出的气息，令人不寒而栗。

柯伟用拖把开道，张自立紧跟其后，警惕四周，凝神定眼，便看到了屋子正中有一团黑影，像是一个被捆绑的姑娘，两人心里一紧，跨步向前。

突然，只听见"咔嗒"的一声轻响，房门被重新关住，跟着是一声闷响，张自立被人偷袭，一闷棍打在腰上，惨叫一声跌倒在地。

——滚地龙那一跤，已经惊醒了屋中人，他们早已设伏，在此等候。

柯伟回头。

"别动！"

一声冷喝，柯伟只见一道高大的黑影立在眼前，手中应该持着枪，黑洞洞的枪口直指柯伟的脑门。

一股寒意从柯伟的脊椎上升，一滴滴豆大的冷汗从他额头渗了出来，他看不清持枪壮汉的相貌，但感觉这体形和轮廓格外熟悉。

"扔了。"

柯伟无奈，只得听话地扔掉拖把。

"啪"的一声，电灯亮起，里屋走出来一个女人，穿着一身血迹斑斑的白色居家服，惊讶地看着柯伟。两人对视间，柯伟认出来，她正是白小莲。

"你们认识？"王猛瞟了一眼白小莲道。

"不，不认识。"

"撒谎。"王猛一边说着，一边食指扣动扳机。

"慢！"白小莲急切道，"以前的邻居。"

"管他妈谁！"冯青支手持木棒叫嚣道。

白小莲刚刚说出这句话便后悔了，她看着王猛阴沉的面孔，就知道自己难逃此劫。

"又是老相好？"

"别废话，杀……"

冯青支话未出口，趴在地上的张自立突然暴起，如野牛般拼尽全力撞向王猛。"砰"的一声枪响，本应打向柯伟脑袋的子弹，不偏不倚射进了张自立的身体。柯伟浑身血液瞬间沸腾，亮出手铐，拼死向王猛扑了过去。

这一刻，他足足等了二十三年！

柯伟的右手失去了知觉，与王猛对抗起来犹如蚍蜉撼树，手铐也被打落在地，但他突然双眼放光，不知道从哪里来的一股神力，仿佛高松、邱建华两人附身，他们一起合力，死死地压住王猛持枪的手，两人陷入殊死搏斗。王猛抽出左手，拳头雨点般砸向柯伟的头部，强大的冲击力震得柯伟整个身体都颤抖起来，鲜血从口鼻喷溅而出，视野变得模糊不清。

冯青支见王猛一时拿不下柯伟，抡起棒子从侧面猛砸柯伟的躯干。中枪的张自立缓缓抬起头，鲜血从伤口中汩汩而出，他拼尽最后一丝力气，大叫一声"拿命来"，双手如铁钩一般插进了冯青支的小腿。冯青支疼得怪叫一声，转身用棒子猛砸张自立，可无论他如何使劲，张自立都死死不放。

楼下，滚地龙和小叮当听到枪声，心里"咯噔"一声，知道大事不妙，小叮当叫一声"快叫人"，自己往楼上奔去。

柯伟与王猛缠斗在一起，渐渐落于下风。王猛终于抽出双手从地上爬了起来，冷笑一声，捡起地上的手铐，说："跟我斗！"他将手铐砸到了柯伟脸上，再次将枪口对准了柯伟的脑袋。旁边的白小莲不寒而栗，仿佛这一枪即将打在自己身上。

王猛这时也看清了柯伟的脸，就是那个一直跟着他的，从无边的恐惧中托生出来的影子，这一刻，只要扣下扳机，这个影子就可以永远消失了。

千钧一发之际，白小莲突然冲了过来，一把明晃晃的剔骨尖刀刺进了王猛的后腰，殷红的鲜血从衣服下渗了出来。

"下地狱吧！"

白小莲杏眼圆睁，握刀的手不住地颤抖着。在她的世界里，早已没有了救世主。

"婊子！"王猛回头惊道，"活腻了……"

王猛掉转枪口瞄准白小莲，白小莲红着眼，披头散发地嘶吼着，迎着枪口而上。随着"砰"的一声枪响，子弹在墙上打出了一个黑黑的洞。但凡白小莲稍微慢一步，子弹便会穿过她的身体。

白小莲已经疯狂，倾尽全力一刀接着一刀捅向王猛的腹部，直到血流如注，白色的衣服染成了鲜红。连续的杀戮，将她的兽性激发到了极点，一桩桩往事浮上心头，她早就想这么干了，今天终于报仇雪恨了。

"反了……"

话音未落，王猛瞪着猩红的双眼倒在了地上，他至死也没搞明白，白小莲怎么敢暗算他。

就在此刻，白小莲灵魂上的枷锁彻底断裂了，一朵白色的昙花在她心间绽开，她隐约看到，在蓝天白云之间，母亲身穿洁白的衣裳，在美妙的歌声中向她微笑，似乎在迎接她的到来，一股温暖的力量托着她，让她无比欣慰。

冯青支困兽犹斗，拼命拔出被张自立死死缠住的腿，竟活生生被扣下一块肉，他痛得龇牙咧嘴，如疯狗一般狠蹬张自立两脚，正要站起，一条黑影扑来，将他狠狠地压在地上。

正是小叮当。

冯青支也拼命了。

他看见王猛被白小莲一刀刀捅死，不由心惊胆寒，知道今天如果不跑出这屋，肯定要丧命于此，不管是柯伟、白小莲，还是现在把他扑在身下的小老头，都会要了他的命。他就地一滚，小叮当身体单薄，抗不住力，反被他压在身下，冯青支猛揍两拳，来不及看小叮当的情况，捡起木棍扑过去冲着白小莲就砸了下来，白小莲被木棒砸中头部，应声倒地。

柯伟感觉筋骨寸断，已动弹不得，他试图张开眼睛，但只能看到眼前一片暗红色的血光。血光之中，冯青支扔掉了手中的木棒，从地上捡起手枪，枪口直指白小莲。

"住手！"张自立喝道。

他刚站起，指着冯青支，身体摇晃着，但不倒。

冯青支被这种威严的气势震慑住了，不由自主地想逃。张自立看穿了他，再次喝道："放下枪，投降！"

"让开。"

"我是刑警！"

张自立上前半步，身子前倾。冯青支再也无法承受这种威压，手一抖，"砰"的一枪射在张自立身上，张自立轰然倒地。柯伟的心也一紧，脑中猛然炸裂，嘶叫道："自立……"

冯青支凶性大发，转身将枪口对准白小莲的脑袋，恶狠狠地扣下扳机，一下、两下、三下……手枪居然卡壳了，白小莲的不死魔咒，再次灵验。冯青支气急败坏地将手枪扔在地上，拖着残腿来到厨房，拿起一把亮闪闪的菜刀。

"弄不死你！"

冯青支高高举起菜刀，咒骂着走向白小莲。柯伟努力挣扎，想起身战斗，却连半点力也使不出，绝望地闭上了眼睛，脑海里像电影倒带一般，闪过不堪回首的一幕幕，犹如一面镜子，映出生命在它面前所呈现的各种徒劳的姿态。他尽力了，坦然接受吧。无论自己是生是死，这伙杀人恶魔是逃不掉的了，作为刑警的职责，他尽到了，问心无愧。

"我是刑警……"柯伟喃喃道。

想不到死亡是这种感觉。他不再感觉到一丝疼痛，地板不再潮湿冰冷，空气中没有了血腥的味道，他仿佛听到金建民等人正往楼上冲的声音，也仿佛看到了高松、邱建华、老妖微笑着向自己伸出的手。

一瞬间，磋磨他多年的苦闷一扫而空，这样快乐地归去，死亡就不能杀掉他，反而是他杀掉了死亡。

电光石火之间，301室的房门被撞开。一队全副武装的刑警，在探长陈强的带领下，以迅雷不及掩耳之势冲了进来。冯青支被惠俊豪"砰"的一枪击中了左臂，哀号着倒地压在了柯伟身上。柯伟从绝望中惊醒，在条件反射下捡起手铐，一招金刚掣尾，将自己和冯青支死死铐在一起。

紧跟着，郑彪等人也出现在门口。

不多时，金建民带着大部队也来到了 301 室，身后紧跟着万子良、陈卫国以及习淑婷等人——万子良在他们离开的时候，就向金建民做了汇报，金建民指示陈强他们先到。陈强到达工人新村小区的时候，郑彪带着星辉的保安恰好也赶到，原来，刁淑婷等了半个小时不见柯伟消息，到底放心不下。两拨人还来不及说话，就听到了枪声，立刻一齐扑上来。

4

十日后。

北郊区，城北医院。

柯伟缓缓苏醒，明媚的阳光照射在脸上，轻轻抚慰着他疲惫的身心，一道新生的能量注入了他的灵魂。

"你醒啦。"

柳霞和柯兰兴奋地叫来了医生、护士，在确认一切安好后，病房外的一众亲朋好友也都围了上来。柯伟看着安然无恙的柯兰，不敢相信自己的眼睛。

他救下的人并非柯兰，而是一名苏北姑娘，现在就在旁边的病房养伤，身体主要功能并无大碍，只是心理上的创伤还要慢慢抚慰。而柯兰因躲避柯伟的追查逃过一劫，她从张萍家里出来后，一直藏身在朋友家，后被柳霞等人找到，她手上的那枚钻戒是朋友送给她玩的人工合成货。

柯伟环顾四周，不见张自立的身影，久未说话的喉咙有些干涩，他望向柳霞，嗫嚅着张了张嘴："自立……"

柳霞安慰道："放心，没有大碍。"

吉人自有天相，张自立虽然身中两枪，但那枪是自制的仿64式手枪，子弹也是仿制货，质量堪忧，第一枪并未打中要害，而第二枪则打在了胸前的长命锁上。长命锁被崩得粉碎，救了他一命，当时他只是被震晕而已。

柯伟慢慢合上了眼。

二十三年过去了，自己终于亲手抓住了嫌疑人，然而，迟到的正义，终究是太迟了。

王猛因脾脏破裂而大出血，经抢救无效死亡，结束了他罪孽深重的一生。白小莲伤势并不严重，简单医治后被关押在第一看守所，她的精神状态很好，饭量也大了许多。冯青支在监狱总医院治疗枪伤，没有生命危险，只是惶惶不可终日，经常会将自己吓到浑身痉挛。

经过审讯，冯青支供认了所有的犯罪行为，徐辉、成臻失踪案也是他们所为。柯伟猜测得没错，由白小莲出面引诱成臻，成臻被绑架后向徐辉求救，王猛他们本就把徐辉也列为了目标之一，故意让成臻打的电话，徐辉傲慢地以为成臻跟以前一样，又遇上桃花劫了，以为凭自己一个人出面，就足以吓住对方，不管对方是谁。可是万万没有想到的是，这一次，他面对的是一伙杀人狂魔。

张自立实现了诺言，破获了3.15系列杀人分尸案，为生母报仇雪恨，光明正大地赢了不可一世的刘泽渊，也将功抵过保住了学籍，他申诉后的处分决定为校内严重警告。毕竟有处分在身，他被分配到了北郊区条件最差的基层派出所。就在去派出所报到的当天，张自立又被市局政治部安排去抽了第二次骨髓。这次医治非常成功，卢海民三日后便脱离了生命危险。清醒后的卢海民每日吃斋念佛，随他多年的沉香手串变成了念珠，在得知张自立的情况后，他悄悄替儿子偿还了欠陈保国的三百万，可陈保国死活不肯收。同时，他还做出了一个慎重的决定，将自己巨额遗产的继承人定为了张自立，待自己百年之后，遗嘱就会生效。

张自立并不知道这些，他的人生依旧在自己的轨道上前行，天天被乡下派出所的琐事羁绊，不是张家的牛丢了，就是李家的菜园子被偷，和夏艳红成了名副其实的异地恋。她在市区政治部工作，两个人所处的环境截然不同，通话和见面的次数越来越少。

万子良的AI系统一战成名，成为经侦和刑侦的宠儿。

2018年3月，国家监察委员会依法组建、正式挂牌，自此国家监察体系框架初步建立，反腐败斗争取得压倒性胜利，数十名中管干部被查处，近三十名高官受审获刑……

一年后，新年临近。

大街小巷张灯结彩，处处洋溢着喜庆的氛围。乍浦路也不例外，经过市政美丽家园工程的整修，路面拓宽了不少，私搭乱建的违章建筑全部拆除，露天的电线也埋到了地下，一家家老字号店铺重新搬了回来，这里重获新生，展现出勃勃生机。

柯伟和滚地龙、小叮当、柳霞围坐在棋牌室的麻将桌前谈笑风生。张自立在一旁端茶倒水，伺候牌局。

滚地龙成了棋牌室的"保安队长"，他时不时向柯伟挤眉弄眼，暗示自己要的牌。小叮当还是干着老本行，他默不作声，但心里有数，死捂着滚地龙要的牌。柳霞则优雅地坐在桌边，每一次出牌都带着一种从容不迫的气质。不过，最近她的笑声格外频繁，亦清脆悦耳，为新年增添了一抹祥瑞之气。

原来，她和柯伟终于结束了爱情长跑，决定年后在乍浦路金米萝酒店举办婚礼。柯兰经历了一场有惊无险的洗礼，开始学会理解人性的复杂，更感受到了那份迟来的父爱，这份深沉的父爱让她感动，也让她痛心。待到秋高气爽时，柯兰将烤肉店开到了焕然一新的乍浦路上，生意出奇地好，天天宾朋满座。

"3·15系列杀人分尸案"终于画上了句号。以王猛为首的犯罪团伙犯罪事实清楚，证据确凿，主犯王猛已经死亡，不追究刑事责任；主犯冯青支犯故意杀人罪，情节特别恶劣，判处死刑，立即执行，剥夺政治权利终身；主犯白小莲因有重大立功表现，判处死刑，缓期两年执行，剥夺政治权利终身。在法庭上，白小莲自始至终都不承认自己有罪。王猛的父母也在不久后被捕，他们和20世纪90年代初发生在鸡东市的系列杀人分尸案有关，由于相关人证、物证早已不在，再加上两人年事已高，法院判处两人无期徒刑，且不得减刑。王猛和冯青支的亲属因犯包庇罪，获刑五到十年不等。

夕阳无限好，乍浦路上人流如织。生活依旧是那样，充满了不如意。

柯伟穿着一身年轻时尚的运动装，悠闲地坐在棋牌室门口，泡上一壶浓茶，看着喷涌的水柱随着高亢的音乐舞动，径直向天空冲去。

明天又是新的一天。

归案

作者 _ 万安

编辑 _ 任盈　　封面设计 _ 邵飞　　主管 _ 程峰

技术编辑 _ 顾逸飞　　责任印制 _ 刘世乐　　出品人 _ 程峰

果麦

www.goldmye.com

以 微 小 的 力 量 推 动 文 明

图书在版编目（CIP）数据

归案 / 万安著. -- 成都：四川文艺出版社，2025.
6. -- ISBN 978-7-5411-7318-9

Ⅰ. I247.5

中国国家版本馆CIP数据核字第2025PN8654号

GUIAN

归案

万安 著

出 品 人　冯　静
特约编辑　任　盈
责任编辑　王思鈜
封面设计　邵　飞
责任校对　段　敏
出版发行　四川文艺出版社　（成都市锦江区三色路238号）
网　　址　www.scwys.com
电　　话　021-64386496（发行部）　028-86361781（编辑部）
经　　销　果麦文化传媒股份有限公司
印　　刷　嘉业印刷（天津）有限公司
成品尺寸　145mm×210mm
开　　本　32开
印　　张　11
字　　数　245千
印　　数　1－5,000
版　　次　2025年6月第一版
印　　次　2025年6月第一次印刷
书　　号　ISBN 978-7-5411-7318-9
定　　价　59.80元